农业农村农民问题是关系国计民生的根本性问题，必须始终把解决好“三农”问题作为全党工作重中之重。要坚持农业农村优先发展，按照产业兴旺、生态宜居、乡风文明、治理有效、生活富裕的总要求，建立健全城乡融合发展体制机制和政策体系，加快推进农业农村现代化。

——习近平《决胜全面建成小康社会 夺取新时代中国特色社会主义伟大胜利》

TIAN YOU FENG NIAN

天有丰年

福建农业文化遗产综览

福建省政协教科文卫体委员会
福建省新闻出版广电局 ◎编著
福建农林大学

海峡出版发行集团
THE STRAITS PUBLISHING & DISTRIBUTING GROUP
福建人民出版社

编委会

天有丰年 前言

文化兴国运兴，文化强民族强。党的十九大报告指出："没有高度的文化自信，没有文化的繁荣兴盛，就没有中华民族伟大复兴"，要"深入挖掘中华优秀传统文化蕴含的思想观念、人文精神、道德规范，结合时代要求继承创新，让中华文化展现出永久魅力和时代风采"。中国是个具有近万年农业发展史的文明古国，农耕文化无疑是中华传统优秀文化的重要组成部分，是中华传统优秀文化的基石。

历经数千年传承积淀、流传至今的农业文化遗产，是中华民族难以忘怀的生命印记和生活底色，是中华儿女念兹在兹的共同记忆和集体乡愁。记录、保护、传承、发扬农业文化遗产，就是守护中华民族生生不息、一脉相承的历史生命；以活态形式留存并传承祖先所创造出来的传统农业文明，就是为人类农业的可持续发展提供更多的参考与借鉴。"农桑者，实民之命，为国之本。"农业、农村、农民工作始终是历朝历代治国及社会治理的重要内容。"王者以民为天，而民人以食为天。"中国历代开明的统治者都十分重视农业生产，有意识地减轻农民负担，以保证农民生产的积极性。"虎踞龙盘今胜昔，天翻地覆慨而慷。"中国共产党领导下的新中国，更是把解决好"三农"问题作为全党工作的重中之重，特别是随着中国特色社会主义进入新时代，习近平总书记从贯彻新发展理念的高度，提出实施乡村振兴战略，优先发展农业农村；同时，习近平总书记高瞻远瞩地提出坚定文化自信，建设文化强国战略部署，指出“农耕文化是我国农业的宝贵财富，是中华文化的重要组成部分，不仅不能丢，而要不断发扬光大”。

神农尝百谷，后稷教民稼穑，伏羲氏结绳为网罟，有巢氏构木为巢，夏禹治水……从这些充满传奇色彩的上古农耕传说开始，在传统农业社会里，我们中华民族的伟大祖先用他们的勤劳和智慧，创造了灿烂的农耕文化，在漫长发展历程中，由于使用了轮种套种、保墒防旱、稻田养鱼、生物灭虫、桑基鱼塘等传统农耕技术，使农田耕耘了近万年，仍能做到常用常新，从而确保了人类社会的可持续发展。

农业文化遗产是个系统工程，是人类在与其所处自然环境长期协同进化和动态适应下所形成的独特的农作物品种、独特的农业生产制度、独特的农业生产经验、独特的农业生产技术工具，以及独特的农业传统节日仪式、文学艺术。因此，保护农业文化遗产，除了要保护好传统农作物品种、传统农耕技术、传统农业设施和农业用地之外，还要特别保护好与传统农耕息息相关的农业传统民间信仰、民间文学、民间表演艺术以及传统农耕制度。既要保护好农业文化遗产的形，也要呵护好它的神；既要保护稻田养鱼、桑基鱼塘、农林复合等这些代代相传的农业生产技术，更要探究蕴含在这些技术中的先人“天人合一”“取之有度，用之有节”的哲学思想；精心呵护农业文化遗产不可或缺的精髓部分，不仅是保存着文明的根脉，更蕴藏着传统文化的“基因”密码。

因此，传承与保护农业文化遗产不仅仅是为了更好地认识农业文明发展史，认识传统农耕社会的技术、工具、仪式、文学、艺术等，更重要的是通过“活态”的传承，为现代农业发展的未来提供参考、借鉴和智力支持。只有将这项传承与保护工作与三农发展、美丽乡村建设、传统村落保护等结合起来，才有可能留得住农业文明的根与魂。唯有让鲜活的农业文化遗产在现代化的农业中找到合适的位置，与现代生活融合交织，传承这些农业文化遗产才真正有意义。

福建地处东南海滨，负山面海，山水交汇，文化交融，先民们在漫长的劳作实践中，积累了丰富的实践经验，形成了独具特色的福建农业文化遗产。此外，与农耕传统密切相关的民间文学与表演艺术，有些直接服务于农业生产实践，如安溪采茶歌、武夷山祭茶喊山仪式、深沪褒歌等，有些则间接服务于传统农耕实践，如东山歌册、福清大澳海族舞、大田板凳龙、山重赛大猪祈丰年等，这些都让我们的农业文化遗产充满了浓浓的人文关怀与生活气息，形神兼备，妙趣横生。

有鉴于此，也得益于众多研究农业文化遗产先行者的心血成果，本书编撰工作在福建省政协教科文卫体委员会、福建省新闻出版广电局、福建农林大学的精心安排之下，组织了数十位业界专家学者不辞辛劳，深入调研，广泛搜集资料，在全省开展了为期近半年的调查、研究、遴选等工作，并条分缕析、分门别类，以物种、特产、技术、工程、工具、文献、景观、民俗、遗址、聚落等十门类，对福建农业文化遗产进行系统性的梳理，希冀全面、系统、科学地呈现其全貌，为保护传承福建农业文化遗产尽一份绵薄的守土之责。如此，我们才能不负过往数千年光芒璀璨的中华农耕历史，也不负当下如火如荼的实现中华民族伟大复兴的新时代。

编　者

2017 年冬于榕

Contents

目录

天有丰年

第一章

福建农业文化遗产·绪论

丰年多黍多稌，亦有高廪，万亿及秭。

为酒为醴，烝畀祖妣。

以洽百礼，降福孔皆。

——《诗经·周颂·丰年》

第一节 农业文化遗产研究背景与意义

一、国家文化软实力提升呼唤文化开发利用

文化不仅是经济的重要组成部分，还是推动经济发展的重要杠杆，同时也代表着一个国家和民族的文明程度、发展水平。在全球化的今天，强大的文化就是强大的国际影响力。党的十九大报告提出实施乡村振兴战略，指出要坚持农业农村优先发展，按照产业兴旺、生态宜居、乡风文明、治理有效、生活富裕的总要求，建立健全城乡融合发展机制和政策体系，加快推进农业农村现代化。其中乡风文明是加强文化建设的重要举措，实现乡风文明关键要传承中华优秀传统文化，发掘传承、创新发展优秀乡土文化，挖掘具有农耕特质、民族特色、区域特点的物质文化和非物质文化遗产。说起农业文化，我们中华民族更是应该有着强烈的自豪感。我国的农业文化历史悠久、内涵丰富，是我们宝贵的中华文化的起源。因此，对农业文化资源的开发利用，一直以来，尤其是新时期以来，被赋予了更为重要的意义，它的开发和利用能够丰富人民群众文化生活，能够促进农村社会经济的发展，能够保护和传承农业文化遗产，能够促进社会主义文化的全面提升，进而提高我们中华文化在全世界范围内的影响力。这对于提升国家文化软实力有着积极的作用。且随着经济全球化、信息化、城市化发展进程的不断加快，源于西方的文化创意相关理论近年来在中国本土化进程加速，创意作为文化的核心价值，不论在理论上还是在实践上，

均得到世界范围的认可，加速了文化与经济的深度融合。如何用现代创意激活传统文化以加大对文化开发利用力度，成为实现文化产业国家战略的重要环节。

二、农业文化遗产保护问题正引起世界的关注

农业文化遗产属于世界遗产的一部分，其目的是对受到威胁的传统农业文化与技术遗产进行保护（正待纳入世界遗产系统）。目前，全球存在大量有待保护的农业遗产，例如意大利托斯卡纳区的文化景观、巴厘岛和菲律宾北部的稻米梯田、中国的稻田养鱼等。珍贵的农业文化遗产迫切需要人们的保护，但是目前随着全球经济的发展，农业在各国国民经济中的地位逐步下降，加之现代科学技术在农业生产中的广泛应用，传统的农耕工艺和文化趋于消失或被替换，农业文化遗产现状不容乐观。以中国的“稻鱼共生系统”（稻田养鱼）为例，“稻鱼共生系统”是一种传统的农业耕作方式，这种独特的传统农业模式能提供多种产品和服务，如，通过水稻生产保障粮食安全，提供高质量的营养和经济收益，预防疟疾，保护生物多样性，控制害虫，维持系统中的碳循环和养分循环等。这种系统对于我国农业可持续发展具有重要意义，对于国际农业发展也具有重要价值。然而，由于各种内外部因素影响，如经济收入不足以满足农民的需求等，大量拥有这种传统技术的人放弃本业而从事其他产业，稻鱼共生传统的农耕方式濒临消失或被替代。为对农业文化遗产进行保护，联合国粮农组织于 2005 年在世界范围内评选出了 7 个国家 5 个古老的农业系统，作为首批“全球重要农业文化遗产”的试点进行保护，各国对农业文化遗产保护问题的重视程度也日益增强。由于农业文化遗产是新概念，因此如何在保证地方经济持续健康发展的基础上对其进行有效

的保护，实现其世代相传和永续利用，是目前农业文化遗产面临的重大课题。

三、传统农业文化的保护与利用辩证统一

由传统农业过渡到现代农业，是我国目前发展尤其是农业发展所面临的重要问题，在这样的潮流中往往会忽视对传统农业文化的保护。因此，加强对我国传统农业多样性等各方面的保护刻不容缓。然而，在中国文化体制改革不断加快、国内市场稳步增长的今天，许多传统文化资源未能得到良好的开发，使得许多传统文化由于缺乏足够的价值关注度而面临失传的困境。应将对传统农业文化的保护与利用的矛盾辩证统一于对传统农业文化的开发利用中，在经济一体化和文化多元化发展的背景下，挖掘传统农业文化的当代价值，通过弘扬中华文化，挖掘其在维护生物的多样性、保护生态环境、促进资源的合理分配、发展休闲农业和乡村旅游、促进社会和谐等方面的价值，推动对农业文化的人文精神、内涵实质以及自然景观的保护与传承。

四、现代农业产业发展需要文化的浸润

现代农业产业体系作为一个集食物保障、原料供给、资源开发、生态保护、经济发展、文化传承、市场服务等产业于一体的综合系统，是多层次、复合型的产业体系，所以，基于文化资源的开发利用的思路，既是现代农业产业体系本身的内涵，又是农业产业提升的有效路径。其作用体现在：首先，有利于提升农业的效益。在一些城市化进展迅速、工业化已达到相当高水平的地区，农业效益不佳，会造成基础资源的浪费，这对这些地区的发展会产生不良的影响。在农业产业的发展中，积

极地融入文化元素，将农业同文化合理地结合起来，实现二者的和谐共存，有利于进一步提升农业的发展水平，转变农业发展的方式，提高农业的经济效益、社会效益以及生态效益，提高农民的收入，促进农业的健康可持续发展，使农业上升到一个新的台阶。其次，有利于适应市场需求的变化。随着社会经济的发展以及人们收入水平的提高，人们的消费观念也产生了根本性的转变，尤其在发达地区，城乡居民消费已不再真正崇尚早期单纯的物质消费，而是对文化消费越来越情有独钟。在农业产业的开发利用过程中，积极融入文化元素，重视文化元素的渗透，根据当代人的意趣和审美特点，对农业资源进行合理的配置，在保证农业基本生产功能的同时，大力拓展农业的社会功能、文化功能、生态功能等，有利于更好地迎合城乡居民日益提升的消费需求和精神需求。再次，有利于延伸农业产业链条。以农业最基本的生产功能为依托，在稳步提高生产能力的基础上，把农业产业链向上延伸，可以形成农产品研发、农业发展策划、市场调研与分析等产业；把农业产业链向下延伸，可以形成农产品加工、农业旅游、农业教育培训、农业品牌与营销、农产品衍生品生产等产业，以建立起一个新的农业综合发展模式。第四，有利于应对激烈的市场竞争。产品与服务的价格，在一定程度上能够体现农业竞争力的强弱，但必须明确的是，这并不是衡量农业竞争力的唯一标准，更能体现农业竞争力的地方是在产品与服务的质量、品牌、文化和创意上。将科技、文化和创意有效地融合在农业产品中，能够真正提升农业产业的竞争力。第五，有利于推动城乡一体化发展。农业与文化的有机结合，使得农业的发展更能与时代相契合，能够满足更多城乡居民内心对农业的真正期望，这样能够吸引更多的人投身农业发展，从事农业旅游等方面的开发，并以此为契机，让农业获得更多的人力、物力和财力的支持，促进城乡之间的良性交流，加快城乡一体化进程。

第二节 农业文化遗产的含义

一、农业文化遗产问题的提出

（一）农业文化遗产问题的提出

2002 年 8 月，联合国粮农组织（FAO）、联合国开发计划署（UNDP）和全球环境基金（GEF）一起，联合联合国教科文组织（UNESCO）、国际文化遗产保护与修复研究中心（ICCROM）、国际自然保护联盟（IUCN）、联合国大学（UNU）等 10 余家国际组织或机构以及一些地方政府，开始"全球重要农业文化遗产项目"（Globally Important Agricultural Heritage Systems，简称 GIAHS）的准备工作。按照联合国粮农组织的定义，全球重要农业文化遗产是"农村与其所处环境长期协同进化和动态适应下所形成的独特的土地利用系统和农业景观，这种系统与景观具有丰富的生物多样性，而且可以满足当地社会经济与文化发展的需要，有利于促进区域可持续发展"。

2005 年联合国粮农组织在世界范围内评选出了首批 5 个不同类型的传统农业系统作为全球重要农业文化遗产首批保护试点。经过 10 多年的努力，至 2017 年 11 月 30 日，GIAHS 项目数量增至 44 个，分布在非洲、亚洲、拉丁美洲和欧洲的 19 个国家，其中中国有 13 个，位居世界各国之首。事实上，国际组织对农业文化遗产的关注并不是从 2002 年才开始的，虽然农业文化遗产不属于一般意义上的世界自然与文化遗产，但是它与世界生物圈保护区网络、国际重要湿地、世界地质公园等不同类型的遗产一起，形成了"世界级"遗产的庞大网络。联合国教科文组织主持的世界自然与文化遗产名录，也囊括了许多农业项目。

（二）农业文化遗产问题提出的意义

农业文化遗产植根于悠久的农业文化传统和长期的实践经验，传承了故有的系统、协调、循环、再生的思想，因地制宜地发展了许多宝贵的模式和好的经验，蕴含着丰富的“天人合一”的生态哲学思想，与现代社会倡导的可持续发展理念一脉相承。现代农业的发展，不仅要重视新技术的开发、应用和推广，也要重视对农业文化遗产的挖掘和提高。

1. 有利于农业文化遗产的保护

遗产作为一种活态性的系统，它强调生物多样性、人与自然和谐相处的环境等活态因素，但是岁月侵袭、人为破坏已经严重威胁到农业系统的传承，全球出现了众多有待保护的农业文化遗产，尤其是在一些偏远的农村地区和少数民族聚居地，当地居民对遗产认识及保护的意识就更薄弱。所以世界粮农组织启动 GIAHS 项目，号召全世界共同关注与保护农业文化遗产项目，从而继承发扬、永续利用。

2. 有利于促进农业文化遗产发掘与传承

农业部《关于开展中国重要农业文化遗产发掘工作的通知》提出，农业文化遗产发掘工作的目标是不断发掘其历史价值、文化和社会功能，并在有效保护基础上，探索开拓动态传承的途径、方法，努力实现文化、生态、社会和经济效益统一，逐步形成中国重要农业文化遗产动态保护机制。我国许多农业文化遗产既是重要的农业生产系统，又是文化和景观资源。深入发掘这其中的精粹，并以动态保护的形式进行展示，能够向社会公众宣传农业文化精髓及承载于其上的优秀哲学思想，进而带动全社会对民族文化的关注和认知，促进中华传统文化的传承和弘扬。我国传统农业文化中蕴含着丰富的生产经验、技术和人与自然和谐发展的思想，可以为现代农业发展提供许多值得借鉴和学习的先进理念。加强农业文化遗产的发掘可以促进传承与创新结合，增强我国现代农业发展的全面性、协调性和可持续性，实现在保护中传承与利用的理念。

3. 繁荣农业农村文化与促进农民就业增收

食物生产功能和农民的生计保障是农业文化遗产非常关心的问题，农业文化遗产保护的首先是具有生产能力、能够适应社会需求的生产系统。农业文化遗产的保护是动态的保护，在不破坏农业文化遗产核心特征的前提下，可以创新产业方式，提高经济效益。随着社会的发展，农村青年人都外出打工受大都市文化的浸染，对于家乡文化的认同感逐渐淡薄，或者是抛弃了他们的本源文化。农业农村文化面临逐渐被替代或者消失的局面。如今，农业部开展文化遗产发掘工作就是让我们不要抛弃我们悠久而又灿烂的农业文明。通过挖掘农业文化遗产在经济、社会、生态、教育、科研以及休闲等方面的当代价值，不仅能繁荣已经萧条的农业农村文化，让它继续传承下去，还能为农民创收，提高当地的经济水平。将农业文化宣传、展示、休闲、开发有机结合，既能为农业发展提供资源载体，为遗产保护提供资金和人力支持，又能有效带动当地农民的就业增收。

二、农业文化遗产概念的界定

（一）农业文化遗产概念辨析

“农业文化遗产”的概念与“遗产”“文化遗产”“农业文化”“农耕文化”等相关概念密切相关。

1. 遗产

“农业文化遗产”属于“遗产”的范畴，自20世纪60年代以来，联合国教科文组织在近几十年间逐渐建立起一套日臻完善的人类遗产保护体系。总体而言，狭义上的世界遗产分为自然遗产、文化遗产、自然与文化复合遗产三种类型，广义上的世界遗产还包括记忆遗产、非物质文化遗产和文化景观等，它们均具有明确的定义和供会员国提名及遗产委员会审批遵循的标准。世界遗产是被联合国教科文组织和世界遗产委员会确认的人类罕见的、目前无法替代的财富，是全人类公认的具有突出意义和普遍价值的文物古迹及自然景观。联合国教科文组织世界遗产委员会缘起于 1959 年，当时，埃及政府打算修建阿斯旺大坝，可能会淹没尼罗河谷里的珍贵古迹，比如阿布辛贝神殿。1960 年联合国教科文组织发起了“努比亚行动计划”，阿布辛贝神殿和菲莱神殿等古迹被仔细地分解，然后运到高地，再一块块地重装起来。这个保护行动共耗资八千万美元，其中有四千万美元是由 50 多个国家集资的。这次行动被认为是非常成功的，并且促进了其他类似的保护行动，比如挽救意大利的水城威尼斯、巴基斯坦的摩亨佐 – 达罗遗址、印度尼西亚的婆罗浮屠等。之后，联合国教科文组织会同国际古迹遗址理事会起草了保护人类文化遗产的协定。1973 年，美国最先加入公约组织，后有大约 180 个国家加入。1977 年，联合国教科文组织世界遗产委员会正式召开会议，评审世界遗产。世界文化遗产包括文物、建筑和遗址。世界自然遗产包括地质和生物结构的自然面貌、濒危动植物生态区和天然名胜。

2. 文化遗产

“农业文化遗产”属于“文化遗产”的范畴。1992 年，联合国教科文组织世界遗产委员会第 16 届会议提出把“文化景观遗产”纳入《世界遗产目录》中，专门代表《保护世界文化和自然遗产公约》第一条表述的自然与人类的共同作品。文化景观遗产包括园林和公园景观、有机进化的景观（人类历史演变的物证）、关联性文化景观。同年，联合国教科文组织启动一个世界文化遗产的延伸项目——世界记忆文献遗产（也叫作“世界记忆工程”或者“世界记忆名录”），目的是抢救和保护文献记录，使人类的记忆更加完整。1998 年联合国教科文组织通过决议设立“非物质文化遗产”评选，以便保护文化的多样性，激发创造力。这是跟《保护世界文化和自然遗产公约》中的保护物质文化遗产并列的项目，一般也被当作世界遗产的整体内容。可以说，文化景观遗产、记忆文献遗产相当于“有形的文化遗产”，而“非物质文化遗产”相当于“无形的文化遗产”。2002 年，联合国粮农组织、开发计划署和全球环境基金设立全球重要农业文化遗产项目（GIAHS）。

3. 农业文化

“农业文化遗产”属于“农业文化”的范畴。农业文化，是人们在农业生产实践活动中所创造出来的与农业有关的物质文化和精神文化的总和。从其内容构成看，可分为作物文化、农业技术、经济模式、农业哲学、农业制度、重农思想、民俗文化以及田园艺术等；从其发展阶段看，可分为原始农业文化、传统农业文化和现代农业文化三个阶段，其中，前两个阶段又可统称为农耕文化时期或古代农业文化时期。实际上，若要将中国的农业发展时期做严格的区分，古代农业先是经历了“茹毛饮血，逐水草而居”的伏羲时代，应属于人和家畜因季节不同而随着丰富的水草辗转迁徙的游牧时代。随着人口的发展和家畜的增加，人们开始尝试种植牧草以作为天然牧草不足的补充，并渐次由种草过渡到作物栽培，由饲养动物为主转向以耕作和收获谷物为主，农业进入了以神农氏为代表的农耕时代，并于此后绵延数千年，成为中国农业的彰显符号，农耕文化构成了中国农业发展的历史支撑。有鉴于此，有关学者对我国农业文化进行探讨时常以农耕文化代言之，虽有失严谨，却也不难解释。严格说来，农耕文化系指起源于人类社会农耕时代农业生产之时，并且随着农业不断发展，包括现代农业产生之后，人们在农业实践过程中形成的文化特征的一种概括。农耕文化的内涵甚为丰富，具体而言，包含北麦南稻、绿洲红壤、牧场果园、梯田平川以及与之相应的农牧方式、作业周期、除病防灾等不同地域上各种形态的农事表现和过程。为企盼风调雨顺、五谷丰登、六畜兴旺，农耕文化不仅具有地域分异的农业形态，还有与之相匹配的种种祭祀、崇拜、禁忌等传统，诸如对社稷神、五谷神的祭祀，对花草树木、山川河流、飞禽走兽的神秘崇拜，各种庙祭、节会中的禁忌仪式，在此基础上创造的神话、传说、巫术甚至咒语等，以及刀耕火种、水车灌溉、围湖造田、鱼鹰捕鱼、采藕摘茶等体现不同类型农耕文化的各种乡村劳作形式。

（二）农业文化遗产概念界定

在对“农业文化遗产”概念进行界定的过程中，来自于农学、生态学、社会学、经济学以及文化学等方面的学者从各自不同的专业背景出发，进行了诸多有益的探索（表 1-1、表 1-2）。

表 1-1 国外学者 / 机构对“农业文化遗产”概念定义列表

提出者	观 点	提出时间
Prentice	国际上关于农业遗产的论述最早出现于欧洲学者 Prentice 对遗产的分类，他将农业遗产界定为农场、牛奶场、农业博物馆、葡萄园以及捕鱼、采矿等农事活动，主要是指历史悠久、结构复杂的传统农业景观和农业耕作方式。[1]	1993 年
FAO	全球重要农业文化遗产是农村与其所处环境长期协同进化和动态适应下所形成的独特的土地利用系统和农业景观，这种系统与景观具有丰富的生物多样性，而且可以满足当地社会经济与文化发展的需要，有利于促进区域可持续发展。	2002 年

[1]Prentice R.Tourism and Heritage Attraction[M].London:Routledge,1993:39.

续表

Koohaman, Altieri	将农业文化遗产描述为:“它主要体现的是人类长期的生产、生活与大自然所达成的一种和谐的平衡。它不仅是杰出的景观,对于保存具有全球重要意义的农业生物多样性、维持可恢复生态系统和传承高价值传统知识和文化活动也具有重要作用。”与以往的单纯物质层面的遗产概念相比,它更强调人与环境共荣共存、可持续发展。[1]	2011 年

表 1-2 国内学者 / 机构对“农业文化遗产”概念观点列表

提出者	观　点	提出时间
石声汉	我国著名农史学家石声汉先生从广义和狭义两个方面进行了阐述。广义的农业文化遗产包括来自现代农业的农药、化肥、机械等以外的有关农业的所有要素;狭义的农业文化遗产指已经逐渐淡出农业生产过程的农业要素。[2] 并具体提出,我们从祖先继承下来的农业科学技术知识遗产包括具体实物和技术方法两大门类。前者指的是可以由感官直接感知的东西,主要指农业遗产中的生产手段部分,包括生产上所需要的各种物质资料;后者指在一定条件下,使用一定的生产手段,把从生产实践中得到的认识,用语言乃至文字加以总结整理,成为理性知识,是可以传授的。	1981 年
李文华	农业文化遗产在概念上等同于世界文化遗产,除一般意义上的农业文化与技术知识外,还包括历史悠久、结构合理的传统农业景观和农业生产系统。[3]	2006 年

[1]Parviz Koohafkan, MiguelA.Altieri.Globally Important Agricultural Heritage Systems:A Legacy for the Future[C].Food and Agriculture Organization of the United Nations,2011.
[2] 石声汉 . 中国农学遗产要略 [M]. 北京 : 农业出版社,1981.
[3] 李文华 . 自然与文化遗产保护研究中几个问题的探讨 [J]. 地理研究,2006(25):561-569.

续表

王衍亮等	从文化的角度认为，农业文化遗产包括物质性文化遗产和非物质性文化遗产（或称之为有形文化遗产和无形文化遗产）。物质性遗产包括传统农业生产工具、加工工具、餐饮用具、田契账册、票据文书等。精神文化（或非物质文化）遗产则包括与农耕活动相关的节庆娱乐、礼仪、禁忌习俗、工艺、技术等。[1]	2006 年
苑 利	农业文化遗产包括广义和狭义两个概念，狭义即人类在历史上创造并传承保存至今的农耕生产经验，广义指人类在历史上创造并传承保存至今的农业生产经验和农业生活经验，是农耕民族在长期的社会实践中创造并传承至今的各种生产和生活的总和。[2]	2006 年
张维亚等	农业文化遗产除了谷物、织物等农产品之外，还包括集体创造物，如文化景观、生物景观、农业建筑物等。[3]	2008 年
闵庆文等	农业文化遗产不同于一般的农业遗产，它更强调对生物多样性保护具有重要意义的农业系统、农业技术、农业物种、农业景观与农业文化。也就是说，除一般意义上的农业文化和技术知识以外，还包括历史悠久、结构合理的传统农业景观和农业生产系统。[4]	2009 年
农业部	农业文化遗产是指我国人民在与所处环境长期协同发展中世代传承并具有丰富的农业生物多样性、完善的传统知识与技术体系、独特的生态与文化景观的农业生产系统，包括由联合国粮农组织认定的全球重要农业文化遗产和由农业部认定的中国重要农业文化遗产。[5]	2015 年

[1] 王衍亮，安来顺．国际化背景下农业文化遗产的认识和保护问题 [J]．中国博物馆，2006(3)：29-36.

[2] 苑利．农业文化遗产保护与我们所需注意的几个问题 [J]．农业考古，2006(6)：168-175.

[3] 张维亚，汤澍．农业文化遗产的概念及价值判断 [J]. 安徽农业科学，2008(25):11041-11042.

[4] 闵庆文，孙业红．农业文化遗产的概念、特点与保护要求 [J]. 资源科学，2009(6):914-918.

[5] 农业部．重要农业文化遗产管理办法．中华人民共和国农业部公告（第 2283 号），2015.8.28.

续表

王思明	农业文化遗产是人类文化遗产的重要组成部分。它是不同历史时期人类农事活动发明创造、积累传承的，具有历史、科学及人文价值的物质与非物质文化的综合体系。这里说的农业是“大农业”的概念，既包括农耕，也包括畜牧、林业和渔业；既包括农业生产的条件和环境，也包括农业生产的过程、农产品加工及民俗民风。[1]	2016 年

综合上述观点，从广义上看，农业文化遗产是指人民在与所处环境长期（一般应为 100 年以上）协同发展中世代传承并具有丰富的农业生物多样性、完善的传统知识与技术体系、独特的生态与文化景观的农业生产系统。这些系统对我国农业文化传承、农业可持续发展和农业功能拓展具有重要的科学价值和实践意义。从狭义上看，农业文化遗产特指联合国粮农组织推进的全球重要农业文化遗产与农业部推进的中国重要农业文化遗产和中国农业文化遗产。

（三）农业文化遗产的特点

1. 活态性

农业文化遗产历史悠久，至今仍然具有较强的生产与生态功能，是农民生计保障和乡村和谐发展的重要基础。与其他遗产类型相比，农业文化遗产最大的不同在于它是一种活态遗产。作为一种“活”着的形态表现出来的文化遗产，它的表现、传承都是动态的过程，随着自然环境、历史条件、人文环境等的变化而不断变化发展。不同历史时期背景下特定的价值观、生存形态以及变化品格，造就了农业文化遗产的活态性特性。世界遗产委员会对遗产保护的总体趋势已经体现出从“静态遗产”向“活态遗产”的转变，文化景观的出现就是活态遗产的典型代表。而农业文化遗产则比文化景观更具活态性，因为整个农

[1] 王思明 . 农业文化遗产的内涵及保护中应注意把握的八组关系 [J]. 中国农业大学学报 (社会科学版)，2016(2):102-110.

业系统中必须有农民的参与才能构成农业文化遗产，而同时农业系统又是社会经济生活的一部分，是随历史的发展而不断变化的。农民是农业文化遗产的重要组成部分，因为他们不仅是农业文化遗产的重要保护者，同时也是农业文化遗产保护的主体之一。农民生活在农业文化遗产系统中，并不意味着他们的生活方式就要保持原始状态，不能随时代发展。农业文化遗产保护传统农业系统的精华，同时也保护这些系统的演化过程。农业文化遗产地居民的生活水平和生活质量要随社会发展而不断提高。因此，农业文化遗产体现出一种动态变化性。

2. 适应性

随着自然条件变化、社会经济发展与技术进步，为了满足人类不断增长的生存与发展需要，农业文化遗产在稳定基础上因地、因时地进行结构与功能的调整，充分体现出人与自然和谐发展的生存智慧。农业文化遗产是特殊的活态遗产，农业文化遗产的保护是将传统农业系统及其赖以存在的自然和人文环境作为一个整体，不仅保护传统农耕技术和农业生物物种，还保护农业遗产赖以生存的人文环境和自然环境，包括地形地貌、土壤植被、生物景观、村落风貌、民居建筑、民间信仰、礼仪习俗等，体现的是人类长期的生产、生活与大自然所达成的一种和谐与平衡。

3. 复合性

农业文化遗产不仅包括一般意义上的传统农业知识和技术，还包括那些历史悠久、结构合理的传统农业景观，以及独特的农业生物资源与丰富的生物多样性。农业文化遗产是由农业生产系统、农业生态系统和农业文化系统组成的复合系统，更能体现出自然与文化的综合作用，也更能协调保护与发展的关系。它集自然遗产、文化遗产与文化景观的特点于一身，既包括物质部分，也包括非物质部分。物质部分的遗产要素包括各类农业景观、土地利用系统、农具、农业动植物等，而非物质部分主要是农业文化遗产系统内部和衍生出的各类文化现象，如农业知识、农业技术以及地方农业民俗、歌舞、手工艺、饮食等。农业文化遗产的物质部分所对应的是其自然组成要素，而非物质部分则主要呼应其文化组成要素。因此，农业文化遗产从某种意义上体现了自然遗产、文化遗产和文化景观的综合特点，是一种复合性遗产。

4. 战略性

农业文化遗产对应对经济全球化和全球气候变化，保护生物多样性，保障生态安全、粮食安全，解决贫困等重大问题以及促进农业可持续发展和农村生态文明建设都具有重要的战略意义。农业文化遗产不是关于过去的遗产，相反，它是一种关乎人类未来的遗产。农业文化遗产强调对农业生物多样性、传统农业知识和技术、农业景观的综合保护，一旦这些农业文化遗产消失，其独特的、全球和地方水平下的农业系统以及相关的环境和文化利益也将随之永远消失。因此，保护农业文化遗产不仅仅是保护一种传统，更重要的是在保护未来人类生存和发展的一种机会。从这个意义上来看，保护农业文化遗产是一种战略行为，是全球和地方水平下可持续发展的重要组成部分。更好地保护与发展农业文化遗产需要多学科、跨领域、多角度地综合研究农业文化遗产，并从经验、观念和技术三个角度综合分析挖掘农业文化遗产在现代农业中的多重价值，特别是对现代生态农业、低碳农业、循环农业发展的意义，并在此基础上制定国家、地区、遗产地等多个层级的我国农业文化遗产保护的总体思路，并针对不同类型的农业文化遗产提出相应的保护与发展路径，实现在发掘中保护、在利用中传承，进而带动区域产业发展，带动遗产地农民就业增收。

5. 多功能性

农业文化遗产系统兼具食品保障、原料供给、就业增收、生态保护、观光休闲、文化传承、科学研究等多种功能价值。

从其经济价值方面看，农业文化遗产系统通过产出农产品，满足食物保障和原料供给，提高农民和地方生产性收入；从其生态价值方面看，农业文化遗产系统具有较高的农业生物多样性，既拥有许多优质种子资源，又通过构建复合系统提高资源利用效率、提高作物品种抗性、控制农业有害生物、提高土壤肥力、减少二氧化碳等温室气体排放等；从其休闲价值看，农业文化遗产系统形成的美丽田园景观具有极高的欣赏和游憩价值；从其文化价值看，农业文化遗产中所隐含的农耕文化、乡村民俗、民间文艺以及饮食文化等，驳杂而深远；从科研价值看，随着复合农业生态系统研究、农业生物多样性研究、传统农业生产系统研究等基于农业文化遗产系统基础上的科学研究的不断深入，农业文化遗产所蕴含的财富将得到更好的发掘与利用。

6. 濒危性

由于政策与技术原因，及社会经济发展的阶段性造成的不可逆性，农业文化遗产会产生农业生物多样性减少、传统农业技术知识丧失以及农业生态环境退化等方面的风险。随着工业化进程不断推进和城镇化进程稳步深入，环境污染导致的危害、过度开发造成的建设性破坏、关注度较低阻碍农业文化遗产保护进程等问题，使得农业文化遗产保护与发展形势愈发严峻。

GIAHS
Globally Important Agricultural Heritage Systems

第三节 农业文化遗产分类

一、基于狭义的农业文化遗产分类

从狭义上看，农业文化遗产特指联合国粮农组织推进的全球重要农业文化遗产与农业部推进的中国重要农业文化遗产和中国农业文化遗产。

GIAHS 项目设立之初，联合国粮农组织有关专家将典型的全球重要农业文化遗产划分为 7 种类型，包括以水稻为基础的农业生态系统、以玉米 / 块根为基础的农业系统、以芋头为基础的农业系统、游牧与半游牧系统、独特的灌溉和水土资源管理系统、复杂的多层庭园系统、狩猎 – 采集系统等。2011 年，上述 7 种类型扩展为 10 种，包括以山地稻米梯田为基础的农业生态系统、以多重收割 / 混养为基础的农业系统、以林下叶层植物为基础的农业系统、游牧与半游牧系统、独特的灌溉和水土资源管理系统、复杂的多层庭园系统、海平面以下系统、部落农业文化遗产系统、高价值作物和香料系统、狩猎 – 采集系统等。

以中国科学院地理科学与资源研究所自然与文化遗产研究中心闵庆文研究员为代表的学者，结合中国重要农业文化遗产实际，根据农业文化遗产功能，将其分为复合农业系统、水土保持系统、农田水利系统、抗旱节水系统和特定农业物种等类型，[1] 如表 1–3 所示。

[1] 闵庆文，孙业红．农业文化遗产的概念、特点与保护要求 [J]. 资源科学，2009(6):914-918.

表 1-3 农业文化遗产的主要类型

主要类型	类型含义	典型代表
复合农业系统	是由一定农业地域内相互作用的生物因素及社会、经济和自然环境等非生物因素构成，在人类农业生产活动不断干预和影响下形成的，具有特定功能的农业生产复合体。	浙江青田稻鱼共生系统 甘肃迭部扎尕那农林牧复合系统 云南漾濞核桃作物复合系统 贵州从江侗乡稻鱼鸭系统 浙江湖州桑基鱼塘系统 云南剑川稻麦复种系统 河北迁西板栗复合栽培系统 湖南花垣子腊贡米复合种养系统
水土保持系统	是人类在干旱或沼泽地区进行农业综合实践的成果，具有较高的物种（农作物和动物）多样性。	云南红河哈尼稻作梯田系统 福建尤溪联合梯田 江苏兴化垛田传统农业系统
农田水利系统	发展灌溉排水，调节地区水情，改善农田水分状况，防治旱、涝、盐、碱灾害，以促进农业稳产高产的综合系统。	新疆吐鲁番坎儿井农业系统 安徽寿县芍陂（安丰塘）及灌区农业系统
抗旱节水系统	发掘并利用作物抗旱节水优异基因资源，提高作物的抗旱性和水分利用效率。	内蒙古敖汉旱作农业系统 河北涉县旱作梯田系统
特定农业物种	具有重要的经济、文化、生态价值的水果、蔬菜、花卉、林木等植物种质资源及其衍生的生产、生活技术和知识等。	江西万年稻作文化系统 辽宁宽甸柱参传统栽培体系 福建福州茉莉花种植与茶文化系统 云南普洱古茶园与茶文化系统 甘肃皋兰什川古梨园 河北宽城传统板栗栽培系统

二、基于广义的农业文化遗产分类

从广义上看，农业文化遗产是指人们在与所处环境长期（一般应为100年以上）协同发展中世代传承并具有丰富的农业生物多样性、完善的传统知识与技术体系、独特的生态与文化景观的农业生产系统。广义的农业文化遗产是各个历史时期与人类农事活动密切相关的重要物质与非物质遗存的综合体系。根据石声汉和王思明的定义，广义的农业文化遗产大致包括农业遗址、农业物种、农业工程、农业景观、农业聚落、农业技术、农业工具、农业文献、农业特产、农业民俗等10个方面，如表1-4所示。本书对福建农业文化遗产的调查，即基于此广义的农业文化遗产分类，将全省农业文化遗产分为十大类（章）进行整理与提炼，以飨广大农业文化遗产爱好者与读者。

表 1-4 农业文化遗产的主要类型

主要类型	类型含义	基本类型
农业遗址	指已经退出农业生产领域的早期农业生产和生活遗址，既包括遗址本身，也包括遗址中发掘出的各种农业生产工具遗存、农作物和家畜遗存等。	粟作遗址、稻作遗址、渔猎遗址、游牧遗址、贝丘遗址、洞穴遗址等
农业物种	指人类在长期的农业生产实践中驯化和培育的动物和植物（作物）种类，主要以地方品种的形式存在。	动物类物种、作物类物种等
农业工程	指为提高农业生产力和改善农村生活环境而修建的古代设施，它综合应用各种工程技术，为农业生产提供各种工具、设施和能源，以求创造最适于农业生产的环境，改善农业劳动者的工作、生活条件。	运河闸坝、海塘堤坝、塘浦圩田、陂塘工程、农田灌溉工程、其他工程等
农业景观	是由自然条件和人类活动共同创造的一种景观，由区域内的自然生命景观、农业生产、生活场景等多元素综合构成，其景观所反映的是相关元素组成的复合效应，包括与农业生产相关的植物、动物、水体、道路、建筑物、工具、劳动者等，是一个具有生产价值和审美价值的系统。	农（地）田景观、园地景观、林业景观、畜牧业景观、渔业景观、复合农业系统等

续表

农业聚落	泛指人类各种形式的有重要价值的农业聚居地的总称，包括房屋建筑的集合体，与居住直接有关的其他生活、生产设施和特定环境等。	农业聚落、林业聚落、畜牧业聚落、渔业聚落、农业贸易聚落等
农业技术	指农业劳动者在古代和近代农业时期发明并运用的各种耕作制度、土地制度、种植和养殖方法与技术。	土地利用技术、土壤耕作技术、栽培管理技术、防虫减灾技术、生态优化技术、畜牧养殖兽医渔业技术、其他技术等
农业工具	指在古代和近代农业时期，由劳动人民所创造的、在现代农业中缓慢或已停止改进和发展的农业工具及其文化。	整地工具、播种工具、中耕工具、积肥施肥工具、收获工具、加工储运工具、灌溉工具、运输工具、修剪整枝工具、生产保护工具、养蚕工具、养蜂工具、渔具、畜禽喂养工具、棉花加工工具、木器加工工具、其他农具等
农业文献	指古代留传下来的各种版本的农书和有关农业的文献资料，在农业历史学界、图书馆学界一般使用（古）农书、农业历史文献、农业古籍或古代农业文献来概况，包括综合性文献和专业性文献等。	综合性类、时令占候类、农田水利类、农具类、土壤耕作类、大田作物类、园艺作物类、竹木茶类、畜牧兽医类、蚕桑渔类、农业灾害及救济类等农书
农业特产	即通常人们所指的传统农业特产，指历史上形成的某地特有的或特别注明的植物、动物、微生物产品及其加工品，有独特文化内涵或历史。	农业特产、林业特产、禽畜特产、渔业特产、农副特产等
农业民俗	指一个民族或区域在长期的农业发展中所创造、享用和传承的生产生活风尚，包括关于农业生产和生活的仪式、祭祀、表演、信仰和禁忌等。	农业生产民俗、农业生活民俗、民间观念与信仰等

第四节 农业文化遗产管理

一、广义的农业文化遗产管理

广义的农业文化遗产是各个历史时期与人类农事活动密切相关的重要物质与非物质遗存的综合体系，由于目前我国尚未建立起广义农业文化遗产的统一管理体系，因此对广义农业文化遗产的管理分散归口于各主管部门体系中，详见表1-5。

表1-5 广义农业文化遗产管理体系

主管部门	管理体系名目	涉及农业文化遗产类型
国家文物局	世界遗产名录、文物保护单位	部分农业遗址、农业工具
农业部	国家级禽畜遗产资源保护名录	部分农业物种
农业、水利部门	世界灌溉工程遗产名录、农田水利设施等	部分农业工程
旅游局	风景名胜区	部分农业景观
住建、文化、财政等部门	历史文化名镇（村）、中国传统村落名录	部分农业聚落
档案、图书管理部门	中国档案文献遗产、馆藏文物	部分农业技术、农业文献
农业部、国家质量监督检验检疫总局	农产品地理标志登记产品、中国地理标志产品	部分农业特产
文化部	人类非物质农业文化遗产	部分农业民俗

二、狭义的农业文化遗产管理

从狭义上看，农业文化遗产特指联合国粮农组织推进的全球重要农业文化遗产与农业部推进的中国重要农业文化遗产和中国农业文化遗产。

（一）全球重要农业文化遗产管理

在世界各地，世代居住的农牧民以多样化的自然资源为基础，通过因地制宜的生产实践活动，创造、发展、管理着许多独具特色的农业系统和景观。这些在本土知识和传统经验基础上所建立起来的农业文化遗产巧夺天工，充分反映了人类及其文化多样性和与自然环境之间深刻关系的演进历程。这些系统不仅提供了优秀的景观，维护和适应重大的全球农业生物多样性、传统知识系统与适应型生态系统，还持续为数以百万计的穷人和小农户提供了多样性的商品与服务、粮食与生计安全。

全球重要农业文化遗产是联合国粮农组织在全球环境基金支持下，联合有关国际组织和国家，于2002年发起的一个大型项目，旨在建立全球重要农业文化遗产及其有关的景观、生物多样性、知识和文化的保护体系，并在世界范围内得到认可与保护，使之成为可持续管理的基础。该项目将努力促进地区和全球范围内对当地农民和少数民族关于自然和环境的传统知识和管理经验的更好认识，并运用这些知识和经验来应对当代发展所面临的挑战，特别是促进可持续农业的振兴和农村发展目标的实现。

按照项目设计，GIAHS将在世界范围内陆续选择符合条件的传统农业系统进行动态保护与适应性管理的示范。一般而言，这些农业生产系统是农、林、牧、渔相结合的复合系统，是植物、动物、人类与景观在特殊环境下共同适应与共同进化的系统，是通过高度适应的社会与文化实践和机制进行管理的系统，是能够为当地提供食物与生计安全和社会、文化、生态系统服务功能的系统，是在地区、国家和国际水平上具有重要意义的系统，同时也是目前经济快速发展过程中面临着威胁的系统。

“全球重要农业文化遗产（GIAHS）动态保护与适应性管理”项目预期将形成一个长期的开放式的计划，并最终计划在全球建立100到150个具有重要意义的农业文化遗产保护地。2005年联合国粮农组织在世界范围内评选出了首批5个不同类型的传统农业系统作为全球重要农业文化遗产首批保护试点。经过10多年的努力，至2017年11月30日，GIAHS项目数量增至44个，分布在19个国家，其中中国有13个，位居世界各国之首，如表1-6所示。

表1-6 全球重要农业文化遗产名录

国家	遗产名称	入选年
阿尔及利亚	1. Ghout绿洲农业系统（马格里布绿洲）	2011年
孟加拉	2. 浮园农业实践	2015年
智利	3. 岛屿农业系统	2011年
中国	4. 青田稻鱼共生系统	2005年
	5. 万年稻作文化系统	2010年
	6. 哈尼稻作梯田系统	2010年
	7. 从江侗乡稻鱼鸭系统	2011年
	8. 普洱古茶园与茶文化系统	2012年
	9. 敖汉旱作农业系统	2012年
	10. 绍兴会稽山古香榧群系统	2013年
	11. 宣化城市传统葡萄园系统	2013年
	12. 福州茉莉花种植与茶文化系统	2014年
	13. 兴化垛田传统农业系统	2014年
	14. 佳县古枣园	2014年
	15. 甘肃扎尕那农林牧复合系统	2017年
	16. 湖州桑基鱼塘系统	2017年
印度	17. 克什米尔藏红花种植系统	2011年
	18. 科拉普特传统农业系统	2012年
	19. 库塔纳德海平面下农耕文化系统	2013年
伊朗	20. 卡尚坎儿井灌溉农业文化遗产系统	2014年

续表

日本	21. 能登半岛山地与沿海乡村景观 22. 佐渡岛稻田朱鹮共生系统 23. 阿苏可持续草地农业系统 24. 静冈县传统茶草复合系统 25. 大分县国东半岛林农渔复合系统 26. 长良川上中游流域系统 27. 南部田边梅系统 28. 高千穗乡椎叶山山间地农林复合系统	2011 年 2011 年 2013 年 2013 年 2013 年 2015 年 2015 年 2015 年
肯尼亚	29. 马赛草原游牧系统	2011 年
摩洛哥	30. 阿特拉斯山脉绿洲农业系统（马格里布绿洲）	2011 年
秘鲁	31. 安第斯高原农业系统	2011 年
菲律宾	32. 伊富高稻作梯田系统	2011 年
韩国	33. 青山岛板石梯田农作系统 34. 济州岛传统石墙农业系统 35. 花开传统河东茶农业系统	2014 年 2014 年 2017 年
坦桑尼亚	36. 恩戈罗马赛草原游牧系统 37. 基哈巴农林复合系统	2011 年 2011 年
突尼斯	38. 加夫萨绿洲农业系统（马格里布绿洲）	2011 年
阿联酋	39. 艾恩和利瓦历史椰枣绿洲农业系统	2015 年
斯里兰卡	40. 干旱地区槽村联合系统	2017 年
西班牙	41. 马拉加葡萄干生产系统 42. 阿尼亚纳海盐生产系统	2017 年
墨西哥	43. 浮岛农业系统	2017 年
埃及	44. 锡瓦绿洲系统	2016 年

（二）中国重要农业文化遗产管理

我国悠久灿烂的农耕文化历史，加上不同地区自然与人文的巨大差异，创造了种类繁多、特色明显、经济与生态价值高度统一的重要农业文化遗产。这些都是我国劳动人民凭借着独特而多样的自然条件和他们的勤劳与智慧而创造出的农业文化典范，蕴含着“天人合一”的哲学思想，具有较高的历史文化价值。但是，在经济快速发展、城镇化加快推进和现代技术应用的过程中，由于缺乏系统有效的保护，一些重要农业文化遗产正面临着被破坏、被遗忘、被抛弃的危险。为加强我国重要农业文化遗产的挖掘、保护、传承和利用，我国全面开展重要农业文化遗产发掘工作。

2012 年 3 月，农业部发布《关于开展中国重要农业文化遗产发掘工作的通知》，启动中国重要农业文化遗产发掘工作。明确以挖掘、保护、传承和利用为核心，以筛选认定中国重要农业文化遗产为重点，不断发掘重要农业文化遗产的历史价值、文化和社会功能，并在有效保护的基础上，与休闲农业发展有机结合，探索开拓动态传承的途径、方法，努力实现文化、生态、社会和经济效益的统一，逐步形成中国重要农业文化遗产动态保护机制，为繁荣农业农村文化、推进现代农业发展、促进农民就业增收作出积极的贡献。

截至 2017 年 6 月 30 日，一共评选 4 批 91 处中国重要农业文化遗产，主要类型涵盖稻作栽培系统、林果生产系统、茶文化系统和渔业与农业景观系统等，详见表 1-7。

在 91 处中国重要农业文化遗产中，福建省有 4 处，分别是：福建茉莉花种植与茶文化系统、福建尤溪联合梯田、福建安溪铁观音茶文化系统和福建福鼎白茶文化系统。

表 1-7 中国重要农业文化遗产名录

批次	遗产名称	入选年
第一批 (19 处)	河北宣化传统葡萄园 内蒙古敖汉旱作农业系统 辽宁鞍山南果梨栽培系统 辽宁宽甸柱参传统栽培体系 江苏兴化垛田传统农业系统 浙江青田稻鱼共生系统 浙江绍兴会稽山古香榧群 福建福州茉莉花种植与茶文化系统 福建尤溪联合梯田 江西万年稻作文化系统 湖南新化紫鹊界梯田 云南红河哈尼稻作梯田系统 云南普洱古茶园与茶文化系统 云南漾濞核桃作物复合系统 贵州从江侗乡稻鱼鸭系统 陕西佳县古枣园 甘肃皋兰什川古梨园 甘肃迭部扎尕那农林牧复合系统 新疆吐鲁番坎儿井农业系统	2013 年
第二批 (20 处)	天津滨海崔庄古冬枣园 河北宽城传统板栗栽培系统 河北涉县旱作梯田系统 内蒙古阿鲁科尔沁草原游牧系统 浙江杭州西湖龙井茶文化系统 浙江湖州桑基鱼塘系统 浙江庆元香菇文化系统 福建安溪铁观音茶文化系统 江西崇义客家梯田系统 山东夏津黄河故道古桑树群 湖北赤壁羊楼洞砖茶文化系统 湖南新晃侗藏红米种植系统 广东潮安凤凰单丛茶文化系统 广西龙胜龙脊梯田系统 四川江油辛夷花传统栽培体系 云南广南八宝稻作生态系统 云南剑川稻麦复种系统 甘肃岷县当归种植系统 宁夏灵武长枣种植系统 新疆哈密市哈密瓜栽培与贡瓜文化系统	2014 年

续表

第三批 （23 处）	北京平谷四座楼麻核桃生产系统 北京京西稻作文化系统 辽宁桓仁京租稻栽培系统 吉林延边苹果梨栽培系统 黑龙江抚远赫哲族鱼文化系统 黑龙江宁安响水稻作文化系统 江苏泰兴银杏栽培系统 浙江仙居杨梅栽培系统 浙江云和梯田农业系统 安徽寿县芍陂（安丰塘）及灌区农业系统 安徽休宁山泉流水养鱼系统 山东枣庄古枣林 山东乐陵枣林复合系统 河南灵宝川塬古枣林 湖北恩施玉露茶文化系统 广西隆安壮族“那文化”稻作文化系统 四川苍溪雪梨栽培系统 四川美姑苦荞栽培系统 贵州花溪古茶树与茶文化系统 云南双江勐库古茶园与茶文化系统 甘肃永登苦水玫瑰农作系统 宁夏中宁枸杞种植系统 新疆奇台旱作农业系统	2015 年
第四批 （29 处）	河北迁西板栗复合栽培系统 河北兴隆传统山楂栽培系统 山西稷山板枣生产系统 内蒙古伊金霍洛农牧生产系统 吉林柳河山葡萄栽培系统 吉林九台五官屯贡米栽培系统 江苏高邮湖泊湿地农业系统 江苏无锡阳山水蜜桃栽培系统 浙江德清淡水珍珠传统养殖与利用系统 安徽铜陵白姜种植系统 安徽黄山太平猴魁茶文化系统 福建福鼎白茶文化系统 江西南丰蜜橘栽培系统 江西广昌莲作文化系统 山东章丘大葱栽培系统	2017 年

续表

第四批 (29处)	河南新安传统樱桃种植系统 湖南新田三味辣椒种植系统 湖南花垣子腊贡米复合种养系统 广西恭城月柿栽培系统 海南海口羊山荔枝种植系统 海南琼中山兰稻作文化系统 重庆石柱黄连生产系统 四川盐亭嫘祖蚕桑生产系统 四川名山蒙顶山茶文化系统 云南腾冲槟榔江水牛养殖系统 陕西凤县大红袍花椒栽培系统 陕西蓝田大杏种植系统 宁夏盐池滩羊养殖系统 新疆伊犁察布查尔布哈农业系统	2017年

（三）中国农业文化遗产管理

为贯彻落实2016年中央一号文件关于“开展农业文化遗产普查与保护”的部署要求，农业部精心组织、科学安排，在各级农业管理部门、各传统农业系统所在地有关部门和农业文化遗产专家委员会的共同努力下，开展全国范围内农业文化遗产普查。此次普查按照农业部部署指导、省级组织审核汇总、县级农业部门组织填报的方式推进，从宏观层面基本摸清了全国农业文化遗产的底数、类型和分布。经过中国重要农业遗产专家委员会论证分析，2016年确认有潜在保护价值的农业生产系统408项，其中，福建省25项，详见表1-8。

表1-8　2016年全国农业文化遗产普查结果（福建部分）

遗产名称	入选年
福建丰泽清源山茶文化系统 福建洛江槟榔芋栽培系统 福建洛江红心地瓜栽培系统	2016年

续表

福建洛江黄皮甘蔗栽培系统福建洛江芥菜栽培系统 福建南安龙眼栽培系统 福建南安石亭绿茶文化系统 福建永春佛手茶文化系统 福建永春岵山荔枝栽培系统 福建永春闽南水仙栽培系统 福建晋江花生文化系统 福建惠安余甘栽培系统 福建安溪油柿栽培系统 福建安溪山药栽培系统 福建漳州凤凰山古荔枝林 福建云霄古茶园与茶文化系统 福建连城白鸭养殖系统 福建武平绿茶文化系统 福建龙岩斜背茶文化系统 福建龙岩花生栽培系统 福建松溪甘蔗栽培系统 福建霞浦荔枝栽培系统 福建福鼎白茶文化系统 福建古田银耳生产系统 福建蕉城柳杉文化系统	2016 年

第五节 福建传统农业文化系统概述

福建是历史上海上丝绸之路、郑和下西洋的起点，也是海上商贸集散地，不同于中国其他地区，福建沿海的文明是海洋文明，而内地客家地区是农业文明。得天独厚的区位条件和悠久深厚的农业文明，使得福建传统农业文化遗产系统得到了较好的保留。

（一）福建传统农业文化系统

至 2016 年，福建省共有 28 项传统农业文化遗产系统被列入全球重要农业文化遗产、中国重要农业文化遗产以及中国农业文化遗产名录。其中有1项农业文化遗产系统被列入全球重要农业文化遗产、3项被列入中国重要农业文化遗产、25项被列入中国农业文化遗产名录。按照系统总体特征，福建农业文化遗产系统分为茶文化农业文化遗产系统、经济作物生产农业文化遗产系统、林果生产农业文化遗产系统和其他类型农业文化遗产系统等四大类。

1. 福建茶文化农业文化遗产系统

至2016年，福建省共有10项茶文化农业文化遗产系统被列入全球重要农业文化遗产、中国重要农业文化遗产以及中国农业文化遗产名录，包括1项全球重要农业文化遗产：福建福州茉莉花种植与茶文化系统；2项中国重要农业文化遗产：福建安溪铁观音茶文化系统、福建福州茉莉花种植与茶文化系统；8项中国农业文化遗产：福建云霄古茶园与茶文化系统、福建丰泽清源山茶文化系统、福建南安石亭绿茶文化系统、福建永春佛手茶文化系统、福建永春闽南水仙栽培系统、福建武平绿茶文化系统、福建龙岩斜背茶文化系统、福建福鼎白茶文化系统。

2. 福建经济作物生产农业文化遗产系统

至2016年，福建省共有8项经济作物生产农业文化遗产系统被列入中国农业文化遗产名录，包括：福建洛江槟榔芋栽培系统、福建洛江红心地瓜栽培系统、福建洛江黄皮甘蔗栽培系统、福建洛江芥菜栽培系统、福建晋江花生文化系统、福建安溪山药栽培系统、福建龙岩花生栽培系统、福建松溪甘蔗栽培系统。

3. 福建林果生产农业文化遗产系统

至2016年，福建省共有7项林果生产农业文化遗产系统被列入中国农业文化遗产名录，包括：福建蕉城柳杉文化系统、福建南安龙眼栽培系统、福建永春岵山荔枝栽培系统、福建惠安余甘栽培系统、福建安溪油柿栽培系统、福建漳州凤凰山古荔枝林、福建霞浦荔枝栽培系统。

4. 其他类型农业文化遗产系统

至2016年，福建尤溪联合梯田被列入中国重要农业文化遗产，福建古田银耳生产系统、福建连城白鸭养殖系统被列入中国农业文化遗产。

（二）福建农业文化遗产保护与发展探索

根据2017年7月国家主席习近平就厦门鼓浪屿申遗成功和保护文化遗产作出的重要指示及福建省委就学习贯彻重要指示精神作出的具体部署，福建农业文化遗产的保护与发展要健全长效机制，把老祖宗留下来的文化遗产精心守护好，让历史文脉更好地传承下去。

中国社会起步于农业社会，中华文化也始于农业文化。农业是中国文化的根基之所在，也是中国文化得以传承的重要载体，是中国文化自信的本源之所在。目前，福建还有众多散落在全省各地的众多有待挖掘与保护的农业文化遗产。随着工业化进程不断推进和城镇化进程稳步深入，环境污染导致的伤害、过度开发造成的建设性破坏、关注度较低阻碍农业文化遗产保护进程等问题，使得这些具有历史性、系统性、持续性和濒危性特征的农业文化遗产，面临愈发严峻的保护与发展形势。

鉴于农业文化遗产一旦破坏便无法恢复，加强对福建省农业文化遗产保护，推动延续福建文脉、传承福建文化基因、打造福建文化品牌，具有重要性和紧迫性。福建省应尽快建立完善的农业文化遗产保护与发展体系，形成以政府为主导、以平台为依托、全社会共同参与的农业文化遗产保护与发展格局。

第二章

福建农业文化遗产·遗址类

福建遗址类农业文化遗产丰富，在我国农业文化发展史上占据十分重要的地位，是研究福建汉代及其以前农业发展状况的唯一资料。目前，通过考古调查发现的福建境内与农业相关的遗址数量众多、类型丰富，包含稻作遗址、渔猎遗址、贝丘遗址、洞穴遗址及其他遗址。这些不同类型、不同年代的遗址共同构成了福建从旧石器时代末期一直延续至汉代的文化发展序列。这些遗址向人们展示了福建古人类采集狩猎经济的面貌，为人们提供了研究新石器时代福建原始农业出现并逐渐发展的证据，为探讨沿海和内陆经济形态的差异提供了可靠的依据，对研究福建农业的发展历史具有重要意义。

明溪南山遗址全貌 江月兰 摄

第一节 稻作遗址

明溪南山遗址

南山遗址位于三明市明溪县城关乡上坊村北，是一处洞穴遗址和露天旷野遗址相结合的古人类遗址。

该遗址于1986年被发现，此后经过多次的试掘和考古调查，发现了自旧石器时代至青铜时代的人类文化遗迹，遗址内

涵十分丰富。在 4 平方米的探方中，发现了 300 粒的炭化稻谷和少量果核，这在福建内陆地区尚属首次，为研究稻作起源和传播提供了珍贵的材料。

南山遗址位于明溪盆地的中心地带，生存环境十分理想，成为当时的聚落中心，对于研究福建尤其是闽西的史前环境和人类从事稻作活动具有重要价值。该遗址于 2013 年被国务院公布为第七批全国重点文物保护单位。

2017 年 11 月，中国社科院、福建省博物院和明溪县博物馆考古团队在南山遗址 4 号洞的新石器时代文化层上发现了上万颗炭化稻谷，表明南山遗址古代先民已经掌握了相对较发达的农业生产方式，这意味着我国首次发现会“种田”的穴居人。

第二节　渔猎遗址

漳州戈林山遗址

漳州戈林山遗址位于漳州市长泰县岩溪镇锦鳞村正东面约 200 米的一个小山丘，总面积约 8.6 万平方米。

戈林山遗址是一处内涵丰富的古文化遗址，主要包括两个时代三个方面的内涵。两个时代即遗址的上文化层为汉代堆积，下文化层为商代堆积，这在整个闽南地区已知遗址中是独一无二的。三个方面即遗址同时拥有居住、墓葬和石器加工等三个方面的内涵，这在福建省已发掘资料中极为少见。其商代墓葬可弥补漳州地区商代中期前后材料之不足，为构建闽南地区先秦文化的发展序列提供珍贵资料。商代石器加工遗存为省内首次发现，这对于研究商周时期的石器加工技术十分有益，是研究古人类渔猎活动的重要实物遗存。

此外，遗址周边存在着座前山、奎山、高山寨、笋仔岭、天坪等多处商代至汉代的遗址，形成以戈林山为中心的聚落遗址群，对于研究汉代以前闽南地区的聚落形成、生存和发展都有重要的意义。戈林山遗址于 2005 年 8 月被公布为长泰县第六批县级文物保护单位。

◆长汀河田新石器时代遗址

长汀河田新石器时代遗址位于龙岩市长汀县河田镇。

该遗址已发现的遗物主要有石器和陶器，其中石器总数达

长汀河田新石器遗址 李鸿 摄

到1310件，种类达到二三十种。以石锛为最多，可以分为常型的、无棱的、有段的、细长形的、三角形的和弧形刃的；次为石镞，可分为有脊的、无脊的、三棱的、四棱的、短阔的5种，其他如石枪尖、石斧、石刀、石戈、石环等数量较少。

常型石锛可以割断、砍劈削各种植物质或动物质的东西，用来准备食物、制造竹木工具、削剥鸟兽皮等。其数量众多，是日常生活所必需的。有段石锛可以用于砍断或劈开某些松脆的东西，也可以用来截断或者刳刻木料。这些石器工具的调查发现，表明当时人类的采集狩猎经济十分发达。1986年的调查还发现了长舌石犁， 证明了汀江流域的古越族人完整地经历了原始农业的刀耕、锄耕和犁耕三个发展阶段。

闽侯昙石山遗址

闽侯昙石山遗址位于闽侯县甘蔗镇昙石村西南、濒临闽江北岸的小山岗上，遗址面积约1万平方米。出土遗物有陶器、玉石器、骨牙器、牡蛎器等1200多件。出土的器物大多具有鲜明的地方特色，根据出土的器物推断，昙石山遗址的中、下层年代距今约4000−5500年。

闽侯昙石山遗址生动展现了福建远古时期农耕文明的历史。它将鲜为人知的先秦闽族文化，由原来的3000年向远古大大推进了一步。其文化的特点是：生产工具以小型石锛为主，前期磨制较粗糙，后期磨制较精致；前期和后期都使用大型牡蛎壳制成的工具——“贝耜”；陶器以泥质灰黑陶为主，前期有细砂红陶和泥质红陶；日常生活的陶质器皿以釜、罐、豆、碗、杯、壶为多，流行圜底和圈足器，三足器少见。从出土的器物及考古分析来看，昙石山遗址文化堪称福建早期农耕文明与海洋文明的代表。

2001年，昙石山遗址被国务院公布为第五批全国重点文物保护单位。

闽侯县昙石山遗址博物馆 林龙锦 摄

◆漳州莲花池山遗址

莲花池山遗址位于漳州市北环城路岱山村村北路段，是我国东南沿海一处重要的旧石器时代遗址。

遗址自20世纪80年代末发现以来就受到学术界的关注，学者们先后对其进行过发掘、调查与研究。2005-2006年的考古发掘发现一个包含有砖红土及网纹红土的地层剖面，在其中的3个石英砾石夹层中出土234件石制品。石器组合中刮削器不超过50%，砍砸器占23%，石锤、手镐、雕刻器及尖状器的比例均不到10%。以刮削器为主的小型石片石器便于用来捕获和加工狩猎资源，代替了早期用于森林环境挖掘和砍伐任务的大型砾石工具，如砍砸器、大型尖状器等。

莲花池山遗址是福建史前考古的重大发现，将福建人类史推前20万年，填补了福建省旧石器文化的空白。莲花池山遗址于2013年被国务院公布为第七批全国重点文物保护单位。

◆福鼎马栏山遗址

马栏山遗址位于宁德福鼎市店下镇洋中村北，相对高度15米，遗址范围12.5万平方米，地表有大量石器半成品及石片废

新石器时期马栏山古人类劳动图　罗健 手绘

料。文化层包含物以石器居多，夹有陶片。出土器物有有段石锛、梯形石锛、石镞、石斧、打制石片和夹砂黑陶片、灰硬陶片，可辨器型有罐等。初步判断为新石器时代遗址。

1991 年马栏山遗址被公布为福建省文物保护单位。

◆浦城牛鼻山遗址

牛鼻山遗址位于浦城县东北约 30 公里的管厝乡管溪村牛鼻山南坡，为一处重要的新石器时代遗址。出土有石器、玉器、陶器等文化遗物 300 多件，以及大量陶片。

该遗存的文化内涵因素广泛分布于闽西、闽北地区的建宁、浦城、清流、光泽、长汀、武夷山等地，具有一定的地域性，遂将其定为同一类型文化。因牛鼻山遗址发掘资料丰富，属闽西、闽北地区新石器时代典型遗存，故将该类型文化命名为“牛鼻山类型”。

牛鼻山遗址所处的特殊地理位置，为研究闽、浙、赣三省交界地区古文化的产生与交流产生重大影响。2009 年牛鼻山遗址被公布为福建省文物保护单位。

浦城牛鼻山遗址出土的陶豆 李虹 摄

浦城牛鼻山遗址出土的陶罐 李虹 摄

第三节 贝丘遗址

闽侯庄边山遗址

庄边山遗址位于福州市闽侯县竹岐乡榕岸村东南，地表遍布贝壳碎屑，也散见石器、陶片等，面积近 2 万平方米，考古研究确定为新石器时代遗址。

庄边山遗址属于贝丘遗址，以地层中包含大量的蛤蜊壳为特点。根据对考古发掘出土的遗物和地层的比较，该遗址可以分为两个文化遗存。遗址下层出土文物主要包括生产工具和生活用具。在生产工具方面，主要是石器和贝器。石器以锛为主，还有少量的凿、斧、镞等，贝器为耜和刀两类。陶工具为陶拍和纺轮。此外，还发现有个别骨器。生活用具方面，主要是陶器，有釜、罐、壶、豆、簋、碗、杯等。遗址上层出土的生产工具与下层大体类似，而生活用具方面，上层火候甚高的施衣陶、橙黄陶及灰硬陶成为主流。下层文化中的63座墓葬材料为我们认识当时人们的社会生产生活提供了线索：当时人们有公共墓地；盛行单人一次葬，墓葬一般都是东西朝向，随葬以陶器生活用品为主；他们的墓穴一般以蛤蜊壳填充，有的直接埋在蛤蜊壳坑内。这些反映了当时人们对海洋性经济的依赖程度较高。1961年庄边山遗址被公布为福建省第一批文物保护单位。

闽侯庄边山遗址 林岳铿 摄

平潭壳丘头遗址

壳丘头遗址位于平潭平原镇南垄村。遗址面积约3200平方米，出土有打制石器和磨制石斧、石锛、骨镞、骨匕、纺轮、陶支脚和陶片。陶片以夹砂灰黄陶为主，混质陶较少，可辨器形有釜、缸、豆、碗、盘等，纹饰以贝齿纹、戳点纹、刻划纹为显著特征。还出土有大量轻度石化的鹿牙、鹿骨等兽骨和贝壳。

壳丘头文化遗址是福建省最早一处新石器时代遗址，它追溯了7000多年前祖先们在海坛岛上栖息繁衍的历史。1991年壳丘头文化遗址被公布为福建省文物保护单位。

平潭西营遗址

西营遗址位于平潭平原镇西营村东北方向，遗址面积约1万平方米。断面多处暴露贝壳堆积，可见0.2–0.5米厚的文化层堆积。出土有打制石器和陶器碎片。陶片以夹砂灰陶为主，其次是夹砂红陶、夹砂黑陶、泥质灰陶等。陶片纹饰以绳纹居多，有细绳纹、绳纹、交错绳纹等，可辨器形有罐、釜等。陶系、纹饰同壳丘头遗址相似，属“壳丘头文化”类型。该遗址见证了人类新石器时代的生活历史。

平潭西营遗址

平潭桃花寨山遗址

桃花寨山遗址位于平潭平原镇桃花寨村西北方向，遗址面积约750平方米。出土有打制石凿、磨制石镞，以及夹砂黑陶片、夹砂灰黄陶片等。陶片纹饰有贝齿纹、绳纹等，可辨器形有罐、釜等。属“壳丘头文化”类型，距今约5500年。它是人类新石器时代生活的历史见证。

福清东张遗址

福清东张遗址位于福清市东张镇，总面积约5000平方米。出土石器1359件，器型有锛、斧、镞、刀、凿、矛、戈、研磨器、网坠、纺轮、砍砸器和装饰品等，其中以锛为最多，镞次之。

根据地层及出土遗物综合判断，遗址可分为上、中、下三层堆积：下层为新石器时代晚期的昙石山文化，出土陶片为泥质陶和灰砂陶，石器以小型石锛为主，房基为椭圆形半地穴式结构；中层出土彩陶和带黑色陶衣的泥质硬陶，房基为长方形地面建筑，墙基用石块叠筑，年代为新石器时代末期至青铜器时代早期；上层出土印纹陶、彩陶、釉陶，还出土青铜器残片一块，表明遗址已进入青铜时代。

农业生产始终是东张新石器时代居民的主要经济活动，研磨器及烧土中稻草痕迹的发现，说明当时已种植稻谷类粮食作物。

另外，狩猎当时和捕鱼一样，在经济生活中也占有一定的地位。

东张遗址是福建省首次发现的新石器时代至青铜时代三个不同文化叠压关系的遗址，对研究福建地区史前文化分期具有重要学术价值。

晋江流域和晋江沿海史前遗址

晋江流域及晋江沿海地区史前遗址有近200处，考古发现了距今2万年前生活在泉州外海的晚期智人“海峡人”化石、1.5万年前晋江深沪湾潮间带遗址，以及2800年至3500年前青铜时代庵山沙丘贝丘遗址等，除旧石器晚期遗址外，主要为新石器时代晚期至青铜时代，尤其以青铜时代遗址数量最多，福建新石器时代与青铜时代相当于中原商代早期。这些遗址大都分布在南安、安溪等低矮、开阔的地带，附近有晋江蜿蜒而过，非常适合古人生活。

在惠安县百崎回族自治乡下埭村音楼山遗址，考古专家发现大量动物骨骼，有鱼骨、鹿骨、鸟骨，很多都有烧过的痕迹。据专家推断，史前时期晋江沿海地区的居民大多是猎人，平时上山捉鹿、下海捕鱼，最喜欢的食物可能是梅花鹿肉和海鲜。

晋江流域史前遗址丰富的古人类遗迹填补了泉州新石器时代至青铜时代的历史空白，为今后深入研究提供了第一手资料，也将泉州人类文明追溯到4000年以前。

晋江流域史前遗址

晋江庵山沙丘遗址

庵山沙丘遗址位于福建省晋江市深沪镇坑边村东北，是福建省目前所发现的规模最大的青铜时代沙丘兼贝丘类型的聚落遗址，同时也是目前我国东南沿海地区青铜时代面积最大、保存最好的沙丘遗址，推测其原有面积约 20 万平方米。

遗址地层自上而下可分为 7 层。文化内涵主要是青铜时代的文化遗存，遗迹有房址、灰坑等。出土的文化遗物种类繁多，5 件石范残片对研究我国东南沿海青铜时代冶铸史具有十分重要的意义。该遗址对于研究数千年来庵山遗址环境的变迁以及人类如何适应环境，具有很高的科学研究价值。

2013 年庵山沙丘遗址被国务院公布为第七批全国重点文物保护单位。

◆霞浦黄瓜山贝丘遗址

黄瓜山贝丘遗址位于霞浦县南部海岸边一座孤立的山丘之上（海拔 50 米），隶属沙江小马村。黄瓜山文化遗址的年代大约距今 3000–4000 年，为一处青铜器时代遗址，总面积约 6000 平方米。

在黄瓜山的东坡、西坡、东北坡各有一个小山凹，原始人群——贝丘人留下的文化遗存，就分布在这三个坡的凹面上。出土文化遗物 6000 多件，大体分为石器、陶器、骨器三类。

黄瓜山遗址出土陶器

黄瓜山贝丘遗址生动反映了闽东先民的生活习俗。遗址发掘出排水沟两条，呈西南 - 东北走向，沟长 13.5 米，宽 1.5–2.2 米不等，深 0.5–1.7 米，沟底圆弧状，从外围所发现的建筑遗迹现象看，这两条沟应是当时人们居住区域内的排水设施。此外，还有一些排列基本有序的柱洞，位于两条排水沟之间，柱洞底部为垫石，其居住面应属于木构干栏式。遗址内还发现了4个灶坑，都是利用原有地面凿成圆形坑，前方留有灶口，平面呈“Ω”形，口小底大。灶坑口径约30-35厘米，深30-40厘米。因长期使用，坑壁形成厚厚红烧土圈，坑内积有红烧土块和炭粒。

黄瓜山遗址为进一步探讨和研究福建沿海地区贝丘遗址的分布、类型及其规律，提供了重要资料，是南岛语族起源学说和闽台渊源的有力证明。

黄瓜山遗址全景

2005年黄瓜山遗址被公布为福建省文物保护单位。

第四节 洞穴遗址

三明万寿岩遗址

万寿岩遗址位于三明市三元区岩前村，遗址由灵峰洞、龙津洞和船帆洞等组成，延续时间长、跨度大。洞穴形态完整，周围环境良好，保存了大量远古人类生活重要信息。遗址内的人工石铺地面，世所罕见。

遗址出土了800余件石制品和20余种哺乳动物化石及少量骨、角器。其中灵峰洞文化堆积层，经测为距今约18.5万年，

三明万寿岩遗址全景

这是福建省发现最早的旧石器时代文化遗址，也是目前华东地区发现最早的洞穴类型旧石器时代早期遗址。2001 年 6 月，万寿岩遗址被公布为第五批全国重点文物保护单位。

◆漳平奇和洞遗址

漳平奇和洞遗址位于漳平市象湖镇灶头村东北，面积共 120 平方米。

遗址出土了一批重要的遗迹与遗物。遗迹包括旧石器时代晚期人工石铺活动面、灰坑等，新石器时代早期房址、灶、火塘、柱洞、灰坑等。遗物包括人骨、打制石器、磨制石器、陶器、骨器、动物化石、煤矸石、动物骨骼、螺壳等。遗址出土的器物组合为釜、罐、盆、钵、盘等；石器有石锛、石斧、砺石、凹石、石坯、石球、石刀、石锤、石砧、石凿、石网坠、砍砸器和磨制小石器等生产工具。

奇和洞遗址揭露出的新石器时代早期人类居住面，表明早在距今 1.2 万年前，人类已经开始在奇和洞定居，并从事采集和狩猎活动，留下大量烧石、烧土、烧骨、灰烬等遗存。其中动物遗骨包括脊椎动物中的哺乳类、鸟类、龟鳖类和鱼类，以及无脊椎动物中的螺类、蚌类等。

奇和洞遗址的发现，不仅填补了福建乃至中国东南区域在旧石器时代晚期向新石器时代早期过渡阶段的空白，而且为探讨新旧石器过渡阶段人类体质演化、生计模式转变、技术发展等提供了珍贵而翔实的材料，对探索农业起源、陶器起源等也都具有十分重要的学术价值。

漳平奇和洞遗址于2013年被国务院公布为第七批全国重点文物保护单位。

第五节 其他遗址

泉州夏商原始瓷窑址

泉州夏商原始瓷窑址位于永春县介福乡与德化县三班镇交界处，海拔高度约670米，包括辽田尖山古窑址和苦寨坑古窑址。窑址靠近晋江流域，交通方便，附近分布着大量瓷土矿，是泉州历史上著名的窑场之一。

遗址航拍图

原始瓷窑址所处的山坡植被茂盛，林间杂草丛生，瓷土丰富，具备生产瓷器的物质条件。考古挖掘所发现的烧造原始瓷的窑炉遗迹大部分保存较好，窑炉均为南方传统的地穴式龙窑，由火膛和窑室两部分组成。同时，窑址出土了大量原始瓷标本，器形有尊、罐、豆、钵、间隔器、纺轮等。

出土原始瓷部分纹饰

泉州夏商原始瓷窑址发掘出土的原始青瓷器的制作工艺水平高，器形、纹饰丰富，既有泉州地方特色，又有外来文化因素，是研究南方青铜时代窑业技术以及福建闽江、九龙江流域考古学文化交互传播和影响的极其重要的考古资料。经专业测定，其出土的原始青瓷年代为距今3000多年前的夏朝中后期到商代中期，这一结果把中国烧制原始瓷的历史向前推移了200年。永春苦寨坑原始青瓷窑址也是迄今为止全国发现的年代最早的原始瓷窑址。

◆北苑御焙遗址

北苑御焙遗址位于建瓯市东峰镇，属北宋遗址。1995年1月和11月，福建省博物馆考古队先后两次对北苑御焙遗址进行重要考古，在裴桥村焙前自然村的石门垱一带考古挖掘四百多平方米，两期发掘揭露共50多个遗迹单位，发现不同时期的建筑台基、天井、水沟、水池、河卵石官道等。经考古确认，当地俗称的“龙井”为史籍记载的“御泉井”，焙前村后整个山谷地带为北苑御焙官署行衙建筑群遗迹，考古所揭露的遗迹成为目前国内发现的最早的官办茶叶衙署遗址。2006年5月，该遗址被国务院核定为第六批全国重点文物保护单位。

第三章

福建农业文化遗产·物种类

有别于联合国教科文组织主导的世界文化遗产项目旨在原位保护和恢复古代文化景观，由联合国粮农组织主导的农业文化遗产项目旨在采用发展和应用的视角同时保护农业生物多样性和农业文化多样性，农业生物多样性及其文化内涵是其核心内容。其中，农业生物多样性的基本层次是农业生物物种多样性，指特定区域人类在长期的农业生产实践中驯化和培育的植物（作物）种类和动物（畜禽）品种的数量。文化遗产意义上的农业生物物种主要以地方品种的形式存在。

福建省地处我国中亚、南亚热带区域，光照水气资源丰富，先民在长期的农业耕作中，留下了许多与多样性农业地理景观相适应的农业作物和畜禽地方品种。然而，随着近代农业市场经济的推进，专业化选育和推广应用的杂交作物和畜禽品种因为产量和质量占优而逐步替代了地方性作物和畜禽品种，让后者逐步濒临消失的危险，也给后者的保护带来极大的挑战。因此，搜集和挖掘福建省物种类农业文化遗产意义重大。

第一节　作物类物种

表 3-1 列出了迄今搜集到的福建省作物类农业文化遗产名单，本节一一叙述。

表 3-1　福建省作物类农业文化遗产名单

序号	名称	来源	序号	名称	来源
1	莆田荔枝	莆田	21	华安铁观音	漳州
2	霞浦晚熟荔枝	宁德	22	福鼎白茶	宁德
3	莆田桂圆	莆田	23	福鼎白琳工夫茶	宁德
4	同安“凤梨穗”龙眼	厦门	24	福安坦洋工夫茶	宁德
5	莆田枇杷	莆田	25	白芽奇兰茶	漳州
6	云霄枇杷	漳州	26	永春佛手茶	泉州
7	度尾文旦柚	莆田	27	河龙贡米	三明
8	华安坪山柚	漳州	28	汕优 63	三明
9	平和琯溪蜜柚	漳州	29	福鼎槟榔芋	宁德
10	福鼎四季柚	宁德	30	宁化薏米	三明
11	天宝香蕉	漳州	31	连城红心地瓜	龙岩
12	永春芦柑	泉州	32	明溪淮山	三明
13	浮宫杨梅	漳州	33	永安鸡爪椒	三明
14	尤溪金柑	三明	34	建宁通心白莲	三明
15	建阳橘柚	南平	35	松溪“百年蔗”	南平
16	郑湖水柿	三明	36	武夷山大红袍母树	南平
17	福州茉莉花茶	福州	37	延平杉木王	南平
18	安溪黄金桂茶	泉州	38	冠豸山铁皮石斛	龙岩
19	安溪毛蟹茶	泉州	39	柘荣太子参	宁德
20	安溪铁观音	泉州	40	翠碧一号	三明

莆田荔枝

莆田荔枝主要分布于莆田市荔城区的西天尾镇、新度镇、黄石镇、拱辰办事处，城厢区的华亭镇、凤凰山办事处、灵川镇、东海镇、霞林办事处，涵江区的梧塘镇、白塘镇、涵西办事处、涵东办事处，仙游县的郊尾镇、枫亭镇等 15 个乡镇。

莆田荔枝始于唐代。宋代蔡襄曾写下世界上第一本《荔枝谱》，称兴化（莆田的旧称）荔枝最为奇特。后来，荔枝树又被莆田市定为市树，莆田也称“荔城”。

莆田荔枝产区的土壤大多是沉积土和红壤，土层厚、土质较疏松，排水良好，pH 值为 5–6.5，其熟化特征明显，属高产园地，有利于荔枝生长的需要。“陈紫”“宋家香”“状元红”等都是当地的优良品种。

莆田荔枝具有果皮红色或紫红色，且色泽均匀一致，果实心形，果肉乳白色，汁多味甜，单果重≥ 17.0 克，醮核率≥ 70.0%，可食率≥ 68.0%，可溶性固形物含量≥ 17.0% 等特点。

2013 年 12 月，莆田荔枝被国家质量监督检验检疫总局评为国家地理标志保护产品。

莆田荔枝

霞浦晚熟荔枝

霞浦晚熟荔枝主要分布于霞浦县松港街道、长春镇、牙城镇、溪南镇、沙江镇、下浒镇、三沙镇、盐田畲族乡和北壁乡等9个乡镇和街道。

据霞浦县志记载，霞浦种植荔枝已有七百多年的历史，明代以前从福州传入元红品种，植于东吾洋沿岸地区，被列为贡品。

受东吾洋、官井洋特殊小气候的调节，东吾洋沿岸地区形成独特的地理环境，造就了同纬度独特的气候、土壤条件，使得这里的荔枝表现出迟熟、质优、醮核、无霜冻等特点，故被称为“霞浦晚熟荔枝”。

霞浦晚熟荔枝主栽品种为“元红”，呈现以下几个特点：果实心形，果顶渐尖，顶端钝圆，果肩微凸，果面鲜红色，龟裂片隆起小刺；果肉乳白色，半透明，肉质细滑，汁多化渣，甜酸适口，香气浓醇；可溶性固形物17%-23%，单果重20-25克，醮核率≥80%等。

2012年2月，霞浦晚熟荔枝通过农业部国家农产品地理标志登记确认。

霞浦晚熟荔枝

莆田桂圆

桂圆是加工后的龙眼果实。莆田桂圆主要分布于莆田市涵江区、城厢区和仙游县的25个乡镇、街道、办事处。

莆田桂圆栽培始于公元前后的汉代，历史悠久。据16世纪的明弘治《兴化府志》载：仙游、莆田两县每年进贡兴化桂圆干有一千多斤。又据唐御史黄滔撰写的《黄山灵岩寺碑铭》记述，莆田县东峰庙当时已有龙眼栽培和加工技术居中国领先地位，如高接换种、小苗嫁接、品种选育、桂圆加工等。

莆田市属亚热带海洋性季风气候，日照充足，雨量适中，日夜温差大，有利于果实可溶性固形物（以糖分为主）的积累，属于中国龙眼最适宜的栽培区域。

莆田桂圆品种主要以乌龙岭、油潭本、大鼻龙和松风本等为主。莆田桂圆果粒大，果壳呈黄褐色，色泽均匀，果形圆整、不凹陷；摇动无响铃现象；果肉呈半透明褐缩状，表面有皱纹，晶莹剔亮、易剥离；具有浓郁香甜的特有滋味。

2008 年 12 月，莆田桂圆被国家质量监督检验检疫总局评为国家地理标志保护产品。

莆田龙眼海

同安“凤梨穗”龙眼

同安“凤梨穗”龙眼主要分布于厦门市同安区，是由厦门市同安区农业技术推广中心于 1980 年全区龙眼品种资源普查时在新民镇西塘村马堎自然村发现的新品种。

同安“凤梨穗”龙眼树形开张，叶片大，主干灰白色，主干和主枝纵纹明显，较粗糙；果穗较大，常带有小叶，重500-1000克。果实近圆形，大小均匀，着生密度均匀较稀疏，单果重12-14克。果皮黄褐色，果肉乳白色、半透明，表面不流汁，易离核、质较脆、味甜，有特殊的香味；可食率69.2%。成熟期为8月下旬至9月初，果实成熟后，核蒂柱不易肿大，果肉退糖慢。

同安“凤梨穗”龙眼以其肉厚透明、柔软核小、色泽透红、味甜渣少，既可作药，如壮阳益气、补益心脾、养血安神、润肤美容等功效，又可作为茶点的特点，深得广大消费者厚爱。

2012年11月，“同安凤梨穗”被国家工商总局获准注册中国国家地理标志证明商标。

同安“凤梨穗”龙眼

莆田枇杷

莆田枇杷主要分布于莆田市涵江区、城厢区和仙游县的24个乡镇、街道、办事处。

莆田枇杷栽培历史悠久，早在晋代就已引入莆田市栽培。莆田是全国枇杷四大产地之一，其主产区常太镇号称“中国枇杷第一乡”。

莆田枇杷

莆田枇杷质优名扬四方，除其历史悠久外，离不开当地的气候、土壤和水文等多方面因素。莆田枇杷的栽培区域常年平均气温在19.7℃－22.3℃，极端最低气温－1.0℃，最冷月均温11.5℃左右，可以满足枇杷正常需求；土质较疏松，排水良好，有机质含量较高，pH值为5.0－6.5，非常有利于枇杷生长；产区的水体热容量高，温光资源丰富，温度变化平缓，空气湿度高，有利于果实可溶性固形物的积累。

莆田枇杷主要以解放钟、白梨、乌躬白和早钟6号等品种为主。它们都具有果实大，果形整齐、端正、丰满，同级果大小均匀，果面色泽良好、鲜艳，果粉厚，毛茸多，锈斑少，味甜，有香气，耐贮运等特点。

2008年12月，莆田枇杷被国家质量监督检验检疫总局评为国家地理标志保护产品。

云霄枇杷

云霄枇杷主要分布于漳州市云霄县。

云霄枇杷种植有较长的历史，产品历来多以鲜果及药用干叶为主。据《漳州市志》载：“漳州培育枇杷有700多年历史，集中产于云霄县，占全市50%产量。”云霄县产的红肉长种（又称长红）枇杷在2月下旬上市，比台湾品种及广东、莆田等地品种早熟，被誉为“报春第一果”。

云霄枇杷属热带型常绿小乔木，风味和品质俱佳，果实柔

云霄和平乡楼树枇杷观光产业园

软多汁、细嫩化渣，易剥皮，甜酸适度，风味浓，香气足；果大，单果重 50 克左右，最大可达到 150 克，可食率高，一般在 70% 左右；营养丰富，有润喉、止咳、健胃和清热等功效，是老少皆宜的保健水果。

近年来，云霄县引进“解放钟”与日本“森尾早生”，杂交选育而成新品种“早钟 6 号”枇杷，集合了父本早熟、优质、果大等特点，还能比一般品种提早 15 至 30 天成熟，每年元宵佳节即可上市。此品种具有果皮果肉均呈橙红色，肉质细嫩，香气浓郁，甜质多、酸味少等优点。

2007 年 12 月，云霄枇杷被国家质量监督检验检疫总局评为国家地理标志保护产品。

度尾文旦柚

度尾文旦柚主要分布于莆田市仙游县度尾镇和大济镇等 2 个乡镇。

度尾文旦柚种植历史悠久，早在 1832 年（清道光十二年）由仙游县度尾镇潭边村后庭组举人吴登青和莆仙戏班一个名旦合作栽培成功，后取二人身份取名“文旦柚”，其寓意为“文”举人与名“旦”共同培育出的佳柚，并用高压育苗法在度尾镇推广。1984 年 11 月，时任国家主席的李先念在福建视察时，品尝之后为之命名为“度尾无籽蜜柚”。

度尾文旦柚是莆田四大名果之一，是仙游县度尾镇特有的

度尾文旦柚

名贵佳果，果实品质优良、气味芳香、肉嫩汁醇、甜酸适度、无籽或少籽、清香爽口、风味独特。外观形似大秤砣，色泽青黄，果重800克左右。内含物质丰富，具有较高营养价值和药用功效，具有抗炎止咳、降血压、降血糖等药效，是药膳两宜的美味佳果。

2010年6月，度尾文旦柚被国家质量监督检验检疫总局评为国家地理标志保护产品。

◆华安坪山柚

华安坪山柚主要分布于漳州市华安县新圩镇黄枣村坪山自然村。

华安坪山柚在华安县已有600多年栽培历史，史书有记“华丰产者呼华丰抛”（华安旧称华丰，“抛”是柚子的形象名）。在明清时代，坪山柚就被列为朝廷贡品。

华安坪山柚树冠高大，树姿开张，枝条多披垂，叶片厚大浓绿，果实呈葫芦形，单果重1500克左右，最重可达2500克，果顶平、微凹，果皮黄色，果肉粉红色，肉质脆嫩、酸甜适口。坪山柚性酸、寒，具有消食、除痰、解酒、镇痛等功效。

1992年，时任农业部部长刘中一特地为坪山柚题词“天下名柚华安坪山柚”；1995 年，华安县被国家命名为全国首批百家特产之乡——中国坪山柚之乡。1997 年 10 月，坪山柚参加全国柚类评比获得早熟柚类金杯奖，2003 年、2006 年连续两次获得“福建名牌产品”称号，深受广大消费者喜爱。

2012 年，经国家工商总局商标局认定，“华安坪山柚”荣获中国国家地理标志证明商标。

平和琯溪蜜柚

琯溪蜜柚主要分布于平和县文峰镇、山格镇、小溪镇、南胜镇、五寨乡、坂仔镇、安厚镇、大溪镇、霞寨镇、崎岭乡、长乐乡、秀峰乡、九峰镇、芦溪镇、国强乡、安厚农场、工业园区等 17 个乡镇（场、区）。

琯溪蜜柚至今已有 500 多年的种植栽培历史，在乾隆年间就被列为朝廷贡品。琯溪蜜柚在明朝的时候叫“平和抛”，是由侯山第八世祖西圃公培植成功的。

琯溪蜜柚属亚热带常绿小乔木果树，树冠圆头形，树势强，枝条开张下垂，枝叶茂密，叶片大、长、卵圆形，叶经揉后无刺激性味道；果皮橙黄鲜艳，芳香浓郁，果大皮薄，瓤肉无籽、洁白如玉、多汁柔软、不留残渣、清甜微酸、味极隽永，为柚

琯溪蜜柚

类之冠。琯溪蜜柚还是理想的天然保健食品，具有调节人体新陈代谢之功用，有祛痰润肺、消食醒酒、降火利尿等功效。

2014 年 10 月，琯溪蜜柚被国家质量监督检验检疫总局评为国家地理标志保护产品。

◆福鼎四季柚

福鼎四季柚主要分布于福鼎市行政区域内 17 个乡镇（街道、开发区）。

福鼎四季柚是福鼎市前岐镇罗唇村抛脚自然村村民在明朝年间从原有种植的土柚实生变异选育而来，迄今已有 500 多年的历史。

福鼎四季柚属芸香科柑橘柚类，以一年四季都能开花结果而得名。通常以春梢花为主要产量，早夏花为补充产量，秋冬花果则只能作药用，无食用价值。

福鼎四季柚果实呈倒卵形，单果重 750–1500 克，果皮黄绿色，油胞细而平滑，气味芳香，皮薄籽少，果肉瓣若银梳，肉似白玉。据测定，福鼎四季柚果组织脆、嫩、细，化渣、甜

福鼎四季柚

酸适度，富含人体所必需的硒、锌等多种微量元素，具有药用和保健价值。

2001 年 10 月，经国家工商总局商标局认定，“福鼎四季柚”荣获中国国家地理标志证明商标。

天宝香蕉

天宝香蕉主要分布在漳州市芗城区和南靖县山城镇、靖城镇、丰田镇、龙山镇、金山镇、船场镇、南坑镇等 7 个乡镇。

天宝香蕉

芗城区（原县级漳州市）是福建省香蕉的老主产区，栽培历史悠久。据《漳州府志》记述：元末明初《耕农记》云，“荆蕉最佳靖地产者”。天宝镇是盛产香蕉的地方，有700多年栽培历史，“天宝香蕉”由此得名，有“十里蕉香”的美称。

目前，天宝香蕉以“天宝高蕉”和“天宝矮蕉”品种为主。其中，天宝高蕉果实近圆柱形，稍弯；果个适中，顺滑弯曲度较小；果实熟后果皮黄色、皮薄；果肉黄白色，肉质软滑细腻、无纤维芯、清甜爽口、香味浓郁；当果皮略有小斑点（炭疽病斑）时，皮最薄，风味最佳。

2007 年 4 月，天宝香蕉被国家质量监督检验检疫总局评为国家地理标志保护产品。

❖永春芦柑

永春芦柑主要分布在泉州市永春县。

永春芦柑栽培时间短，发展速度快。查考史书，永春县没有柑橘栽培记载，明清《永春县志》仅记有与柑橘同科的果树栽培，如风橘、佛手橘、橙等。直到1953年，印尼老华侨尤扬祖先生回到永春县达埔乡老家，才在达埔猛虎山开辟橘园，引种芦柑名种，成为芦柑上山的倡导者。

永春芦柑果实硕大，扁圆或高扁圆形，顶部微凹，间有6-8条放射状沟纹。果实横径多为6-9厘米，果形指数0.70-0.85，单果重120-160克。果皮橙黄色至深橙色，中等厚，色泽鲜艳；果实较坚硬紧实，易剥皮；囊瓣肥大，长肾形，9-12瓣，易分离。果肉质地脆嫩，汁多化渣，甜酸适度，风味浓郁，具有独特的品质特征。

永春芦柑

2005年11月，永春芦柑被国家质量监督检验检疫总局评为国家地理标志保护产品。

❖浮宫杨梅

浮宫杨梅主要分布于漳州龙海市浮宫镇、港尾镇、白水镇、东园镇、东泗乡、海澄镇和榜山镇等7个乡镇。

浮宫杨梅已有700多年的种植历史，被誉为“果中新贵”“水果玛瑙”。浮宫镇气候暖和、雨量充沛、日照强烈，造就了浮宫杨梅得天独厚的生长环境，龙海浮宫镇素有“福建杨梅第一镇”之称。

浮宫杨梅

浮宫杨梅果实硕大，果圆，肉柱圆钝饱满，果色深红或紫红，果肉质地嫩脆，汁液丰富，味甜微酸，具有特殊的药用价值和保健功能。

2010 年 5 月，浮宫杨梅被国家质量监督检验检疫总局评为国家地理标志保护产品。

◆ 尤溪金柑

尤溪金柑主要分布于三明市尤溪县八字桥乡和管前镇。

据清康熙五十年（1711）《尤溪县志》载：“金桔，实长曰金枣，圆曰金桔。又有山金桔，俗名金豆。”可见金柑在尤溪至少有 300 多年的栽培历史。

尤溪金柑，又名金橘、金弹，每年立冬过后逐步成熟，寒冬腊月正是上市旺季。果实呈椭圆形或倒卵状椭圆形。果皮光滑，色泽鲜艳，较厚，油胞小而密。果皮甘甜微酸，有香气，肉质脆嫩、酸甜可口。

尤溪金柑

由于金柑的果皮厚而脆嫩，且很难与果肉剥离，所以人们通常皮肉一起吃，可食率高。金柑因皮上富含多种微量营养素，多有理气、补中、解郁、消食、散寒、化痰、醒酒等食疗功效，可以治疗或辅助治疗不少病症。

2007年4月，尤溪金柑被国家质量监督检验检疫总局评为国家地理标志保护产品。

建阳橘柚

建阳橘柚主要分布在南平市建阳区。

建阳橘柚是从日本引进的甜春橘柚后代中的优良变异单株经选育而成的杂柑新品种，是橘和柚的杂交，兼具橘和柚的优良性状。

建阳橘柚树姿开张，树势较强；果实扁圆形，紧实，果梗部略呈球形，果顶平坦；果皮橙黄色，果面不太光滑，剥皮略难，同胡柚相近，带有橙香味；单果重300克左右，少核。

建阳橘柚

建阳橘柚果大质优，色泽金黄，汁多肉脆，清香爽口，含有丰富的糖分、有机酸、矿物质、纤维素、氨基酸和多种维生素成分。目前，建阳橘柚还是医药、食品工业的重要原料，其果实性凉味甘，有生津止咳、润肺化痰、理气健胃、散结止痛、醒酒利尿等多种功效。

2009 年 11 月，建阳橘柚被国家质量监督检验检疫总局评为国家地理标志保护产品。

郑湖水柿

郑湖水柿主要分布在三明市沙县。

郑湖水柿种植时间较短，是 1987 年由福建农业大学教授周良才从广西恭城县引进的无核柿优良品种，经过 10 多年的发展，沙县已成为闽西北最大的水柿生产基地。

郑湖水柿

郑湖水柿与其他地方的水柿产品相比，其果实具有单果大、果型美、色泽鲜艳、肉厚无核、汁多味甜、可溶性固形物含量高和总糖高等特点。同时，由郑湖水柿制成的柿饼甘柔如饴、形似圆月，果肉透明、肉质柔软、富有弹性，清甜芳香、霜白、质优。

2014 年 3 月，郑湖水柿被国家质量监督检验检疫总局评为国家地理标志保护产品。

福州茉莉花茶

福州茉莉花茶主要分布于福州市仓山区、晋安区、马尾区、长乐区、福清市、闽侯县、连江县、闽清县、罗源县、永泰县等 10 个县、区（市）。

福州茉莉花茶

据文献记载，福州茉莉花茶的源头可追溯至两千多年前的汉代。福州茉莉花茶是用经加工干燥的茶叶，与含苞待放的茉莉鲜花混合窨制而成的再加工茶，通常以绿茶为茶坯，少数也用红茶和乌龙茶。其香气芬芳持久，滋味醇厚鲜爽，汤色黄绿明亮，叶底嫩匀柔软。

2008 年 1 月，国家工商总局商标局对福州茉莉花茶核发“国家地理标志证明商标”。2009 年 9 月，国家质检总局批准对福州茉莉花茶实施“国家地理标志产品保护”。2009 年 11 月，农业部通过对福州茉莉花茶实施“国家农产品地理标志保护”。2014 年，福州茉莉花种植与茶文化系统入选“全球重要农业文化遗产”。

安溪黄金桂茶

黄金桂茶主要分布于泉州市安溪县虎邱镇罗岩村。

黄金桂，又名黄旦。据传，清代咸丰年间（1850–1861），安溪县罗岩乡茶农魏珍路过北溪天边岭，见有一株奇异茶树，就折下枝条带回插入盆中，后用压条繁殖 200 余株，精心培育，单独采制，并请邻居共同品尝，大家为其奇香所倾倒，认为其未揭杯盖香气已扑鼻而来，因而赞之为“透天香”。

黄金桂是现有乌龙茶品种中发芽最早的一种，制成的乌龙茶香气高，在产区被称为“清明茶”。黄金桂植株属小乔木型、中叶类、早芽种。树姿半开展，分枝较密，节间较短；叶片较薄，叶面略卷，叶齿深而较锐，叶张倒披针形，少量有稍倒卵形，叶色黄绿具光泽，发芽率高；能开花，结实少；适应性广，抗病虫能力较强，单产较高。

黄金桂的干茶外形颜色比较黄，条形较细，茶梗细长。茶汤汤色金黄透明，有光泽，茶底叶片单薄黄绿，叶脉突出显白。

该茶冲泡后茶汤浓，有提神、爽口、耐泡等特点。

2000 年 4 月，经国家工商总局商标局认定，“安溪黄金桂”荣获中国国家地理标志证明商标。

安溪毛蟹茶

安溪毛蟹茶主要分布于泉州市安溪县福美大丘仑。

据福建农科院茶叶研究所编著的《茶树品种志》载：“据萍州村张加协云：‘清光绪三十三年（1907）我外出买布，路过福美村大丘仑高响家。他说有一种茶，生长极为迅速，栽后二年即可采摘。我遂顺便带回 100 多株，栽于自己茶园。’由于产量高，品质好，于是毛蟹就在萍州附近传开。”

毛蟹茶因茶表叶下有小毛绒，故称为毛蟹茶。该茶植株属灌木型、中叶类、中芽种。树姿半开展，分枝稠密；叶形椭圆，尖端突尖，叶片平展；叶色深绿，叶厚质脆，锯齿锐利；芽梢肥壮，茎粗节短，叶背白色，茸毛多，开花尚多，但基本不结实。茶条紧结、梗圆形，头大尾尖，芽叶嫩，多白色茸毛，色泽褐黄绿，尚鲜润。茶汤青黄或金黄色。叶底叶张圆小，中部宽、头尾尖，锯齿深、密、锐，而且向下钩，叶稍薄，主脉稍浮现。茶味清醇略厚，香清高，略带茉莉花香。

安溪毛蟹茶树

安溪铁观音

安溪铁观音主要分布于泉州市安溪县。

福建安溪是中国古老的茶区，产茶始于1725年，至今已有200多年的历史。安溪境内生长着不少古老野生铁观音茶树，其中在蓝田、剑斗等地发现的野生茶树树高7米，树冠达3.2米，据专家考证，已有1000多年的树龄。

安溪铁观音属于乌龙茶类，又称红心观音、红样观音；既是茶叶名称，又是茶树品种名称。纯种铁观音植株为灌木型，树势披展，枝条斜生，叶片水平状着生。叶形椭圆，叶缘齿疏而钝，叶面呈波浪状隆起，具明显肋骨形，略向背面反卷；叶肉肥厚，叶色浓绿光润，叶基部稍钝，叶尖端稍凹，向左稍歪，略下垂，嫩芽紫红色。因此，“红芽歪尾桃”是纯种铁观音的特征之一，是制作乌龙茶的特优品种。

安溪铁观音茶产品色泽乌润，富有光泽，条索肥壮、卷曲紧实、沉重似铁，具有“青蒂绿腹蜻蜓头”的外形；汤色金黄或橙黄明亮，清香悠长；滋味醇厚甘鲜，饮之口中生津、齿颊溢香，素有“绿叶红镶边，七泡有余香”之美称。

2004年7月，安溪铁观音被国家质量监督检验检疫总局评为国家地理标志保护产品。

安溪铁观音茶山

华安铁观音

华安铁观音主要分布于漳州市华安县。

据《华安县志》记载：“华安茶叶栽培历史悠久，据传唐朝开始，仙都、华丰已有产茶，县城华丰称为‘茶烘’；在清代，华丰及周边乡村种茶甚多，为茶叶转运的集散地。”华安至今已有1000多年的产茶历史。现存华安县马坑乡和春村（海拔1050米）的三棵古老茶树，树龄有300多年。

华安铁观音属于乌龙茶类，介于绿茶和红茶之间，为半发酵茶类。该铁观音外形肥状、圆结、翠润，内质高香、持久、鲜醇高爽、音韵明显，香气馥郁芬芳、清高；汤色金黄清澈，叶底绿亮、柔软、匀齐。华安铁观音除具有一般茶叶的保健功能外，还具有抗衰老、抗癌症、抗动脉硬化、防治糖尿病、减肥健美、防治龋齿、清热降火、敌烟醒酒等功效。

2011年5月，“华安铁观音”获得国家工商总局商标局颁发的地理标志证明商标证书。

福鼎白茶

福鼎白茶主要分布于宁德福鼎市。

唐代陆羽所著的《茶经》引用隋代的《永嘉图经》云：“永嘉县东三百里有白茶山。”据陈椽、张天福等茶业专家考证，白茶山就是福鼎太姥山，说明早在隋唐，白茶已在福鼎种植。

福鼎白茶用产自福鼎太姥山麓的林地里“华茶1号”或“华

福鼎白茶 马品永 摄

茶 2 号”茶树的芽叶，不炒不揉，用特殊工艺制作而成。根据采摘芽叶的不同，福鼎白茶可分为白毫银针、白牡丹、寿眉、新工艺白茶等。这些白茶色泽墨绿或灰绿，毫显白银色；口感甘醇、爽口；芽头肥壮、叶张肥嫩；毫香浓郁持久，并伴有花香；汤色杏黄清澈；叶底柔软明亮。

福鼎白茶有显著的美容抗衰、抗炎清火、降脂减肥、调降血糖、调控尿酸、保护肝脏、抵御病毒等功效。民间流传“一年茶、三年药、七年宝”之说，福鼎白茶越陈越好喝。

2008 年 12 月，福鼎白茶被国家质量监督检验检疫总局评为国家地理标志保护产品。2009 年 2 月，“福鼎白茶”获得国家商标局颁发的地理标志证明商标证书。

◆福鼎白琳工夫茶

福鼎白琳工夫茶主要分布于宁德福鼎市白琳镇。

工夫红茶发端于福鼎白琳，制作技艺传承至今有 250 多年的历史。据清乾隆二十四年（1759）任福宁知府的李拔编撰的《福宁府志》载：“茶，郡、治俱有，佳者福鼎白琳。”可见，至少在清乾隆时期，白琳就以产茶而著称。

福鼎白琳工夫茶成品外形条索紧结纤秀，白毫多呈橙黄色，毫香鲜爽，汤色红艳，滋味醇厚，叶底红亮。

福鼎白琳工夫茶

福鼎白琳工夫茶具有帮助胃肠消化、促进食欲、利尿、消除水肿和强壮心肌等工效。

2008 年 8 月，“福鼎白琳工夫”获得国家商标局颁发的地理标志证明商标证书。

◆福安坦洋工夫茶

福安坦洋工夫茶主要分布于宁德福安市。

福安坦洋工夫茶的制作 黄俊 摄

明末清初，坦洋村胡福田（又名胡进四）以独特的方法开始配制坦洋工夫茶。清咸丰前后，坦洋茶业艺人开始效仿武夷的制茶工艺，以坦洋独有的“菜茶”鲜叶成工研制红茶。

明洪武四年（1371），当地茶农从野生丛林中发现一株神异的古茶树，遂将母本原株移到家园，经悉心培育分离选育出有性群体小叶种。该茶树为灌木型，树高2米左右，树势半披张，分枝适中较密，枝条细小；叶中型，为椭圆形或长椭圆形，叶呈水平着生，叶面多隆起，叶色绿或淡绿，有少数呈紫红色，芽叶茸毛稀少，多数属于中叶类；花型尚大，花萼5片，花瓣6–9瓣，柱头多数为三分叉，雌蕊高于雄蕊，子房较大；育芽能力较强，芽头密度大。因为这种茶树叶大如菜叶，所以当地人就称之为“菜茶”，即如今人称的“坦洋菜茶”。

福安坦洋工夫茶选用坦洋菜茶芽叶为原料，采用传统工艺制作而成。该茶条索圆紧匀秀，芽毫金黄，色泽乌黑油润有光泽，汤色红艳清澈明亮，滋味清鲜香甜爽口，香气醇厚有桂花香，叶底红亮匀整。

1915年、2013年，福安坦洋工夫茶都荣获巴拿马万国博览会金奖。2006 年，福安坦洋工夫茶被国家质量监督检验检疫总局评为国家地理标志保护产品。2009 年 6 月，“坦洋工夫茶制作技艺”被列入第三批福建省级非物质文化遗产名录。

白芽奇兰茶

平和白芽奇兰茶主要分布在平和县崎岭、九峰、长乐、秀峰、芦溪、霞寨、大溪、国强、安厚等乡镇。

平和白芽奇兰是乌龙茶新良种，1996 年通过省级茶树良种审定，因其鲜叶芽尖带白毫，成茶具有独特的类似兰花香气而得名。

平和白芽奇兰主产茶区土壤主要为微酸性红壤，土层深厚，养分含量高，且土壤中富含硒。同时，该茶树是一种吸收、富集硒元素能力很强的植物，而叶片是硒积累的主要器官，硒能够显著促进早春茶树提前发育，提高产量，提高茶多酚、氨基酸和维生素 C 的含量，使茶汤有甜味，香气显著提高，苦味、涩味显著下降。

由于白芽奇兰茶多酚类、咖啡因含量高，且富含多种维生素和微量元素，常饮具有提神益思、解酒消滞、降压防癌、减肥健美、消烦解暑、生津活血之功效。

白芽奇兰茶园 黄俊松 摄

2015 年 6 月，平和白芽奇兰获农业部中国农产品地理标志登记。

永春佛手茶

永春佛手茶主要分布于泉州市永春县玉斗、坑仔口、苏坑、东关、湖洋等镇。

永春佛手茶种植始于北宋年间，成片种植始于康熙四十三年（1704），迄今已有 300 多年历史。台湾著名诗人余光中曾于 2004 年品尝永春佛手，并有感而发为永春佛手题词：“桃源山水秀，永春佛手香。”

永春佛手茶又名香橼、雪梨，系乌龙茶中的名贵品种之一。因其叶大如掌，形似香橼柑，始种于佛寺，故称佛手。

如今，永春佛手茶以红芽佛手与绿芽佛手两个品种为主，其毛茶梗皮淡黄或稍红，条索肥壮、圆结、沉重，颗粒大，色泽砂绿油润，俗称“香蕉色”（翠黄绿）；香气浓郁幽长，并带有似香橼果散发的自然果香或花香，所以又俗称“佛手韵”。汤色黄绿清澈明亮，滋味醇厚甘鲜有回甘，叶底肥厚红亮。永

永春佛手茶园 姚德纯 摄

春佛手品饮后具有解渴、醒酒、消暑、防癌、减肥、健胃、助消化、降血脂等保健功效。

2006年11月，永春佛手茶被国家质量监督检验检疫总局评为国家地理标志保护产品。

河龙贡米

河龙贡米主要分布在三明市宁化县。

河龙贡米因产自宁化县河龙乡而闻名，后推广至该县全境广泛种植，是宁化县历史悠久、极富特色的农产品。据《宁化县志》记载，公元1004年（宋真宗景德元年），河龙稻米被列为贡米。

宁化县地处闽江、韩江、赣江的“三江之源”，也是动植物生长的地理“黄金分割线”，具有良好的农业原生态环境。当地勤劳朴实的客家人将精耕细作的习惯传承了千年，也将河龙贡米打造成“米中珍品”。河龙贡米素有米粒长、色泽洁白、透明有润泽，饭软而不黏、凉饭不返生，米饭有清香味、营养丰富等独特的质量和风味特色。

河龙贡米

目前，河龙贡米主要以宜香2292、宜香优673等具有同类特色的中晚熟籼稻品种为主。这些水稻品种垩白粒率≤20%，垩白度≤2.5%，直链淀粉含量15%至20%，碱消值≥5.0，蛋白质含量≥7.0%，具有优良的理化性质。

2008年7月，河龙贡米被国家质量监督检验检疫总局评为国家地理标志保护产品。

◆汕优63

“汕优63”主要分布于福建、安徽、重庆、广东、广西、贵州、海南、河南、湖北、湖南、江苏、江西、陕西、四川、云南、浙江等省份。

“汕优63”属于籼型三系杂交水稻类型，是原三明市农业科学研究所谢华安院士带领团队于1981年育成，之后在国内推广种植，并在1988年荣获国家科技进步奖一等奖。

“汕优63”株高100–110厘米，株形适中，叶片稍宽，剑叶挺直，叶色较淡，茎秆粗壮，分蘖力较强，每公顷有效穗270万穗（每亩有效穗18万穗），每穗120–130粒，结实率80%以上，千粒重29克，抗稻瘟病、白叶枯病和稻飞虱。在产量方面，“汕优63”在1982–1983年参加南方杂交晚稻区域试验，

谢华安院士与其育成的杂交水稻良种“汕优63”

平均每公顷产量分别为7236千克和6472.5千克（亩产482.4千克和431.5千克），居参试组合的第一位和第二位；1984年参加南方杂交中稻区域试验，平均每公顷产量8809.5千克（亩产587.3千克），居参试组合的第一位。

福鼎槟榔芋

福鼎槟榔芋主要分布于宁德福鼎市。

据史料记载，福鼎槟榔芋在福鼎市栽培已有近300年的历史。福鼎槟榔芋长期在优越的自然环境和良好的水土条件下，借助特殊的母岩、母质、土类、土层厚度、肥力和土壤养分、质地、酸碱度，以及独特的管理方法，经不断地选育与提纯复壮，由原有单个母芋（可食用的地下球茎部分）0.5千克左右发展到2–3千克，最大可达6千克，并形成了独特的风味与体大形美的外观。

福鼎槟榔芋母芋呈圆柱形，长30–40厘米，径粗12–15

福鼎槟榔芋 季思恩 摄

厘米，鲜芋表皮棕黄色，芋肉乳白色带紫红色槟榔花纹，质地细、松、酥、浓香，鲜芋淀粉含量 25% 以上。

福鼎槟榔芋耐贮性好，鲜芋供应期达半年以上，在烹调上可以炸、煮、蒸、炒，作粮作菜皆宜。

2012 年 3 月，福鼎槟榔芋被国家质量监督检验检疫总局评为国家地理标志保护产品。

宁化薏米

宁化薏米主要分布在三明市宁化县。

宁化薏米是属于糯米型的杂粮品种。薏米是我国古老的栽培作物，在宁化种植历史悠久，明崇祯版《宁化县志》中便有“薏苡”的记载。古时宁化人称其为“弥陀粟”。

宁化薏米

宁化地处武夷山脉的丘陵山区，山林植被的自然环境给薏米等农作物种植和农村土特产品栽培提供了有利的生长条件。

目前，宁化薏米以“翠薏一号”品种为主。该品种色灰白、饱满、圆润、光滑、腹沟深，质坚实、粉性，味微甜，煮后具有糯软甘甜、黏稠鲜香、柔韧爽滑的特点。

2014 年 5 月，宁化薏米被国家质量监督检验检疫总局评为国家地理标志保护产品。

连城红心地瓜

连城红心地瓜主要分布于龙岩市连城县。

连城县地处福建西部山区，是个典型的山区农业县，境内雨量充沛，昼夜温差大，酸性岩、沙质岩、泥质岩特殊土壤造就了连城红心地瓜独特的品质。

连城红心地瓜干是当地传统特色产品，已有300多年历史。在清朝乾隆年间，连城地瓜干即已取名为“金薯片”，成为宫廷贡品。

连城红心地瓜干以产自连城的黄皮红心地瓜为主要原料，采用传统技术精制而成。产品保留自然色泽和品质，色泽红润、气味香甜，质地松软耐嚼，富含膳食纤维、赖氨酸、粗蛋白、钙质和胡萝卜素、维生素C、维生素D等多种营养物质，有润肠排泄、解热健胃之功效，被誉为具特殊营养功能的保健食品和休闲食品。

2007年12月，连城红心地瓜干被国家质量监督检验检疫总局评为国家地理标志保护产品。

◆明溪淮山

明溪淮山主要分布在三明市明溪县瀚仙镇、胡坊镇、盖洋镇、雪峰镇、夏阳乡、沙溪乡、夏坊乡、枫溪乡、城关乡等9个乡镇。

明溪淮山 江月兰 摄

明溪淮山栽培历史悠久，明朝正德年间已有种植淮山的记载，“时称薯，又称雪薯、小薯”。《民国明溪县志》也有记载：“赣药商收购土产雪薯，去皮制成小条，焙而干之，为山药。产闽省者明曰建山，与淮山并重。销路颇广。”

明溪淮山主要以“明溪淮山1号”品种为主。该品种是明溪县种子管理站、三明市种子站从明溪县地方淮山品种系统选育而成，于2008年经福建省农作物品种审定委员会认定为新品种。

明溪淮山历来以品质优、口感好而饮誉一方，薯块呈长棒形，多须根，表皮颜色黄褐色或深褐色，薯长70厘米左右，直径3-4厘米，皮薄，肉色雪白，肉质密实，细腻黏滑；富含多种氨基酸、维生素、矿物质、果胶质、皂甙等；经煮易酥不散，显糯香，味鲜爽。

2009年12月，明溪淮山通过农业部批准审核，获国家农业部农产品地理标志保护。

永安鸡爪椒

永安鸡爪椒主要分布于三明永安市。

永安鸡爪椒种植历史悠久，清朝中期，永安就引入辣椒在当地种植，其中一个品种因果形呈直条锥状，形如鸡爪，被当地人称为“鸡爪椒”，且十分适宜当地生长种植。

永安市属中亚热带海洋性季风气候，又具有一定的大陆性气候，全年无霜期长达302天，土层深厚、土质肥沃，为鸡爪椒种植创造了得天独厚的自然条件，使得永安鸡爪椒集果皮翠绿、果肉薄、嫩脆、微辣、芳香、抗病虫、产量高等特点于一身，可适用于熟食、干制或泡制等，为青果食用品种，是辣椒中的上乘佳品。

目前，永安鸡爪椒种植品种以七叶鸡爪辣椒为主。该品种属长椒类，是永安市特产蔬菜，具有果皮绿色、光滑、光泽性强，果直、空腔小，肉质脆、嫩、微辣等特点。

永安鸡爪椒

2009年5月，永安鸡爪椒被国家质量监督检验检疫总局评为国家地理标志保护产品。

建宁通心白莲

❖建宁通心白莲

建宁通心白莲主要分布于三明市建宁县。

建宁县种莲历史悠久，远在五代时期就有相关记载，历代都被列为进贡珍品，古称“贡莲”。建莲属睡莲科多年生水生草本植物，系金铙山红花莲与白花莲的天然杂交种，经建宁世代莲农人工栽培、精心选育而成目前的优良品种。历史上建莲被誉为“莲中极品”。

建莲为圆形或卵圆形，均匀饱满，果实长 1.3-1.4 厘米，宽 1.1-1.2 厘米，长宽比约为 1.1-1.2。建莲果肉洁白或微黄；籽粒大，百粒重 93 -113 克。

建莲是由适熟鲜莲经过脱粒、去壳、去膜、通心、清洗、烘烤而成的通心白莲，具有洁白、粒大、圆整、轻煮即熟、久煮不散、汤色清香、味道细腻可口、营养丰富、药用价值高等优点。

2006 年 9 月，建莲被国家质量监督检验检疫总局评为国家地理标志保护产品。

❖松溪“百年蔗”

松溪“百年蔗”主要分布在松溪县万前村。

1956 年“百年蔗”在松溪县郑墩镇万前村被发现，据记载，它植于清雍正四年（1726），距今已有 290 多年历史。“百年蔗”是万前村农民魏世早的祖上栽种的，并作为“风水蔗”而世代保留下来，至今尚保留 0.7 亩，是目前世界上发现宿根寿命最长的甘蔗。百年不腐的母本百年蔗，其长寿基因密码至今未被破译，被称为世界植物奇迹。

采用上等“百年蔗”为原料，经古法熬制而成的原浆红糖富含钙、铁、钠、胡萝卜素、核黄素和烟酸等多种营养成分，其叶酸是普通红糖的5倍。该红糖还具有舒筋活血、驱寒去湿、暖胃强身诸功效。产妇食之，能恢复元气，丰富乳汁。患急性肝炎的病人适当服该红糖，能减少体内蛋白质消耗，使肝细胞再生，是养生强体的佳品。

2016年12月，松溪“百年蔗”被农业部命名为中国农业文化遗产。

百年蔗 朱建斌 摄

武夷山大红袍母树

生长在武夷山九龙窠景区的大红袍母树有3棵6株，至今已有350多年的历史。根据联合国批准的《武夷山世界自然与文化遗产名录》，大红袍母树作为古树名木被列入世界自然与文化遗产。20世纪30年代地方政府曾派兵把守，新中国成立后，有关部门仍雇农户长年看管。自从2000年武夷山申报“世界自然和文化遗产”成功后，武夷山大红袍母树就被《福建省武夷山世界文化和自然遗产保护条例》列为重点保护对象。

武夷山大红袍母树

延平杉木王

延平杉木王坐落于南平延平区王台镇溪后村东北 1 公里的山坡处，于 1850 年插条所植，距今已有 160 多年树龄。据 2013 年测定，该树高 25 米，树径 99 厘米，虽然树尾被雷击断，但枝叶生长依然茂盛，郁郁葱葱。许多中央领导、专家、学者以及游客到溪后村安槽下参观考察杉木丰产林时，都会前来观赏杉木王，一睹杉木王的风采，并在杉木王前合影留念。

延平杉木王

冠豸山铁皮石斛

冠豸山铁皮石斛主要分布在连城县莲峰镇、北团镇、姑田镇、文亨镇、莒溪镇、朋口镇东部、新泉镇东部、庙前镇东部、林坊乡、曲溪乡、赖源乡、宣和乡东部、隔川乡、罗坊乡大部、四堡乡东南部、揭乐乡、塘前乡等 17 个乡镇。

野生的“冠豸山铁皮石斛”历史悠久，早在清乾隆十六年（1751）的《连城县志》便有记载。清嘉庆、道光年间，连城民间已利用野生鲜铁皮石斛做凉茶退低烧，治喉痛、胃痛，止血排毒等，至今已有 200 多年历史。清朝末年，连城县揭乐乡吕屋村村民谢志濂到广西百色开药店行医，他精于用针灸和铁皮石斛悬壶济世，治病救人，更因为医德高尚、医术高明，被誉为神医，并与其弟建起了连城首家加工铁皮石斛的家族式作坊。

连城冠豸山铁皮石斛是多糖型药用、食用、观赏兼具的珍稀草本植物，其茎秆粗壮，茎皮薄，叶片厚，黏汁多，脆而易折断，口感香甜细腻。冠豸山铁皮石斛有清热解毒、化瘀止血、提神解困、消除疲劳、清咽护嗓、提高人体免疫力、抗氧化、防癌、改善糖尿病症状、缓解风湿等功效。

2013 年 11 月，连城冠豸山铁皮石斛荣获国家农业部颁发的“国家地理标志保护农产品”称号。

冠豸山铁皮石斛

柘荣太子参

柘荣太子参主要分布于宁德市柘荣县。

太子参又名孩儿参、童参、四叶参等，为石竹科孩儿参属植物，属滋补类中药。柘荣所产的太子参以其上乘的品质和特殊药理保健功效尤受医药界和消费者推崇，一向被药材市场作为太子参质量参照标准。

柘荣太子参为多年生草本，株高 15–20 厘米。地下块根肉质、直生，呈纺锤形，上有疏生须根。茎单一，不分枝，下部带紫色，近方形；上部绿色，圆柱形，无明显膨大的节，光滑无毛。单叶对生，茎下部的叶小，倒披针形；叶向上渐大，在茎顶的叶片最大，通常 4 叶轮生状、长卵形，基部狭窄成柄，边缘略呈波状。花腋生、白色，近地面一两节处有单生闭锁花，形小，无花瓣；蒴果近球形。花期 4–5 月，果期 5–6 月。

柘荣太子参色泽晶黄、块根肥大、质地坚硬、有效成分高，富含皂甙和人体必需的 8 种氨基酸以及铁、锌、硒等 7 种微量元素，具益气养气、补肺健脾、止汗生津、化痰止渴、利湿消肿、增补肾水之功效，是男女老少四季皆宜的清补珍品。

2007 年 3 月，柘荣太子参被国家质量监督检验检疫总局评为国家地理标志保护产品。

柘荣太子参 游再生 摄

◆翠碧一号

“翠碧一号”主要分布于三明市三元、梅列、宁化、清流、明溪、永安、大田、尤溪、沙县、将乐、泰宁、建宁等 12 个县（市、区）的 71 个乡镇。

“翠碧一号”品种是福建省宁化县烟草公司于 1977 年从“401”品种中系统选育而成，1992 年经全国烟草品种审定委员会审定为优良品种。“翠碧一号”品种收购量从 2005 年的 29.7 万担增加到 2011 年的 80.3 万担，占全省特色烟叶总量的

3/4，占全国特色烟叶总量的1/5。

“翠碧一号”株高95-125厘米，茎围和节距较为适中，叶数20-22片，叶形长椭圆形，叶脉较细。叶片成熟落黄一致，易烘烤，产量比较稳定，一般亩产125-150千克，上等烟比例高。初烤烟叶多为柠檬黄，厚薄适中，烟叶化学成分协调，评吸香气量足、香气质好。

2012年2月，“翠碧一号”通过农业部批准审核，获国家农产品地理标志保护。

第二节　畜禽类物种

表3-2列出了迄今搜集到的福建省畜禽类农业文化遗产名单，本节一一叙述。

表3-2 福建省畜禽类农业遗产名单

序号	名称	来源	序号	名称	来源
1	福清山羊	福州	8	连城白鹜鸭	龙岩
2	闽东山羊	宁德	9	永春白番鸭	泉州
3	福安水牛	宁德	10	长乐灰鹅	福州
4	武夷黑猪	南平	11	闽北白鹅	南平、宁德
5	莆田黑猪	莆田	12	长汀河田鸡	龙岩
6	官庄花猪	龙岩	13	金湖乌凤鸡	三明
7	古田黑番鸭	宁德			

福清山羊

福清山羊主产于福建省福清、平潭、连江、闽侯、永泰等县市，临近福清的莆田等地区也有分布。

民国时期，福清山羊主要集中在福清沿海地带饲养，且多为农村零星分散放牧，饲养量有限。新中国成立后，农村长期实行封山育林，加上养羊花工较大，养羊一度受到制约。在党的十一届三中全会以后，随着家庭联产承包责任制的推广，养羊成为广大农民致富的门路之一，福清养羊业得到较大发展。

福清山羊体格中等，羊头略呈三角形，耳薄小、青色，公、母羊均有角，向后、向两侧弯曲；胸宽，背平直，公羊前躯发达；四肢细短，蹄黑，尾短上翘。母羊乳房发育良好。毛色一般为深浅不一的褐色或灰褐色。颜面鼻梁上部有一近三角形的黑毛区，从颈脊开始向后延伸，呈一带状黑色毛区，俗称“乌龙背”；四肢、腹部和尻部毛呈黑色，俗称“乌肚”。种公羊颌下有髯，毛色较深。额部、鬐甲部、肩部以及膝关节上部都簇生长毛，体躯的被毛粗短。

福清山羊具有皮薄而嫩（呈浅蓝色）、肉鲜、膻味小等特点。同时，该羊还具有繁殖能力强，抗高温、高湿等特性。

福清山羊

2011年3月，福清“高山山羊”通过国家工商总局商标局的注册核准，获得全国性地理标志证明商标。

闽东山羊

闽东山羊主产于福建省宁德市的福安、霞浦、柘荣、屏南、古田、蕉城等9个县市，与宁德市相邻的浙江苍南县、福建的南平地区及福州地区也有少量分布。

据《霞浦县志》记载，闽东山羊在宁德地区的饲养史可追溯到距今1000多年前的宋代，地理隔离，形成了当地羊群“只出不进”的流通模式，经长期的自然和人工选择形成了体型较大、独具特色的闽东山羊。

闽东山羊头略呈三角形，耳平直，弓形角，成年羊髯较长；体表被毛较短，有光泽，尾短而上翘。成年公羊和部分成年母羊前躯下部至腕关节以上及后躯下部至跗关节以上部位有长毛，大多数公母羊两角根部至嘴唇有两条完整的白色毛带。公母羊被毛呈浅白黄色，被毛单纤维上有不同色段。公羊颜面鼻梁有一近三角形的黑毛区，由头部沿背脊向后延伸至尾巴有一黑色条带，母羊背脊颜色较公羊的浅；公羊颈部、肋部、腹底为白色，肋部和腹底交界处和腿部的毛色为黑色。公母羊腕关节、跗关节以下前侧有黑带，其余均为白色。

闽东山羊具有适应性强、体质结实、肉质好等特点，但一度陷入被混杂，甚至物种消亡的危险边缘。

2009年5月，闽东山羊被农业部列入《中国畜禽遗传资源志》。同年10月，闽东山羊又被农业部确定为我国新发现的地方优良山羊品种。

◆福安水牛

福安水牛主要分布于福建省福安、福州等地区。

福安水牛属沼泽型役用水牛，体躯高大，前高后低，四肢粗壮，肌肉坚实丰满。被毛为青黑、青灰、浅褐等色。初生犊牛毛长而密，多为微红色、褐色或灰色，7岁以上渐由青灰转为青黑，髆下与胸前各有一V形浅灰色带，少数只有胸前一条V形带。四肢飞节以下和下腹部呈灰白色和白色，膝关节以下和蹄各有一圈明显的黑带。蹄圆质坚，多数呈黑色，个别为灰白色。公牛头形魁伟、粗壮，头长与体长之比为1:3，额宽平，角架粗，呈弧形，向后内弯曲。耳内有白色长毛。颈部丰厚，

福安水牛 黄俊 摄

鬐甲略高，背腰宽平且短，背脊平直，胸部深广，肷门小，肋骨开张。腹大而不下垂，四肢开张，少数后肢的飞节略向内靠。

福安水牛具有性情温和、易调教、耐粗饲、耐热性好和抗病力强等特征。福安水牛是全国著名的优良地方品种，是福建省 25 个地方畜禽优良品种之一。

武夷黑猪

武夷黑猪主产于武夷山脉西侧山麓各县，包括浦城县石陂镇、邵武市和平镇、建宁县客坊乡、松溪县茶坪乡和古田县平湖镇等地。

武夷黑猪头中等大，面稍长微凹，额有深浅不一的皱纹；耳中等大，前倾下垂。背宽，背腰平直或微凹，臀宽丰满。四肢较细且结实。毛稀而短，被毛黑色，有的具有“六白”（额头、尾尖、四脚有白毛）或不完全“六白”特征。成年公猪平均体重约145.70千克，体长约137.4厘米，胸围约126.04厘米，体高约74.90厘米；成年母猪相应为113.53千克、124.25厘米、116.57厘米、64.17厘米。

武夷黑猪能适应武夷山区潮湿、多雾气候，具有早熟、脂肪沉积多、皮薄、肉嫩等特点，但产仔数偏低，生长较缓慢。

武夷黑猪

莆田黑猪

莆田黑猪主产于莆田及福清的西北部，临近的惠安、晋江等县市也有分布。

莆田黑猪是由福州引入的“大耳猪”与闽南引入的“小耳猪”杂交，经长期自繁选育而逐渐形成的一个猪种。

莆田黑猪体型中等大，头略狭长，脸微凹，额纹较深呈菱形。耳中等大、薄，呈桃形，略向前倾垂，颈长短适中。体长，胸较浅狭，背腰平或微凹，臀稍倾斜，后躯欠丰满，肚大腹圆而下垂。背腰体侧部皮肤一般无皱褶，四肢较高，被毛稀疏呈灰黑色，乳头多为 7 对。

莆田黑猪具有早熟、适应性广、耐粗饲、抗病力强、产崽多、母性强以及性情温顺、肉质细嫩香美等优良特性。莆田黑猪是福建省 25 个优良地方畜禽品种之一，也是中国 36 个地方猪种之一，是国内市场优秀猪种中的珍贵遗传资源。

2006 年 6 月，莆田黑猪被农业部列入《国家级畜禽遗传资源保护名录》。

官庄花猪

官庄花猪主产于上杭县官庄乡和珊瑚乡一带，在武平、长汀和连城 3 个县的才溪、通贤、南阳、中堡、武东、宣城和新泉等 20 多个乡镇也有分布。

官庄花猪

官庄花猪是由官庄畲族乡群众将广东南口花猪与上杭县官庄乡土生土长的小型花猪经多年杂交选育而成的一个地方优良品种猪。

官庄花猪体型较小，耳大小中等，嘴较短，额宽。胸深，背宽平，腰微凹，四肢矮短，多为卧系，腹大下垂，躯干呈正方形。头部、臀部为黑色，余为白色，两色交界处有一灰色晕带，俗称“两头乌”。由于多年来不断杂化，偶尔有些猪会呈现背部有一块或多块黑斑，或不规则灰色晕带，嘴较长，额窄等特征。成年公猪肩胛略高于臀部，前躯较为发达，母猪乳头数为 5-6.5 对。

官庄花猪性情温顺，耐粗易养，抗病力强，适应粗放管理，可充分利用牧草、野草、地瓜藤等农业生产下脚料。此外，官庄花猪肌内脂肪含量高，肌纤维细，肉香味好，肉质细嫩。

官庄花猪是福建省特有的 25 个地方畜禽优良品种之一，1985 年被列入《福建省家畜家禽品种志和图谱》。2002 年 10 月，福建省农业厅组织撰写的《福建省畜禽品种资源及保护规划》，将官庄花猪列为“濒危灭绝的品种”。

◆古田黑番鸭

古田黑番鸭主产于宁德古田和屏南两县。

古田县养殖黑番鸭历史悠久。据《宁德地区志》记载：清咸丰年间（1851-1861），古田就开始饲养黑番鸭。

古田黑番鸭属于善飞的热带森林禽种，羽毛黑色，带有墨绿色光泽，主翼羽或复翼羽中带有少数的白羽；肉瘤颜色黑里透红，且较单薄；嘴角色红，有黑斑；虹彩浅黄色，脚多黑色。公鸭体型较大，母鸭是公鸭体重的一半。

古田黑番鸭含有丰富的人体所需的各种氨基酸，具有脂肪含量少、瘦肉多、肉质结实、味道鲜美等优点，有独特的美食风味和药膳滋补功效，被视为滋补身体的珍品。

2016 年 5 月，“古田黑番鸭”获得国家工商行政管理总局商标局颁发的地理标志证明商标。

◆连城白鹜鸭

连城白鹜鸭主要分布于连城县莲峰、北团、四堡、罗坊、隔川、塘前、揭乐、文亨、林坊、姑田、曲溪、李屋、赖源、朋口、莒溪、宣和、庙前、新泉等 7 镇 11 乡。

连城白鹜鸭是我国优良的地方鸭种，又称连城白鸭、黑嘴鸭。据《连城县志》记载，白鹭鸭在连城已繁衍栖息百年以上，具有独特的“白羽、乌嘴、黑脚”的外貌特征；在清朝道光年间，被列为贡品。1999 年被国家级禽业专家誉为“优秀稀有的地方种质资源，鸭类中的国粹”，“全国唯一药用鸭”。

连城白鹜鸭体型狭长，头小，颈细长，前胸浅，腹部不下垂，行动灵活，觅食力强；全身羽毛洁白紧密，公鸭有性羽 2-4 根；

喙黑色，胫、蹼灰黑色或黑红色；因其全身白羽和黑色的脚丫及头部对比鲜明，故当地又称其为“黑丫头”。

连城白鹜鸭

连城白鹜鸭最独特处是它的药用价值，无论食肉还是喝汤，都可达到清热解毒、滋阴补肾、祛痰开窍、宁心安神、开胃健脾的功效。当地民间一直沿用白鸭纯汤治疗小儿麻疹、肝炎、无名低热高烧和痢疾等病症。

2000年，连城白鹜鸭被列入《国家级畜禽遗传资源保护名录》；2013年被国家质量监督检验检疫总局评为国家地理标志保护产品。

永春白番鸭

永春白番鸭主要分布于永春县桃城镇、湖洋镇、蓬壶镇、五里街镇、岵山镇、下洋镇、一都镇、坑仔口镇、玉斗镇、锦斗镇、达埔镇、吾峰镇、石鼓镇、东平镇、东关镇、桂洋镇、苏坑镇、仙夹镇、横口乡、呈祥乡、介福乡、外山乡等18镇4乡。

据清乾隆二十八年（1763）编纂的《泉州府志》记载：“番鸭状似鸭而大似鹅，自抱其蛋而生，种自洋舶来。”经世代饲养、选育，白番鸭成为适应永春当地生长的优良品种。

永春白番鸭全身羽毛纯白；喙呈粉红色，头部皮瘤鲜红呈链珠式排列；胫、趾、蹼均为橙黄色；虹彩浅黄色；皮肤淡黄色，肉色深红；体躯呈纺锤状，似橄榄形。产蛋量较高的母鸭体形略小，臀部丰满。

永春民间把白番鸭作为滋补良品，除了享誉全国的名菜“永春白鸭汤”，在永春的民间还流传一道食疗妙方——“白鸭炖焦菜”（白鸭即白番鸭，焦菜即当地土特产咸菜）。

2017年1月，永春白番鸭获国家农产品地理标志认证。

永春白番鸭　巫金春 摄

长乐灰鹅

长乐灰鹅主要分布于长乐区潭头、金峰、湖南、南岭等乡镇。

长乐灰鹅系500多年前北方移民南迁时带入当地的鹅种，在滨海自然条件下，经长期饲养选育而形成的适应沿海滩涂放牧的地方优良鹅种。

长乐灰鹅羽毛灰褐色或银灰色，喙及头顶肉瘤为黑色，皮肤黄色，胫、蹼浅黄色或灰黑色，虹彩褐色，无咽袋，无顶星毛。公鹅体态雄壮，体格大，头高昂，鸣声洪亮，肉瘤比母鹅大而圆，稍有棱角。母鹅体态清秀优美，肉瘤扁小光滑，经产母鹅有腹褶。

长乐灰鹅适应性强，耐粗饲，尤以青、粗料为主，生长发育快，出肉多，活体屠宰后，全净膛率为70%左右。同时，长乐灰鹅还具有肉质鲜嫩味美等优点。

2017 年 3 月，长乐灰鹅申报农业部农产品地理标志登记保护通过省级专家品质鉴评。

长乐灰鹅

闽北白鹅

闽北白鹅主产于南平市浦城县、政和县、松溪县、建阳区、建瓯市、邵武市、武夷山市，邻近的宁德福安市、周宁县、古田县，三明沙县、尤溪县也有分布。

据考古资料及文献记载，武夷山境内在四千多年前就有先民聚居，那时就有人养鹅。公元 1131 至 1162 年间（南宋绍兴年间），浦城农户养鹅已很普遍。

闽北白鹅又名武夷白鹅，属小型肉用鹅种。雏鹅绒毛黄色或黄绿色。成鹅全身羽毛白色，喙、趾、蹼均为橘黄色，上下喙边有梳齿状横褶，眼大，虹彩呈灰蓝色，头顶有橘黄色的皮瘤（公鹅比母鹅大），无咽袋。公鹅颈长，胸宽，头部高昂，鸣声洪亮。母鹅臀部宽大丰满，性情温驯，偶有腹褶。成年公鹅体重 8 斤以上，母鹅 7 斤多。

闽北白鹅抗病能力强，耐粗饲，增重较快，肥育性能好，产肉率高，适应于山区水域及分散草场的放牧饲养。

岚谷白鹅

长汀河田鸡

长汀河田鸡主要分布于龙岩市长汀县。

长汀河田鸡，因主产于福建长汀县河田镇而得名，是福建省传统家禽良种、《中国家禽品种志》收录的全国8个地方肉鸡品种之一。长汀河田鸡是经过长期人工选择形成的一个地方品种，以稻谷、玉米等粗粮为主要食物，适合在果园、竹山、松林等纯天然的环境中放养。

长汀河田鸡为优质黄羽肉鸡，羽毛以浅黄色为主，尾羽与镰羽为闪亮的黑色，镰羽很短，主翼羽为镶有金边的黑色，喙的基色为褐色而喙尖则浅黄。头部清秀，颈较短粗，腹部满，胫长适中，体形略呈方形。冠型甚为特殊，为单冠直立后分叉。

长汀河田鸡的屠体丰满，肉质细嫩，皮薄骨细，肉色洁白，口感香鲜嫩滑，实为禽中珍品。经检测分析，河田鸡蛋白质含量较高，富含人体所需的11种氨基酸和多种微量元素，牛磺酸含量是普通鸡的37.8倍。

2006年，长汀河田鸡被列入农业部《国家级畜禽遗传资源

长汀河田鸡

保护名录》；同年 7 月，被国家质量监督检验检疫总局评为国家地理标志保护产品。

金湖乌凤鸡

金湖乌凤鸡主要分布于泰宁县境内农村及周边的将乐、建宁、邵武和江西黎川县的部分乡镇。

金湖乌凤鸡是泰宁县农业部门于 1995 年发现，经多年提纯、选育的肉蛋兼用地方品种。

金湖乌凤鸡头部清秀且短宽，鸡冠为紫红色的玫瑰冠，耳呈圆形且多为绿色，虹彩为褐色，喙短直呈灰白色，肉髯紫红色呈三角形，胫呈褐色，四趾。皮肤、肌肉、骨骼呈褐黑色。公鸡羽色鲜艳、光泽亮丽，主翼羽为黑色，左侧边上有一带状浅黄色镶边，副翼羽为棕红色，尾羽和镰羽为黑色，背、胸、腹羽为红黄色。母鸡羽色有麻羽和浅红羽两种，其中以麻羽居多，主翼羽和尾羽为黑色，头顶部生着一丛黑色缨状冠毛。

金湖乌凤鸡肉质细嫩、风味鲜美、营养丰富，具有极高的药用价值和经济价值。

金湖乌凤鸡

2009 年 10 月，金湖乌凤鸡被农业部确定为国家级畜禽遗传资源，并收入《中国家禽遗传资源志》。2011 年 11 月，金湖乌凤鸡通过农业部国家农产品地理标志登记。

第四章

福建农业文化遗产·工程类

福建工程类农业文化遗产丰富，有海塘堤坝工程、陂塘工程、农田灌溉工程等，它们见证了福建农业文明发展的历程。作为文化遗产不可或缺的一部分，工程类农业文化遗产具有十分重要的价值。首先是工程技术价值，这类遗产多数反映了先民在工程技术方面的革新与突破；其次是艺术价值，它们是当时人们审美艺术和文化理念的综合体现；再次是社会经济价值，它们在防洪灌溉、社会用水等方面发挥重要作用，促进地区经济发展；最后是历史价值，它们是重大历史事件的载体，见证了重大历史事件的发生。

第一节　海塘堤坝工程

莆田镇海堤

镇海堤，原名东甲堤，又称南北洋海堤，位于莆田市荔城区黄石镇境内，蜿蜒横卧在兴化湾南岸木兰溪入海口，全长6000多米。镇海堤是在唐元和元年（806），由闽浙观察使裴次元创建，他在莆田南洋围垦东北角最易被风潮冲毁的土堤外加建3400米石堤，自黄石镇东甲村至遮浪村。据史载，石堤于明洪武二十年（1387）被拆，堤石用于筑平海、莆禧两城。

莆田镇海堤

此后，仅剩土堤，屡修屡毁。清道光七年（1827）莆田人陈池养重修石堤，改称“镇海堤”，海堤总长 87.5 千米。

东甲堤工程包括石堤、附石土堤。石堤与附石土堤是同一堤的两面，外为石砌，内为土筑，土筑高于石砌，水埠堤是土筑，距石堤后半里。莆田旧志载，东甲、遮浪一带，有洋田与埭田之分，洋田依山附海，由高趋岸，前人于洋田尽处筑堤，是为内堤；又把内堤外的海滩，垦为埭田，渐围渐垦，就有一埭、二埭、三埭之称。于埭田外筑堤障潮，是为外堤。埭田低于洋田，高度差自 0.58 米至 1.17 米不等；埭田以内堤障霖，以外堤捍海水。石堤与附石土堤就是所谓外堤，水埠堤就是所谓内堤。

镇海堤是福建省最早的海堤，保护着兴化南洋平原 20 多万亩良田。1981 年，莆田县人民政府公布其为县级文物保护单位。2001 年 1 月，福建省人民政府公布其为第五批省级文物保护单位。2003 年，镇海堤文物保护理事会成立。2006 年，莆田镇海堤被国务院公布为第六批全国重点文物保护单位。

泉州烟浦埭水利工程

烟浦埭旧称湮浦埭，位于泉州东南二十里郊外。《读史方舆纪要》卷 99“泉州府晋江县”载:“府东南二十里。志云:堰水曰埭。埭九十有四，烟浦最大。上承九十九溪之水，广袤五六里，襟带南乡之境，出溜石六斗门入于晋江。”

烟浦埭始建于唐代元和年间（806–820），吴公浦为埭，以捍海潮，罄其资而工不就，饮恨溺水。宋时在原筑基础上垒埇岸三万丈、筑四陡门。绍兴六年（1136），晋江水利大规模修治，增筑二陡门，于是郡城南门外罗棠山、崎山诸溪涧水蓄于盈塘，和大沙塘相通，然后下流经烟浦埭六陡门出海。宋时，烟浦埭捍海潮、蓄灌溉，晋江全县三分之一的农田灌溉都仰仗烟浦埭，烟浦埭水利工程因此成为泉州当地最为著名的海堤。

第二节　陂塘工程

福清天宝陂

天宝陂位于福清市宏路镇观音埔村。天宝陂始建于唐天宝年间（742–756），故称为“天宝陂”。当时，其引水坝由河卵石砌成，长 219 米，高 3.5 米。此后，历代都对其进行过重修：宋大中祥符年间（1008–1016），时任知县郎简重修，后被洪水冲毁；熙宁五年（1072），知县崔宗臣再修；宋元符二年（1099），知县庄柔正主持重修，此次重修用铁固定其根基，并且拓宽了陂；明洪武二十四年（1391），按察司佥事陈灏招募工人重修，立留有渠道碑；明万历年间（1573–1620），知县欧阳劲、王命卿先后主持修复；清咸丰十年（1860）秋，洪水暴发，天宝陂被冲决，直至咸丰十五年（1865），才开始修复，所以天宝陂也曾改名“咸丰陂”。

1945 年，有当地人在天宝陂水坝挖缺口来排水捕鱼，次年天宝陂遭受洪水猛烈冲击，缺口不断扩大，当时政府拨款 60 亿元金圆券进行重修，但是实际到位资金极少，大部分落入豪绅权贵手中，所以陂没有修成。次年春，十三洋水利协会筹集经费，在决口处抛筑块石堵住缺口，从而当地的灌溉得以维持。新中国成立后，政府贷款 38.25 亿元对天宝陂进行加固，并在 1951 年成立天宝陂水利管理委员会，配备专人管理，加强管理与养护。福清市政府于 2009–2010 年进行修缮，改建后的天宝陂不仅承担农田灌溉，还向附近的地区供应水源。

2001 年 1 月，天宝陂被福建省人民政府公布为第五批省级文物保护单位。

福清天宝陂 郭成辉 摄

莆田木兰陂

木兰陂位于莆田市区西南5000米的木兰山下、木兰溪与兴化湾海潮汇流处，是世界灌溉工程遗产。

木兰陂始建于北宋治平四年(1067)，由钱四娘主持修筑，建成后不久就被洪水冲毁，钱氏也殉身。此后，与钱四娘同邑的进士林从世在下游河口附近重建，又被海潮冲毁。熙宁八年（1075），侯官人李宏在僧人冯智日的协助下，在前两次坝址中间的木兰山下建陂，元丰六年（1083）完工并投入使用。木兰陂水利工程成功之处在于：下游可以防御海潮，上游可以拦截永春、德化、仙游三地的来水，卸咸蓄淡灌溉农田。

拦河坝是木兰陂的主体工程，工程分枢纽和配套两大部分。枢纽工程为陂身，由溢流堰、进水闸、冲沙闸、导流堤等组成。溢流堰为堰匣滚水式，长219米，高7.5米，设陂门32个，有陂墩29座，旱闭涝启。堰坝用长条石丁顺交叉、分层迭砌，堤中夯填黏土，上填一层白灰三合土，顶面再用石板铺砌成“陂

莆田木兰陂 郑育俊 摄

埕”。配套工程有大小沟渠数百条，总长400多千米，其中南干渠长约110千米，北干渠长约200千米，沿线建有陂门、涵洞300多处。整个工程兼具拦洪、蓄水、灌溉、航运、养鱼等功能。特别值得注意的是，当时施工时采用“换砂”办法来改善地基，即在表层淤泥深挖2.5至3米，用沙砾料回填以增强基础的承载应力，在靠坝的两端以夯填红黏土为基，从而保证堰匣坝均匀而沉实。另外，坝体条石是使用白灰、糯米、红糖浆和黄土拌和的胶合料浆砌的，其抗压强度在干燥时可以达到62.4千克/平方厘米，饱和状态下是38.8千克/平方厘米，相当于强度40-60号的水泥砂浆标准。陂身外观虽然存在不均匀沉陷及裂缝，但是经过多年来千百次洪水的冲击，至今仍然保存完好，足以证明这项工程的结实程度，也反映了古代人民的聪明智慧。1958年，陂附近兴建了架空倒虹吸管工程，引东圳水库之水到沿海地区，使木兰陂大大提高灌溉、排洪能力，灌溉面积从原来的15万亩增加到25万亩。兴化平原因此成了鱼米之乡、主要水稻产区、莆田最富饶的地方。

木兰陂便捷水运，九十九沟给了人们水上运输的便利。在古代，水运比陆运更方便、廉价，而且运输量大，是旧时兴化平原的主要运输方式。主要的水运工具有沟船、溪船和汽船，后来又有了水泥船和“挂机”（在尾部安装柴油机做动力的沟船）。1978 年以后，沟渠的水运功能逐渐萎缩。木兰陂也带动兴化平原的繁荣。平原上的涵江、城郊、黄石、新度，是莆田人口最密集的地方。这些地方土地肥沃，物产丰富，特产名闻遐迩，如绿砂荔枝、新度禽苗、哆头蛏、西洪米粉、清江索面（线面）等。经过九百多年的历史沧桑，九十九沟两岸风景秀丽、民风淳朴，旅游资源丰富，相关的旅游景点有白塘、梅妃故里、东甲海堤等。

木兰陂工程对兴化平原的形成以及莆田文明有巨大的促进作用。莆田县宋明两代人才辈出，是出进士最多的年代。宋代中进士的有 1678 人，出了 5 个状元，明代有进士 548 人、状元 2 个。农业的丰收、人口的聚集、洪涝等自然灾害的减少及生活的稳定，这一切都有利于创造安定的学习环境。为了纪念建陂的历史名人，陂南原建有协应庙，亦称李宏庙，现改为木兰陂纪念馆。馆旁有恩功亭和宋郑耕的木兰书堂古迹。馆外湖光山色，景色宜人，尤其在春水初涨，溪水漫陂入海时，白浪滔滔，有“木兰春涨”之誉。

1988 年，木兰陂被国务院公布为第三批全国重点文物保护单位。2014 年 9 月 16 日，在韩国光州举行的第 22 届国际灌排大会上，木兰陂成功入选第一届世界灌溉工程遗产名录。

莆田泗华陂

泗华陂规模仅次于木兰陂，在莆田四大陂中名列第二，位于莆田延寿溪下游大石下旁，距莆田市龙桥城西北 3000 米，离上游东圳水库 4000 米，陂南为龙桥村，陂北为下郑村。

宋代往省驿道由此经过，旁边有泗华亭，陂因而得名。原陂始建年代无可考，据《兴化府志》卷五十三记载：“唐吴兴筑延寿陂，专为灌溉平洋，尊贤里地高未食其利，泗华陂建成，始分水北注。明永乐年（1403-1424）重修，改名永利陂。天顺二年（1458），参政方逵募众修陂。明万历十五年（1587），吴兴裔孙同知吴日强捐金倡修。”

原坝长 253.12 米，高 3 米，顶宽 1.2 米。坝水平面呈弧形凸向上游。基底用直径 15 厘米的松木卧椿横向密密排列，上面铺有三层顺水大石条，每层各露出径边宽 30 厘米，其上用块石干砌叠成弧形，外陂比例是 1:1，内陂比例是 1:2。陂顶中间有一缺口，宽 42 米，深 0.65 米，以利于溪洪下泄。陂两端各有一条渠道，南渠宽 1.47 米，长 1 千米，灌溉龙桥、四步岭两个村，出吴公庙前流入延寿溪，灌溉面积 100 多亩；北渠（今名泗华支渠，属东圳水库灌区）宽 3.5 米，长 4.67 千米，灌溉下郑、吴庄、洋西、下刘、白杜、霞尾、企溪、涧湖等村，灌溉面积 3000 多亩。

20 世纪 50 年代初，当地政府成立泗华陂管理委员会，分期对其进行整治。1953 年 10 月，在店仔头附近修建横跨延寿溪的一座倒虹吸管，长 63 米，开挖长 275 米的渠道，灌溉畅林、南郊一带 1074 亩的良田。1956 年泗华陂并入木兰陂灌区。1958 年春，莆田县委要求实现自流灌溉，决定引用泗华陂水源，

莆田泗华陂 郑育俊 摄

就在北渠首段新开长4670米的渠道，建6座过沟木渡槽、1座公路倒虹吸管，使企溪、北大、洞湖、龙山、吴江、埭里等村8000亩良田得到自流灌溉。该工程于当年通水，遇到3次台风暴雨的袭击，企溪后沿福厦公路平行的渠道屡修屡坏，尤其是1958年8月31日延寿溪山洪暴发，泗华陂被冲毁200米。当地组织力量抢修，修复后的陂顶宽2米，抬高正常水位0.6米，被毁坏的工程因此不再修复。

1964年，原泗华陂灌溉区划归东圳水库城郊渠道站管理，灌溉城郊、西天尾等9个大队的7000亩耕地。1973年7月3日，一号台风猛袭莆田，泗华陂被东圳水库泄洪冲毁，修复后的滚水坝外露高度3.1米，顶宽2米，在坝高1.5米处下游留一平台，宽1米，平台下坡度1:0.3，平台上坡度1:0.6，全部用条石砌好，坝顶浇灌混凝土盖面，坝两端为浆砌块石堤岸，与下游公路拱桥相连。

莆田太平陂

太平陂位于莆田市涵江区萩芦镇崇村的莲花石下，是莆田的四大陂之一。

宋嘉祐年间（1056–1063），知军刘谔在萩芦溪上游莲花石下拦溪筑坝建太平陂。原来是用草木拦阻断流，陂长92米，宽50.55米，深6.85米，后又用大溪石垒筑成滚水坝，坝顶置泄水口，宽1.1米，深0.65米。陂南侧开圳沿山而行，用石铺砌，“迂壑断处，乃作砥柱联驾石船飞渡之”，石圳蜿蜒20余里，在入境处才分上下二圳。上圳长11千米，得水七分来灌溉兴教、延寿二里（林外、枫岭、下刘、松坂等）的高仰田地；下圳长5千米，得水三分，专门负责灌溉兴教、梧塘、漏头（林外、东张、东牌、太平庄、埔头等）处的平洋田地。

太平陂自知军刘谔创建以来，历代屡有修建，不断地对其进行完善。宋绍定年间（1228–1233），知军曾用虎重修太平陂，一度更名为曾公陂；明嘉靖四十三年（1564）再次进行修建；清乾隆十三年（1748）和道光二年（1822）重新整修上下两圳

莆田太平陂

水渠；咸丰五年（1855）陂首又进行整修加固。太平陂600多年来几经兴废，现存的陂坝为明成化十八年（1482）重建，巧妙地设置了12道闸门，用来控制水位。

从1950年开始，太平陂多次进行全面整修，开挖干支分渠。主干渠长达22.5千米，支渠25条共长33.7千米。灌溉范围除原来的萩芦、梧塘外，再延伸到西天尾、江口、涵江等地的30多个行政村，灌溉面积由原来的6千多亩增至2.3万多亩，保灌面积1.9万亩，基本实现了自流灌溉。

为了纪念刘谔修建太平陂造福百姓的功劳，地方百姓于宋绍兴二年（1132）在梧塘修建太和庙，奉祀刘谔和唐太守何玉，后增祀蔡襄、曾用虎等修建太平陂的有功之臣，明隆庆六年（1572）庙重建。此外，宋时还在枫岭另建世惠祠奉祀刘谔、曾用虎。

泉州留公陂

留公陂位于泉州市洛江区双阳街道坝南村、惠安县洛阳镇陈坝村。

年（1183）立春，陕郡司马攸，相视水利。竟事，因登此峰。玉叶赵仲山，开封韩用章偕行。四明林致夫期而不至。”这方刻于公元1183年的摩崖石刻，记载了当地官员司马攸携友人登山踏春、巡视水利之旧事。莲花峰下有一仙人井瀑布，据说这瀑布古时就被利用于农田水利，累筑石坝，蓄水成库，成为泉州最早的水库之一。

1965年，泉州发动数千民工，历时三年，筑起了金鸡桥拦河大闸，使其成为一座集防汛、抗旱、供水、灌溉、交通等功能于一体的水利枢纽工程，又依着黄龙溪在万石陂的旧址上筑起了一条直达泉州市区的北渠，成为泉州人民的饮水之源。

云霄军陂

军陂，亦称圣王陂，位于云霄县火田镇漳江上游火田溪，是唐代开漳将士们为传播先进农业生产技术而兴建的水利工程——拦河水坝。

此类“军陂”在云霄有多处，如竹树潭、下河、孙坑等，都留存有遗址，至今保存最完整的是火田镇火田村西竹树潭一处。因系开漳将士兴建的水利工程，因此后人称为“军陂”。此处军陂，清代有过重修，并立有碑石“圣王陂”。现存堰坝为块石垒砌，石灰勾缝，高约5米，底宽4米，面宽2米；原长约120米，今残存两岸各一段及江心一带共三段，约30米。其配套

云霄军陂

引水渠道依山蜿蜒开凿，总长约 4000 米，其中破岩凿石部分约 500 米，至今仍能发挥灌溉作用。

长泰双圳陂

双圳陂水利工程位于漳州市长泰县，又称“十五户陂”，建于南宋年间，是该县古代最大的水利工程。

南宋嘉定年间（1208–1224），长泰旱涝迭至，水利年久失修，大片农田废弃抛荒，百姓生计艰难。南宋宝庆二年（1226），彰信里（今陈巷镇）双芹社富绅陈耆倡议兴修水利，并慷慨捐田 240 余亩，历经 11 年于嘉熙元年（1237）建成，陈耆挑选热心公益事业的乡人当陂长，因水渠流经 15 个村落，于是群众更习惯称它为“十五户陂”。水渠总灌田 1 万余亩，众多旱地变为水田、荒原成为沃野，从而为水稻在长泰的大面积种植创造了条件。因此，陈耆被长泰县居民尊称为当地的“李冰”，“十五户陂”也赢得了“闽南都江堰”的盛誉。700 多年来，“十五户陂”水利工程历经多次维修改造，一直沿用至今。

1983 年 4 月，长泰县人民政府公布双圳陂水利工程为首批县级文物保护单位。2016 年 3 月，福建省水利厅公布双圳陂水利工程为第一批省级水文化遗产。

如今十五户陂灌溉区特色农业、高优农业已成规模，已建立起无公害蔬菜、生态型食用菌、台湾高优水果等一批无公害农产品和绿色食品生产基地，是长泰最大的无公害蔬菜生产基地和集散地。

长泰双圳陂

◆诏安县五通夫人陂

五通夫人陂位于诏安县霞葛镇五通村的香炉山灵五庙左侧的白藤径，原名“石磊陂”，又名“石陂面”。水陂最早建于明嘉靖四十二年（1563），诏安知县梁上楚建筑“一陂二渠”，采用溪中大卵石和木桩围拦成一字形陂坝，横跨两岸，堵水成水陂，称“石磊陂”。后几经岁月，一字形水陂数次倒塌。清康熙五十五年（1716），乡贤黄靖建造新陂。其时，黄靖恰巧公务繁忙外出，便将重任委以其夫人。其夫人林淑贞“察山情，通水性”，吸取之前一字形陂坝几经倒塌的教训，不惜血本用石灰、红糖煮糯米制成黏糕泥，黏夹条石，使之坚固耐用，经久不垮。水陂固若金汤，年年如是，当地五谷丰登，两千多亩良田得到灌溉。为了纪念林淑贞，当地民众称这水陂为“夫人陂”。

1953 年人民政府拨款重修高 3 米、长 60 多米的水泥石坝，可控流域 230 平方千米，灌溉五通、溪东、南陂三村 3500 多亩良田，名曰“五通陂”。1992 年，漳州市和诏安县人民政府再次拨款加固。

1995 年，诏安县政府公布五通陂为第五批县级文物保护单位。2016 年 3 月，五通夫人陂被福建省水利厅公布为第一批省级水文化遗产。

诏安五通夫人陂

❖闽清白中福斗圳

福斗圳位于闽清县池圆镇福斗村福斗岩，是白中乡灌溉千亩田地的重要水利工程之一。福斗圳始建于清道光年间，由乡贤刘祖宪倡建。民国初，白中乡士绅钱仁华续建，但因建渠用地涉及房屋、坟墓等，圳渠未能建成通水。民国五年（1916），华侨领袖黄乃裳以其在家乡的威望再次策划建圳事宜。为圳渠的勘察、设计、用地、施工等事，黄乃裳17次亲临工地解决具体问题，历经三年努力，终于民国八年（1919）二月建成通水，并立“五回取地”碑以志纪念。

福斗圳坝成弓形，用河卵石干砌，坝高1.5米，弧长99米，圳渠建在福斗岩下，以开凿岩壁、混凝土浇墙而成，渠墙高80厘米、厚30厘米、渠宽1米，坡降千分之一。日通水量0.4立方米/秒，枯水期亦0.2立方米/秒。圳渠全长13千米，共设3座钢筋混凝土渡槽、2座水闸。福斗圳灌溉白汀、田中、前坂等村的田地，灌溉面积达1520亩。

1981年，福斗圳因普贤村电站拦坝而废。

第三节　农田灌溉工程

❖云霄向东渠

向东渠是漳江灌区峰头水库建成以前作为第一期引水开发的渠道。渠道从漳江上游的云霄县马铺乡宝石下墩村和下河乡下洞水尾村建坝截流，加上车墩支流，分别开挖3条引水渠，控制流域面积240平方千米，将水引入向东总干渠。渠线盘绕100多道山峦，劈开24座山头，跨越15条溪流，经过下河、世坂、莆美、杜塘、常山、陈岱等地，跨越八尺门海堤进入东山岛，经后林、港西，引入红旗水库。干渠总长85.81千米，最大流量为14.5立方米/秒，云霄段为8立方米/秒，东山段为3.5

云霄向东渠八尺门渡槽 李金文 摄

立方米/秒。共建成拦河坝、隧洞、暗涵、渡槽、倒虹吸管等大小建筑447座。这是云霄、东山两县有史以来规模最大的水利工程，是两县人民团结协作、艰苦创业的成果，被誉为“江南红旗渠”。

向东渠全线于1973年3月13日正式通水。《福建日报》1973年5月28日以“劈山跨海造长河”为题，《人民日报》1974年3月13日以“不尽江水滚滚来”为题，报道云霄、东山两县人民团结协作、共建向东渠的业绩。1973年至1986年的14年间，向东渠引水6950万立方米，年均引水496.4万立方米。

向东渠建设创造性的“渡槽木拱技术”于1978年9月获全国科学大会奖和福建省科技成果奖，1979年被编成《石拱渡槽的拱式木拱架》专著出版。

上杭九里圳

上杭九里圳始建于1751年，由“粮米行盖三省”的湖洋村横排岗谢姓十四世祖谢端良倡建，其时正值乾隆皇帝高度重视农耕，大修水利。

现存水利工程位于龙岩上杭县湖洋镇湖洋村，跨越五坊、新坊两个村，灌溉五坊、新坊、上罗、龙山、濑溪、湖洋等6个行政村，受益面积1103亩。全程有86个出水灌溉控制口，当地人称之为“九里圳”，主渠道全长4.8千米。九里圳初建成时以石作堤，由其灌溉的良田不多。随着陂圳供水的日趋正常稳定，开垦的水田不断增加，灌区规模不断扩大。农业生产的稳步发展，促进了人口增长和移民迁入，故当地有“先有九里圳，后有下迳村”之说，受其恩泽的湖洋村谢姓一族也繁衍为湖洋集镇所在地的主要姓氏。

早在清代该圳建成时，九里圳就设有陂会基金。该基金拥有6亩良田和1块山林，每年收取的15石谷租和山林租金作为九里圳专门的管护经费。

土地改革后，九里圳不再有陂会基金田和山林，也不再有往昔一年一度的盛大“伯公会”，九里圳的日常管护由专门设立的管水小组负责，之后又几经变迁。如今，九里圳主干渠实施了标准化渠道改造，九里圳水利协会的运作取代了传统的运行方式。但九里圳长期运行所形成的习惯做法和文化共识深植于人们的记忆，虽经漫长的社会变迁，后来的专门管水小组和现今的九里圳水利协会，仍然延续以往由下游负责集中管护的传统做法（“下游自治”）。管水员敢抓敢管，村民自觉配合，九里

上杭九里圳

圳畅流不息，涉及多个村众多利益主体的上千亩良田灌溉用水始终得到有效保证。

2014 年 11 月，九里圳水利协会被农业部、国家发展和改革委员会、财政部、水利部、国家税务总局、国家工商行政管理总局、国家林业局、中国银行业监督管理委员会、中华全国供销合作总社等九部委认定为“全国农民用水合作示范组织”。

黄鞠灌溉工程

黄鞠灌溉工程，位于宁德市蕉城区霍童镇石桥村，由隋朝谏议大夫黄鞠主持兴建，是闽东现存年代最早、规模最大、最富特色的水利工程，也是迄今发现的系统最完备、技术水平最高的隋代灌溉工程。黄鞠灌溉工程始建于隋皇泰元年（618），由龙腰水渠和蝙蝠隧洞组成，龙腰水渠亦称“度泉洞”。

据明何乔远《闽书》载:“黄鞠隋时为谏议大夫，谏隋帝不听，遂寻阆苑之游，来抵霍童，见其地广衍，遂起明农之意，凿断龙腰，通太湖水，挥指飞来峰塞水口，下铸铁牛镇之……在狮子峰右开凿长里许，高丈余，洞六尺的度泉洞，引泉溉田以济霍童，村民至今祀之。”原洞现已全部成为明渠。

黄鞠灌溉工程（琵琶洞） 林四五 摄

蝙蝠隧洞位于霍童溪北岸，该渠长 700 余米，由明渠与七段涵洞连接而成。涵洞直壁弧顶，高约 2.2 米，宽约 1 米，长度分别在 2 至 3 米不等，保存基本完好。该渠的形制、凿造方法与南岸的度泉洞相似，均属隋代黄鞠所凿，两处统称“霍童涵洞”。水利工程设

黄鞠灌溉工程（龙腰渠） 宋经 摄

计巧妙，是水利工程中少有的明渠。黄鞠还利用落差安装了多级水碓，开日、月、星三湖蓄水。渠水绕经村中民房，而后流入田里，既便于村民洗涤、防火，又提高了水的养分。水渠回旋九曲，每曲都镇一块石蛤蟆，用来缓阻急流，提高水位，工程设计极为巧妙。除了实施灌溉，令人叫绝的是，黄鞠还在龙腰水渠按落差建立了五个水碓，搞起了磨麦、舂米、榨油等农副产品加工。

1956年，人们在水碓尾建起了一座水力发电站，当时被称为“闽东第一站”。时至今日这个发电站仍在发电。五个水碓现在只剩一个，保存基本完好。

对于“度泉洞”这一隧道工程，在福建水利史上是首次发现，在中国水利史也是不多见。霍童涵洞施工之科学，代表了闽东乃至整个福建隋代水利工程的最高成就，也集中反映了当时闽东地区在北方移民和先进技术影响下农业生产的快速进步。

2016年6月27日，中国水利博物馆专家组一行到霍童涵洞考察，专家组为霍童涵洞琵琶洞段现存的5段隧洞所震撼。2017年1月，霍童涵洞的图文资料在中国水利博物馆展厅作为固定展陈内容展示，填补了中国隋代水利的空白，意义重大。专家组认为，据现有的水利资料研究，霍童涵洞是中国第一条人工隧道水利工程，霍童涵洞挖掘先驱者黄鞠是中国水利隧道第一人。

2001 年，霍童涵洞被福建省人民政府公布为第五批省级文物保护单位，2016 年上半年进行了维护；2016 年被福建省水利厅公布为第一批水文化遗产。2017 年 10 月，在第 23 届国际灌排大会上，宁德黄鞠灌溉工程入选第四批世界灌溉工程遗产名录。

平潭天山尾水渠

天山尾水渠位于平潭北厝镇天山村天山尾，水渠为“农业学大寨”时所建，原为灌溉农田使用，现已荒废。水渠由花岗石砌成，通过石墩跨越于农田之上，高 3.2 米，每墩间隔 3 米，残长 200 米。天山尾水渠是福州地区保存较完整的“农业学大寨”时的水渠，极具时代特色。

平潭天山尾水渠

向东渠世坂渡槽 李金文 摄

第五章

福建农业文化遗产·技术类

福建山多地少、山地多平原少的地形地貌特征，兼具山区与沿海并存的特点，以及亚热带气候的特征，使得福建先民们在长期的劳动实践中逐步形成独具地域特色的农业技术。这些技术主要集中在农产品加工、竹编、水产养殖、造纸及剪纸技术等方面。考虑到茶类加工在福建省的特殊地位，本章把茶类加工技术从农产品加工技术中单列出来，分节介绍农产品加工技术 12 种、茶类加工技术 15 种、造纸及剪纸技艺 4 种、竹编技术 2 种、建筑营造技术 6 种、水产养殖技术 3 种以及其他民间加工技术 11 种。

第一节 农产品加工技术

山腰海盐传统晒制技艺

山腰晒盐是福建手工技艺中历史悠久的技艺，其产品与人们的日常生活和工业生产关系密切。它以海水作为基本原料，利用海边滩涂及其咸泥，结合日光和风力蒸发，通过淋、泼等手工劳作制成盐卤，再通过火煎或日晒，自然结晶成原盐。山腰晒盐有六大工序，蕴含着丰富的具有地区特征的科学技术知识。

山腰盐场位于福建中南部，属亚热带海洋性季风气候，常年气温高，风力强，加上周边没有大江大河注入淡水，其海域海水富含盐分，相当适宜海盐生产。它是我国长江以南重要的

山腰盐场

海盐生产基地和福建省第二大国有盐场，全国 107 家“食盐定点生产企业”之一。

山腰晒盐这项工艺主要分为淋卤与晒制两道工艺，并且自 20 世纪 80 年代以来，不断革新生产工艺。该工艺主要分为纳潮、制卤、结晶、旋盐、扒收、归坨六大工序，同时，传统晒盐技艺还是有一定的保留。

海盐传统晒制是一门古老的技艺，这种技艺所生产的食盐曾经满足了数亿人的生活需要，在中国历史上发挥着十分重要的作用。海盐传统晒制技艺也深刻地影响了当地人民的生活和文化，至今，山腰盐场盐民的生活习俗、民间信仰以及民间传说等仍与晒盐息息相关。目前，盐田面积近 10 万公亩，职工 2800 多名，年均生产能力约 10 万吨盐，对当地的经济建设发挥着十分重要的作用。

山腰海盐传统晒制技艺浓缩着数千年来中国海盐制作传统工艺的精华，是中华民族传统制盐手工业发展的历史见证，具有重要历史价值、文化价值、工艺价值和经济价值，对其进行保护、研究、发掘也具有重要的历史、文化、教育和经济意义。

泉州春生堂酿酒制作技艺

在宋代，泉州民间就开始酿酒，历史悠久。春生堂秘制酒创始于1820年，是永春郭厝村白鹤拳传人郭信春所创，他精拳术、晓医理，对年久风湿、血衰气虚、跌打损伤等症状有研究。他在当地开了家中草药铺，名为“回春堂”，为百姓移轮接骨，卖青草药，并采用秘制补酒药方和制作技艺秘制药酒，取名为“春生堂”。

“春生堂”秘制酒采用30多种药材，用白酒在缸中浸药，以陈年高粱酒、优质米酒为酒基，以药材浸、熬、煮后提取的药液及白砂糖为辅料，经调配、化验、过滤、陈酿、检验、装瓶等多道工序精制而成。春生堂秘制酒质地优雅、醇正甘绵、芳香爽口、舒筋活络、消瘀祛湿、健脾养血，对风伤病湿、操劳过度、身体虚弱等症状有特效。因此，春生堂秘制酒在清代成为闽南地区著名的药酒。

春生堂酿酒

春生堂秘制酒创始至今190多年，其酿酒技艺独特，是中华酒文化的重要组成部分，又与泉州民俗密切相关。泉州有一俗语“拳头烧酒曲”，拳是少林拳，曲是南曲，酒便是春生堂的秘制酒，三者皆是泉州民俗文化，赋予了泉州民间文化浓厚的生活气息，是闽南文化的重要组成部分。

春生堂秘制酒多次荣获全国、省、市优质酒，优质产品，信得过产品和全国优质保健产品，优质保健食品金奖等荣誉，2006年获国家商业部“中华老字号”称号，春生堂酿酒技艺于2009年被列入第三批福建省非物质文化遗产保护名录。

安溪蓝印花布制作技艺

安溪蓝印花布是安溪传统民间工艺。明代，棉花已成为安溪的主要经济作物之一。安溪妇女善于织布，所织布匹质地优良，品种繁多，名牌产品有红边布、皱布、斜纹布等。安溪蓝印花布作为棉布的一种加工工艺，其形成、发展与植棉、织布业的发达是分不开的。随着种棉、织布业的兴起，安溪乡镇中染布的作坊也应运而生。当时安溪农村中大都设有染坊——“布房”，能加工染制乌黑、大青、水青、桃红、雪紫等颜色。“木棉花布甲诸郡”就是当时情况的真实反映。安溪蓝印花布产品远销至江南、台湾及南洋群岛。现在安溪境内还可发现为数不少的三合土结构的“打菁坑”遗存及木制纺车、织布机等。

安溪蓝印花布“以布抹灰药而青，候干，去灰药，则蓝白相间”。其工艺大致为：割蓝草入缸或灰坑，按比例在蓝草中加石灰泡浸，蓝草腐烂后，去梗，以木把打菁，沉淀后去清水，即成蓝靛。以纸版刻所需图案，刻好后以桐油喷透，再以豆粉加石灰和成灰浆，将油纸版平铺在白布上，以粉浆漏印其上，风干后，将布放入蓝靛缸浸泡数遍。布晒干后，刮去灰浆，放入溪流中漂洗，晒干后就成了蓝印花布。

蓝靛学名青黛，是一种中药材，有清热解毒、凉血、定惊等功能。民间以蓝靛治疗腮腺炎、治毒疮、清热解毒、驱蚊。

安溪蓝印花布制作

蓝印花布制成的衣服帐帘、棉被、头巾、包袱皮、手帕以及儿童玩具，都自带有消毒功能。

具有千百年历史的安溪蓝印花布，之所以能够不断延续、衣被天下，除了其药用功能外，还在于其内容上所表现出来的艺术美和浓郁的乡土气息。蓝印花布向来以质朴素净为美，其花色在题材和内容上有以形寓意、以音寓意和借用民间传说故事来表达思想情感、以传统的几何图案来象征吉祥等。“百子图”“百寿图”“百福图”等这些人们喜爱的吉祥图案，表达了人们的美好愿望。安溪蓝印花布于 2005 年被列入首批福建省非物质文化遗产名录。

◆衙口花生制作技艺

衙口花生历史悠久，是福建省久负盛名的特产，主产于晋江市龙湖镇衙口村。衙口村的花生以“白、香、甜、脆，入口无渣，食之不腻”的特点享誉八闽大地，并深受东南亚各国华侨的青睐。衙口花生制作技艺由祖先传承下来，早在清代时，衙口就以花生买卖闻名，人们都慕名来衙口买花生。

衙口花生精选沙地花生果实为原料，其生产制作技艺主要有五道工序，一是精选原料，选取沙地优质花生果实；二是水煮，将花生果实洗干净，放入大锅里加精盐水煮，在水煮中，通过听声音和看烟气，就能判断出花生煮熟的程度，水煮后的花生半成品，抓一把摇一下会响，即不用晒已经半干了；三是日晒，将经过水煮后的花生，倒在晒场内经天然日光晒制；四是保存，将晒好的花生倒进麻袋，密封于仓库保存；五是挑选，经过认真挑选，制成成品。衙口花生不添加任何化学物质，在口感、营养价值等方面更胜一筹。其制作过程完全采用民间传统制作工艺，不烘烤，采用天然日晒，技艺独特，具有浓厚的乡土气息和地方特色及重要的文化、科学研究价值。“衙口花生制作技艺”于 2010 年被列入第三批泉州市非物质文化遗产保护名录。

衙口花生制作

◆建宁通心白莲加工技艺

建宁通心白莲加工技艺多流行于建宁山区。

建莲品质卓越，源于得天独厚的自然环境、传统的栽培技术和精细的加工技艺。建宁县志云：建宁秀山丽水，玉润流馨，季泉道道，十里蒸菖，极为旖旎。尤以西门莲的水土条件为优越。精心栽培、适时摘取、精细加工，是建莲质地优良的重要因素。建莲绝大多数在水田栽培，也有利用池塘栽种，均以采收莲子为主要目的。每年春分后栽种藕苗，7 月下旬莲子成熟，7 至 9 月分批采收加工，到秋分采收结束，共可采 17 道。采摘莲子

采 莲

要在晴天清晨太阳未照射之前，采收的莲子须当天加工，先去掉莲蓬，破开莲壳，剥去莲膜，用竹签捅去莲心，接着用专用的烤笼加炭火焙烤，这几道工序，要在几十秒内完成。莲农有言："做莲子如绣花，手上功夫大。"稍有疏忽就会减损莲子色泽的洁白。加工好的莲子则用有内套的纺织或铁皮箱盛好，不与异味的食品并贮，以保持其味之清香。

"建宁通心白莲"于 2001 年 7 月获得中国证明商标称号；于 2002 年 8 月获国家质检总局原产地认证标志；于 2006 年获得国家地理标志保护产品，也是福建省第 6 个受国家地理标志产品保护的品牌。

◆建宁溪源明笋加工工艺

明笋发源于建宁溪源，有一千余年的历史。一般是采用木桶压制，清明时节压榨，白露时节开仓晒笋，也可到来年开仓晒笋。由于此笋可保留到明年食用而质味不变，所以叫作明笋。

明笋是传统手工制作，是以毛竹鲜笋为原料，制作过程一

般是：笋长到2尺左右开挖，去壳、削根、平头，煮熟后用清水冷却，再通节、压仓，直到压扁压实为止。一般选择白露后开仓晒干，成了干品后投入市场销售。整个生产加工过程有20多道工序。明笋生产以及紧接着的明笋深加工产品，为推动溪源的经济作出了巨大的贡献。

2017年，建宁县溪源乡提交的“溪源明笋”成功通过了国家农业部专家评审，成为该县首个获得国家农产品地理标志登记保护的农产品。“溪源明笋加工工艺”于2010年被列入第三批三明市非物质文化遗产保护名录。

晒笋 杨进龙 摄

将乐西湖红糖制作技艺

西湖红糖因其生产地在三明市将乐县黄潭镇西湖村，故名西湖红糖。将乐县黄潭镇西湖村古法熬制红糖已延续两千余年，每年冬至前后家家户户都会熬制红糖，以备家中妇人以此为养生之品。

将乐西湖红糖属于传统手工熬制红糖，原料均是来自当地种植的甘蔗，因为当地适宜的气候和优良的水土，所产甘蔗富含维生素和铁、锌、锰、铬等微量元素。同时，为了保证甘蔗的质量，熬制西湖红糖所用的甘蔗在用肥上严格要求只能使用有机－无机复混肥，致力打造绿色、无公害产品。

西湖红糖的制作工艺早在汉朝就已经有传承，工艺的好坏也是红糖品质的关键，每道工序都影响着红糖的甜度、口感以

西湖古法熬制红糖　葛缨冠 摄

及色泽。一是砍，必须砍根部，甘蔗根部的糖分最浓；二是榨，充分利用工具，将甘蔗榨干；三是滤，三道过滤工序可让熬出的红糖没有杂质；四是熬，把控锅里红糖的“水花”和“糖花”，拿捏好灶里的“火花”，可让红糖的口感与色泽更佳；五是晾，用木盆将熬制好的红糖晾干、冷却，可让红糖留有原生态的木质清香。

为了更好地传承延续西湖村古法熬制红糖这门古老的手艺，三明市在黄潭成立首个红糖技术协会，统一传统糖工艺和标准，规范化产品质量。2015 年起，黄潭镇政府陆续投资 80 余万元引进优良甘蔗种苗，完善红糖熬制基础设施，西湖红糖成功入选“清新福建 倾心 600”活动福建最具代表性旅游商品，得到消费者和业界的一致好评。

❖尤溪原木古法压榨山茶籽油工艺

尤溪种植油茶的历史有 1300 多年，原木古法压榨山茶籽油是一种历史悠久的制油方法。在尤溪，原木古法压榨山茶籽

尤溪山茶籽油古法压榨 张宗铝 摄

油的技艺，主要分布在洋中、西城、坂面、汤川、溪尾、中仙、管前、新阳、八字桥等各乡镇村落。

古法榨油讲究工艺，工艺讲究经验的积累，传统的古法木榨每一道工序都十分讲究，都有其要诀所在，如火候、力度、时间等。尤溪县原木古法压榨山茶籽油繁杂的工艺随着时间的推移经历了不断地改良、提炼，凝聚了民间历代工匠师傅们的智慧。在尤溪县民间，茶油多用作年节煎炸食品、日常烹饪以及伤口消炎消毒，寺庵也用它来点灯；榨油之后余留下来的“茶枯”可用来洗头发，或“逗鱼”，即洒入溪河让鱼虾暂时昏迷以利捕捉。

原木古法压榨山茶籽油全过程采用物理压榨的方式，是最天然最悠久的制油方法。尤溪人民都认识到山茶油的好处，通过师徒传授、家族传承等形式，古法原木榨油技术一直发展到20世纪90年代，全县大约有木制榨油机100多台。之后由于工业技术的发展，古法原木榨油技术逐渐被现代机械压榨工艺所取代。尤溪原木古法压榨山茶籽油工艺于2015年被列入福建省第三批非物质文化遗产名录。

◆尤溪桂峰黄酒酿造技艺

尤溪桂峰黄酒酿造技艺至今已有700多年历史，在现代工业浪潮的冲击下，是为数不多的运用传统工具，纯手工酿造佳酿美酒的技艺。桂峰村生态环境优美，历史文化厚重，是尤溪县“打造朱子文化城”的重要基地，先后被授予“中国历史文化名村”“中国最有魅力休闲乡村”等荣誉称号。北宋期间，蔡襄之第九世孙蔡长发现桂峰山川俊秀，因此在此开创桂峰700多年的辉煌历程。《蔡氏族谱》记载，早在北宋淳祐七年（1247），蔡氏祖先就已经用传统工艺酿造出了黄酒，勤劳、聪颖的桂峰祖先把该酒酿造之法进行记载，并且定下了“传宗不传外”的规矩。

桂峰黄酒采用大米、糯米、玉米、高梁等粮食材料，根据

尤溪黄酒酿造 黄在锦

酒类品种搭配合成。常用的辅料有稻壳、谷糠、玉米芯、高粱壳、花生皮等。先是将配料、酒糟、辅料及水混合在一起，为糖化和发酵打基础。配料要根据甑桶与窖子的大小、原料的淀粉量、气温、生产工艺及发酵时间等具体情况而定。酿好的酒香甜可口，醇厚的口感带来不一样的味觉冲击力。

尤溪桂峰黄酒酿造技艺是展现朱子文化的一张名片，该技艺的保护与传承，体现了中国酒文化的博大精深，具有重大的历史价值与艺术价值。2017 年 1 月，桂峰黄酒酿造技艺被列入福建省第五批非物质文化遗产名录。

岚谷熏鹅制作技艺

岚谷是武夷山北面的偏远乡镇之一，传统熏鹅名闻遐迩，因其产地为岚谷，故名岚谷熏鹅 。

岚谷熏鹅制作技艺大致是：不肥不瘦的成鹅宰杀洗净后，放锅里清煮至七八分熟，捞起后沥干水分，周身涂上辣椒粉、盐巴等佐料；再用托盘衬托涂抹后的鹅放在锅里，锅底预先放有糯米，用文火慢慢烤焦糯米，熏烤鹅肉至香味四溢即可。熏鹅鹅皮金黄透亮，加上点点辣椒粉映衬，十分美观，食之香辣醇厚，回味悠长。每逢过年过节，岚谷人都会制作熏鹅，其独特的制作工艺，形成了特有的熏鹅文化，影响了一代又一代的武夷山人。

岚谷熏鹅制作 连荣华 摄

2014 年，岚谷熏鹅制作技艺被列入第五批南平市非物质文化遗产代表性项目名录。

闽北笋榨笋干传统制作技艺

闽北笋榨笋干传统制作技艺发源于顺昌县土垅村。顺昌为“中国竹子之乡”，土垅村有毛竹林面积 1 万余亩，竹产品加工是当地农民主要的支柱产业。他们把毛竹破成竹篾编篮编筐，自制生产工具和生活用品，还把竹笋巧制为美味食品。其中家家户户世代还传承着一种叫“笋榨”的加工笋工工具，制作土垅绵笋。

笋榨，即加工笋干的工具，采用木质榫卯结构，由榨架、榨仓、榨杠、榨箍、篾纳等组成，利用杠杆原理，压干压扁竹笋。土垅笋榨制笋技艺，大体有以下七个流程：清明前后挖笋与剥壳；削笋，削去较老的笋头和笋衣；煮笋，大灶安大锅，大锅上拴个大木桶，将笋置于木桶中隔水蒸煮，笋煮熟起锅；浸泡与通笋，将熟笋放入笋池中冷却，冷却后捞出，用笋针把各节打通，避免积水；上榨，将笋装入笋榨，头尾对接，挤压列放，内紧外松；垫枕压榨，用一层厚木板盖上榨笋，再用垫枕，一层层井字型叠加到一定高度，负重压榨，以此类推，逐日加厚；开榨暴晒，端午节过后取出，暴晒至干成品。

暴晒笋干

笋榨笋干传统制作技艺传承着传统制作笋干的工具和技法，制作出的土垅绵笋分秀金、金片、黄标三等，销往江浙沪一带，被视为山珍极品。笋榨的发明是我国农民聪明智慧的结晶，是农业历史走向文明的实证。2016 年，闽北笋榨笋干传统制作技艺被列入第七批南平市非物质文化遗产代表性项目名录。

◆闽东畲族乌饭制作技艺

畲族乌米饭自唐朝以来就是畲族同胞“三月三”过节的传统食品，是男女老幼四季皆宜的绿色食品。20 世纪末经宁德市畲族乌米饭加工坊开发，现已成为福建各地市和浙南等地设宴的佳肴，分别有红鲟乌米饭、竹桶乌米饭、太极乌米饭、荷叶乌米饭、菠萝乌米饭、草包乌米饭、乌米卷、八宝乌米饭（甜、咸）等品种。

乌饭是畲民用从山地里采来的野生乌稔树的嫩叶，置于石臼中捣烂后用布包好放入锅中浸，然后捞出布包将白花花的糯米倒入乌黑的汤汁里烧煮成的饭。它的味道相当独特，吃一口清香糯柔、细腻惬意、别有情趣。倘若将乌饭贮藏在阴凉通风处，则数日不馊。食用时，以猪油热炒，更是香软可口，堪称畲乡上等美食，并具有一定的养身保健作用。

乌饭是畲族的特色美食，乌饭节也是畲族村的传统节目。现在的乌饭节除了保留原有的习俗外，还载歌载舞，热闹非凡，是一项具有鲜明地方特色的民俗文化，对传承和发扬独具风格的畲族文化起到了积极的推动作用。随着社会和经济的发展，乌米饭制作技艺在一些畲族村居几近失传。为抢救、保护与发展畲族文化，宁德市于 2013 年将闽东畲族乌饭制作技艺列为第四批市级非物质文化遗产代表作项目名录，并举办各类民族传统文化节日活动，发扬和传承畲族乌饭制作技艺。

第二节　茶类加工技术

福鼎白茶制作技艺

福鼎白茶原产于福鼎太姥山，属于福建白茶，具有地域唯一、工艺天然和功效独特等特性。根据茶树品种、原料（鲜叶）采摘的标准不同，福鼎白茶主要品种分为白毫银针、白牡丹、贡眉、寿眉。

福鼎白茶的制作工艺，主要分为以下几个步骤：根据气温采摘玉白色一芽一叶初展鲜叶，做到早采、嫩采、勤采、净采。芽叶要成朵，大小均匀，留柄要短。轻采轻放，竹篓盛装，竹筐贮运。采摘鲜叶用竹匾及时摊放，厚度均匀，不可翻动。摊青后，根据气候条件和鲜叶等级，灵活选用室内自然萎凋、复式萎凋或加温萎凋。当茶叶达七八成干时，室内自然萎凋和复式萎凋都需进行并筛。先初烘，烘干机温度 100℃ −120℃，烘 10 分钟；接着摊凉 15 分钟；再复烘，烘干机温度 80℃ −90℃；最后 70℃左右低温长烘。茶叶含水分控制在 5% 以内，放入冰库，温度 1℃— 5℃。冰库取出的茶叶 3 小时后打开，进行包装。

2017 年 3 月 25 日，第六届福鼎白茶开茶节在茶业重镇福

福鼎白茶制作　冯文喜 摄

鼎市点头镇举行，央视财经频道与中文国际频道、新华社、福建广播影视集团新闻中心、湖南卫视茶频道等多家媒体现场全球直播盛况。当地数百名茶人亲身祭礼，全国茶众数万人现场观礼，感受白茶千年文化的独特魅力。

安溪铁观音制作技艺

安溪铁观音传统制作技艺是高超、精湛、独特的制茶技艺。安溪茶农吸收了红茶“全发酵”和绿茶“不发酵”的制茶原理，结合安溪的实际，创造出一套独特的“半发酵”铁观音制茶工艺，并根据季节、气候、鲜叶等不同情况灵活“看青做青”和“看天做青”，被茶叶界公认为“最高超的制茶工艺”。

铁观音制作方法是：茶青在人为控制和调节下，先经晒青、晾青、摇青，使茶青发生一系列物理、化学变化，形成奇特的“绿叶红镶边”现象，构成独特的“色、香、味”内质，又以高温杀青抑制酶的活性，而后又进行揉捻和反复多次的包揉、烘焙，形成带有天然的“兰花香”和特殊的“观音韵”的高雅品质。安溪铁观音制作所有工序都是手工操作，十分精细，同时，篾质手工筛青机、木质手推揉捻机、手摇炒青锅、篾质焙茶笼等制茶工具的发明，也有力地促进铁观音生产的发展。安溪铁观音产量不断增加，质量不断提升，产品出口东南亚各国，成为“俏销茶”。铁观音制作技艺有“好喝不好制”之说，其做青所呈现的“绿叶红镶边”的神奇征象是其他茶类所没有的，从而形成铁观音独特的色、香、味，在我国制茶界独树一帜，并形成了铁观音茶文化，具有重要的历史、文化、科学、经济价值。

安溪铁观音制作技艺
雕塑：包揉

安溪铁观音制作技艺
雕塑：晾青

安溪铁观音制作技艺
雕塑：杀青

安溪铁观音制作技艺
雕塑：摊青

改革开放以来，安溪县制订和实施茶业“优质、精品、名牌”发展战略，建设优质乌龙茶基地，改进乌龙茶制作技术，茶产业发展日新月异，成为全县的支柱产业。铁观音制作技艺于2008年被列入第二批国家级非物质文化遗产名录。

福州茉莉花茶窨制工艺

福州茉莉花茶窨制工艺源于古人提取香气精油的原理。在甲骨文里，香即表现为禾的气味被器皿表面涂的油脂所吸收。福州茉莉花茶窨制即是将花与茶叶层层重叠，并充分拌匀、充分通氧气让花不失去生机，让茶叶吸收新鲜的花香达到饱和状态。

作为茉莉花茶的发源地，福州茉莉花窨制工艺已有近千年历史。宋朝许多史料记载了福州茉莉花茶采摘、制作、品赏的过程。清朝咸丰年间，福州茉莉花茶作为皇家贡茶，开始进行大规模商业性生产。

福州茉莉花茶窨制须经过茶坯处理、鲜花养护、窨花拼和、堆窨、通花散热、收堆、起花、烘焙、冷却、转窨或提花、匀堆、装箱等十多道传统工艺程序。其中，鲜花吐香和茶坯吸香是茉莉花茶窨制的主要过程，而窨花拼和则是制作过程的重点工序。茉莉花的吐香是生物、化学变化，成熟的茉莉花在酶、温度、水分、氧气等作用下，分解出芳香物质。茶坯吸香是在物理吸附作用下，随着吸香同时也吸收大量水分，由于水的渗透作用，茉莉花茶产生了化学吸附，在湿热的作用下发生了复杂的化学变化，茶汤从绿逐渐变黄亮，滋味由淡涩转为浓醇，形成特有的香、色、味。

福州茉莉花茶窨制

福州茉莉花茶窨制工艺有悠久的历史，其工艺成熟，有较高的实用价值。其窨制过程中芳香四溢，使茉莉花香成为一种富有地域特色的人文景观。2014 年，福州茉莉花茶传统窨制工艺被列入第四批国家级非物质文化遗产代表性项目名录。

◆晋江灵源万应茶制作技艺

晋江灵源万应茶始创于明洪武元年 (1368)，创制人是明代灵源寺三十一世祖沐讲禅师，迄今已有 600 多年历史。

灵源万应茶系采集山茶、鬼针、青蒿、飞扬草、爵床、野甘草、墨旱莲等 17 种灵源山独特的青草药，加入上等茶叶，并配以 59 味中草药秘制，制作工艺独具特色。600 多年来，灵源万应茶秉承着茶道文化的精髓，沿用传统的制作工艺，并引进现代化的制药设备、净化车间和检测技术，实现本真性的传承，跨越式发展灵源万应茶为纯中药制剂。以袋泡茶和块状茶为剂型，块状茶为福建古老独特的药茶剂型，袋泡茶是适应现代社会发展的剂型，它以地方草药配合中药及茶叶经半发酵加工而成，具有药效吸收快、生物利用度高的特征。

灵源万应茶作为南方药茶百花园里的一朵绚丽奇葩，历史悠久，成为国家商务部认定的首批“中华老字号”，其深厚的历史渊源、鲜明的地域文化特征、独特的工艺传承和优越的自身品质，具有重要的历史文化价值。“中医养生（灵源万应茶）”于 2008 年被列入第二批国家级非物质文化遗产保护名录。

◆武夷岩茶制作技艺

武夷岩茶（大红袍）在清代初年就形成了完整的制作技艺。其传统制作流程共有 10 道工序，环环相扣，不可或缺，其中对茶质起关键作用的是“复式萎凋”“看青做青，看大做青”“走水返阳”“双炒双揉”“低温久烘”等环节。

武夷岩茶的制作方法，兼取红、绿茶的制作原理之精华，加上特殊的技术措施，使之岩韵更加醇厚。岩茶制作工序繁复，工艺细致，主要工序为采青、萎凋、做青、揉捻、烘焙、拣剔等。茶叶采摘的时间要恰到好处，春茶一般在谷雨后立夏前开采，夏茶在夏至前，秋茶在立秋后。采摘嫩度对岩茶质量影响颇大。采摘过嫩，无法满足焙制技术的要求，成茶香气偏低，味较苦涩；茶叶采摘太老则味淡香粗，成茶正品率低。采摘后的运送中要保持鲜叶的新鲜，特别是要保持原有鲜叶的完整性，尽量避免折断、破伤、散叶、热变等不利于保持品质的现象发生。萎凋有日光萎凋和加温萎凋，它是形成岩茶香味的基础。萎凋过程中水分的丧失，促进鲜叶内部发生理化变化。在萎凋过程中并筛结合翻拌，操作要轻，以不损伤梗叶为宜，翻后适当缩小摊叶面积，防止水分过多散发。做青是形成武夷岩茶“三红七绿”即绿叶红镶边的独特风格和色、香、味的重要环节，费时长，要求高，操作细致，变化复杂。做青的方法是以品种、萎凋程度和当时温湿度变化以及后续工序的要求而采取适当措施，俗称“看青做青”，没有完全相同刻板式的做法，青变即变，

武夷岩茶制作 郑友裕 摄

气候变即变，需要变则变，以此来塑造岩茶的特有风格和质量要求。岩茶炒青主要是把前阶段萎凋做青过程已形成的品质固定起来，并起纯化香气的作用。要在高温下完成团炒、吊炒、翻炒三样主要动作，才能达到品质要求。起锅后趁热迅速揉捻，然后复炒。复炒时间极为短促，是补炒青不足。再加热，促进香韵和味韵的形成，复炒后趁热适当复揉，茶索更为美观。复揉叶经解散后，于焙笼中摊放在特制的有孔平面焙筛上，明火高温水焙，各焙窑温度从高逐渐到低，在不同温度的条件下完成水焙工序。下焙后过筛，置于筛中薄摊后，放在晾青架上晾索，在透晾并茶转色后，付初拣，剔除梗、片，再经巡茶者拣出成形不够好的茶条。拣完加焙炖火，在炖火后团包。团包后，还要最后复火，俗称坑火，以去纸中水分。这样对提高耐泡程度、醇和度，熟化香气及增进汤色能起很明显的作用。炖火结束后，趁热装箱，对岩茶内含物质能起热处理的催化作用，以达到香气、滋味的提升。炖火过程的细致处理，为岩茶所独有，为任何其他茶叶所不及。

武夷大红袍属于单枞加工、品质特优的“名枞”，各道工序全部由手工操作，以精湛的工作特制而成。成品茶香气浓郁，滋味醇厚，有明显“岩韵”特征，饮后齿颊留香，经久不退，被誉为“武夷茶王”。2006 年，武夷岩茶制作技艺被列入第一批国家级非物质文化遗产代表性项目名录。

◆正山小种制作技艺

正山小种红茶分布于武夷山自然保护区核心区的桐木村，迄今已有 400 余年历史。正山小种传统制作工艺是以加工的红茶为原料，采用松柴明火加温萎凋和干燥，干茶带有浓烈的松烟香。

正山小种的制作工艺比较复杂，根据 2004 年国家茶叶质量监督检验中心和福建武夷山国家级自然保护区正山茶业有限公司联合制定的正山小种红茶制作标准，它分为初制工序和精制工序。初制工序包括采摘（茶青）、萎凋、揉捻、发酵、复揉、熏焙、复火，经过以上工序的茶叶便是正山小种红茶的初制毛茶。精制工序包括定级归堆、毛茶大堆、走水焙、筛分、风选、拣制、烘焙、匀堆，初制毛茶经过以上工序后，就成品包装，完成正山小种红茶的精制过程。

正山小种制作 徐杰 摄

经过精心采摘制作的正山小种成品茶，条索肥壮，紧结圆直，色泽乌润，冲水后汤色艳红，经久耐泡，滋味醇厚，似桂圆汤味，气味芬芳浓烈，以醇馥的烟香和桂圆香、蜜枣味为其主要品质特色。2017 年，正山小种红茶制作技艺被列入第五批福建省非物质文化遗产代表性项目名录。

武平绿茶加工技艺

武平自古就产茶，史料可查至少有 612 年以上栽茶、制茶、售茶历史，至今全县仍分布有大量的野生茶树，茶树资源丰富，各地仍保留采摘野生茶叶制茶的习惯。

制作武平绿茶分为 7 个步骤，首先是鲜叶要求，芽梢愈幼嫩，制成的茶叶质量就越好。第

武平绿茶鲜叶

二是轻萎凋，将鲜叶摊于阴凉地面或凉席等萎凋工具上，历时2–5 小时，待叶色变暗、茶香微显即可。第三是杀青，采用滚筒杀青机，按设计标准投叶，先焖炒 2–3 分钟以迅速提高叶温，后抖闷结合，炒至叶质柔软、叶色深绿、青气消失为止。第四是揉捻，力度最好轻重交替反复，具体时间根据鲜叶嫩度灵活掌握。第五是初炒，将揉捻过的茶叶在适当的温度下进行翻炒，以透炒为主，历时 30 分钟左右。第六是复炒，把握好适宜的温度，低温长炒，直到鲜叶老嫩，历时 60–150 分钟即可。最后是提香，复炒至足干时，迅速猛火升温，历时 3–10 分钟，待手不能抓住茶叶、茶末将烤焦而未烤焦时立即堆焖 30 分钟左右，再摊凉冷却后，即可装袋扎紧，放置阴凉处 10–15 天左右，就可拣剔干净后作为毛茶销售。

◆政和白茶制作技艺

政和是我国白茶主产区，因其成茶外表满披白毫，色泽银白，故称“白茶”。政和白茶的制作工艺制法独特，不炒不揉，主要为萎凋和干燥两道工序，特点是既不破坏酶的活性，又不促进氧化作用，且保持毫香显现、汤味鲜爽的品质特征。

传统的政和白茶要求选用茸毛多、氨基酸等氮化合物含量高的政和大白、大毫、小白茶树品种制作。政和白茶初制的过程主要是萎凋。白茶制造的萎凋过程，也可以说是发酵开始的过程，所以有人把白茶列为微发酵茶类。但是白茶的发酵不若红茶，只能轻微地进行到一定的程度就得停止，不然就失去了白茶特有的风格。茶青采回后即薄摊于水筛上，称“开青”。开青要动作快、摊叶均匀，每筛约 0.5–0.75 斤，摊放后切不可翻动，然后将水筛放置于通风的萎凋室里凉青架上。约经30–40 小时减重达 70% 左右时，即可并筛，约 5 筛并为 1 筛，再经 10 小时左右，减重达 72%–73% 时即为萎凋、干燥适度的毛茶。政和白茶品种因含水分较多，不能全用室内萎凋，当减重达 55%–65% 时即须加温萎凋，用炭火烘焙，不然叶会转

政和白茶制作技艺传承人杨丰展示政和大白茶叶 李隆智 摄

黑。茶青萎凋至贴筛状态，色泽转变暗绿、无光泽，毫心尖端略向上弯曲（“翘尾”）时，即可进行烘焙。开始时用高温（125℃－130℃），十几分钟后改用文火（60℃左右）焙干。总之，影响萎凋速度的外界条件是温度、湿度和空气的流通，温度高、湿度低、风速大则萎凋时间短，反之则需时长。所以白茶萎凋要因时因青制宜，根据具体情况灵活掌握。

全萎凋的白茶品质最佳，色泽灰绿或翠绿、鲜艳，有色又有泽，毫心洁白，叶张服帖，两边略带卷形，叶面有明显的波纹，嗅之无青气，而有一种清香气味。经焙干的毛茶即可归堆进仓，进行精制。已达八九成干、未经烘干过的毛茶，采购站仍须再行烘焙，火温约 90℃，时间约 1 小时，翻转一次即可起焙。通过烘焙，不光是去掉水分，把茶叶品质固定下来便于保存，同时还借着热的作用合成白茶独特的色香味品质。

2017 年，政和白茶制作技艺被列入第五批福建省非物质文化遗产代表性项目名录。

政和工夫红茶制作技艺传承人叶昌飞（中）和徒弟一起手工揉茶 李隆智 摄

◆政和工夫茶制作技艺

政和工夫茶为福建省三大工夫茶（政和、坦洋、白琳）之一，亦为福建红茶中最具高山品种特色的条型茶。19 世纪中叶为政和工夫茶兴盛之期，因政和发现大白茶茶树品种并以“压条法”繁育成功，政和叶之翔、杨作辑等一批茶商大胆采用大白茶鲜叶为原料制作红茶，品质优于一般红茶，并正式命名为“政和工夫”。

政和工夫的茶叶初制经萎凋、揉捻、发酵、烘干等工序。产品主要精选政和大白茶、当地小叶种茶为原料，精心制作而成，形成具有浓郁花香特色的工夫红茶。在精制中，对毛茶通过一定规格的筛选，提尖分级，分别加工成型，然后根据质量标准拼配成各级成品茶。政和工夫按品种分为大茶、小茶两种：大茶系采用政和大白茶制成，外形条索紧结圆实，内质汤色红浓，香气高而鲜甜，滋味浓厚，叶底肥壮尚红；小茶系采用小叶茶种制成，条索细紧，香似祁红，味醇和，叶底红匀。

2017 年，政和工夫茶制作技术被列入第五批福建省非物质文化遗产代表性项目名录。

◆漳墩贡眉白茶制作技艺

漳墩镇是历史悠久的产茶区。境内丘陵叠嶂，雨量充沛，茶树从冬短夏长，适宜出产优质的茶叶。过去村民为了把茶叶保存起来备用，必须把鲜嫩的茶叶晒干或焙干，这就是原始漳墩贡眉白茶工艺。这种只经过萎凋，不需揉捻，经过晾晒或文火烘焙干燥后加工的茶，白毫显露，酷似寿仙眉毛，所以当地人俗称寿眉白茶，也叫老君茶，《闽产录异》载："老君叶长味郁。"

建阳漳墩镇贡眉白茶最早是于清朝乾隆三十七年至四十七年(1772–1782)，由建阳漳墩镇南坑肖氏采自清明前当地的"小白茶紫芽"创制而成。现贡眉白茶的加工一直保持传统技艺制作方式，优质的贡眉白茶是选小白茶的嫩芽幼叶为原料，一般采用一芽一叶制作而成。贡眉白茶的主要制作工艺流程为：萎凋、烘干、拣剔、烘焙、装箱。贡眉白茶叶张细薄、清秀，叶态舒展，叶缘垂卷，芽叶连枝。芽毫银白，叶色呈灰绿，叶背银灰，叶脉微红；毫香鲜醇，香味清芬爽口，汤色杏黄清明；叶底毫显，匀亮软嫩。贡眉白茶性寒凉，具有清热解毒、祛暑退热之功效。

漳墩贡眉白茶制作技艺传承人叶赞喜

2014年，漳墩贡眉白茶制作技艺被列入第五批南平市非物质文化遗产代表性项目名录。

邵武碎铜茶制作技艺

碎铜茶产于邵武和平镇海拔1400多米的留仙峰、武阳峰山脉。碎铜茶形如雀舌，色泽鲜亮，汤青叶绿，醇浓甘甜，当地人将“碎铜茶”作为一剂治病的良方，流传甚广，古代和平人亦称其为“神仙茶”。碎铜茶制作工艺流程包括采摘（春茶或秋茶）、摊凉、杀青、揉捏、炒湿坯、滚毛坯、滚足干、装包密封（冷藏）。采摘的鲜叶要老嫩一致、大小均匀，优质香茶要求鲜叶标准为一芽一叶或一芽二叶初展，中低档为一芽二三叶。杀青温度要200℃－250℃，老叶嫩杀，嫩叶老杀，技术上要求杀得快、匀、透，杀至叶质柔软、萎卷、折梗不断，手紧捏成团，不易散开为宜。揉捻压力掌握“先轻后重，逐步加压，轻重交替，最后松压”的原则，揉捻程度要求嫩叶成条率达90%以上，低级粗老叶成条率在60%以上。炒湿坯适当去除茶叶中含水量；滚足干滚至茶条成圆环状，茶叶外表略发白，毫微显，手捻茶成粉末即可。

邵武碎铜茶制作 傅香兰 摄

2010 年，碎铜茶制作技艺被列入第三批南平市非物质文化遗产代表性项目名录。

畲家青草茶

“畲家青草茶”是畲家祖传秘方，过去畲家人大多居住在偏远高山地带，同大山共生存，祖祖辈辈以山、以水、以草养病保健，有不少良方好药。“畲家青草茶”就是其中之一。畲家药材主要以植物为主，随采随用，讲究新鲜，或晒干储存备用，有的珍贵药材利用房前屋后或庭院内栽种等方法备用。

畲家人历来有饮用寄生茶的习惯。所谓“寄生茶”，就是一种寄生在山茶树、板栗树等树上的青草药，畲家人将这种菌生茶枝干切成片后晒干，投入水中煮沸常年饮用。第四代畲家祖传秘方传承人蓝其平经与《中国中医药典》核对，发现这种青草药具有降血脂、祛风湿之功效，能有效缓解因高山云雾缭绕侵入人体内的瘴气，便萌生制成饮用方便的“青草茶”想法。他历时 30 余年，搜集整理畲家祖传上百种的草医单方和验方，以药入茶制作出“畲家青草茶”。

蓝其平深山老林采摘畲家青草药

畲家青草茶疗效独特，堪称神奇，有清热解毒、解热发汗、生津润喉、祛风除湿、消食健胃、利水消肿、降脂降压、活血化瘀、消炎止痛、保肝护肝、降血糖等上百种疗效，其原料均来自高山原始森林天然植物的花、果、根、茎、叶。2010年，畲家青草茶被列入第三批南平市非物质文化遗产代表性项目名录。

邵武擂茶制作技艺

邵武金坑、桂林、沿山等乡村至今仍然传承的擂茶制作方式和原料搭配，与其他地方不同。擂茶原料主要是高山野生茶叶和“茶弓”，还配以多种草药，制作方法有用陶钵手擂擂茶浆和用石磨磨擂茶粉两种。第一种技艺是先将配制好的原料放进擂钵里，加些凉开水，两手握住擂茶棍，沿着钵壁有节奏地做惯性旋转，等钵内之物被擂成细浆，捞出渣，钵内留下的糊状食物叫“茶泥”或“擂茶脚子”，再冲入沸水，适当搅拌，并反复研磨二三次，擂茶才算制成。第二种技艺是将配制好的原料用石磨磨成细粉，装在瓶罐中储存，要泡制擂茶时，只要用汤匙舀少许擂茶粉倒入茶杯中，将开水倒入搅拌即可。

邵武擂茶

2012年，邵武擂茶制作技艺被列入第四批南平市非物质文化遗产代表性项目名录。

浦城丹桂茶制作技艺

浦城种植桂花历史悠久，而且品质优秀，质地优良。浦城县现有桂花品种20个，其中12个品种首次在浦城出现，并于

浦城丹桂茶　季永年 摄

2007 年被正式命名为“浦城丹桂”。

浦城人民早就有以丹桂为原料，蜜浸为木樨茶（当地对丹桂茶的叫法）的工艺。在清嘉庆十四年（1809）编纂的《新修浦城县志》即有记载，说明至少在 200 多年前浦城就有木樨茶的制作。丹桂茶制作工艺流程主要为：秋天采集桂花，采集时一般起早采花，避免暴晒，保持花朵的湿润，有利于筛选；筛选后用鹅羽毛仔细挑拣，剔去桂花中的枯枝碎叶等杂质及变色的花瓣；将桂花洗净入锅，锅中水先烧煮近沸，桂花在热水中稍煮片刻，捞起，冷却后再倒入冷水中静置数小时；最后用冷开水漂洗一次，沥干，挤拧水分，按 1:1 的比例加入白糖，充分搅匀混合，便成蜜饯桂花，密封装罐后置阴凉干燥处，可数年使用。

丹桂茶主要用于沏茶待客，还可用于汤圆、糕点等甜食的烹制，以及酿酒制作、蜜饯制作等。2009 年，浦城丹桂茶制作工艺被列入第二批福建省非物质文化遗产代表性项目名录。

龙团凤饼制作技艺

龙团凤饼即龙凤团茶，它是北宋的贡茶。北宋初期的太平兴国三年（978），宋太宗遣使至建安北苑（今福建省建瓯市东峰镇），监督制造一种皇家专用的茶，因茶饼上印有龙凤形的纹饰，故名“龙凤团茶”。皇帝用的龙凤茶，茶饼表面的花纹用纯金镂刻而成。随着饮茶方法的变化，龙凤团茶逐渐被散茶代替。

龙团凤饼

第三节 造纸及剪纸技艺

连城宣纸制作工艺

连城宣纸是福建连城传统的地方工艺品，具有纸质薄韧、颜色洁白、吸水力强等优点，成为精装印刷、复制描绘、书画装镶的好材料。连城四堡能名列明清时期中国四大雕版印刷基地之一，连城宣纸功不可没。明天启年间连城县姑田镇人蒋少林利用当地出产的大量毛竹，加工成青丝，并经多次试验，试制成功天然漂白的手本纸（即漂料纸），从而开创了连城生产宣纸的历史。姑田宣纸制作工艺包括青丝生产、蒸煮黄坯、天然漂白、造纸等四道工序，工艺流程复杂，每道工序的细腻程度和要求之高，是其他纸类生产难以比拟的。随着造纸技术不断提高，连城宣纸的类型如今发展到三大类（漂料、熟料、生料纸）、26 个品种。

连城宣纸以嫩竹为原料，一般是在农历正月伐竹，此时的嫩竹还没长叶，纸浆丰富。原材料采伐晒干后，用石灰水发酵，两三个月后捞出洗净晒干，然后用清水泡，去除杂质，晒干，舂细，放入准备好的池子里搅拌均匀，经过滤网将泥浆排净后，加入一种叫“滑根水”的植物液体（起凝固作用），便制成造纸的纸浆。紧接其后的“抄纸”是造纸的关键。“抄纸”工具是一件用极细的竹丝编成的帘，用抄纸帘在纸浆池中轻轻一荡，便“抄”起来，帘子滤掉水，剩下一层薄薄的纸浆膜，干了就是一张纸了。另一道关键工序是松纸，即把本来粘连在一起的纸坯分页。连城宣纸的制作工艺特点，一是所有制作工序全由手工完成；二是竹丝天然漂白，不使用漂白剂。阳光中的紫外线和氧气对纸料的自然漂白作用是制作工序中的关键一环；三是原料加工大都采用日晒、雨淋、露炼等方法，自然天成，没有具体的理化指标，全凭经验掌握。

连城宣纸技艺传承人邓金坤

2009年，连城宣纸制作工艺被列入第二批福建省非物质文化遗产代表性项目名录。

◆将乐西山纸制作工艺

西山纸是将乐县龙栖山地区生产的毛边纸。西山纸制作是一种历史悠久的汉族传统手工技艺，完整地传承了蔡伦造纸工艺，它取材于龙栖山的上等原料——嫩毛竹，故西山纸也被称作“竹纸”。其纸质细腻柔韧，洁白如雪，书写清晰，有“西山玉纸”之美誉，曾作为《四库全书》《毛泽东选集》《毛泽东诗词》的专门用纸。

西山纸制作工序十分繁复，需经砍嫩竹、断筒、削皮、撒石灰、浸漂、腌渍、剥竹麻、压榨、匕槽、踏料、耘槽、抄纸、干纸、分拣、裁切等28道工序，每道工序都必须精工细作。每年谷雨至立夏期间，纸工们上山砍嫩竹。将嫩竹劈成近2米长、2厘米宽的栅子，捆束成把，放入湖塘，在每一层栅子上撒一层石灰，然后灌水浸塘。两三个月后，待栅子熟透变黄、糜烂，纸工们取出竹料洗净，再放进湖塘，引进泉水漂洗。接着将竹料剥去竹节和内外两层皮，放入竹料槽内。然后纸工们

西山纸制作

两人一组，光着脚，手握吊索，反反复复，把竹料均匀地踩成细致的纸浆。纸浆通过管道进入纸槽，两位纸工配合协调，手持一块抄纸帘放进纸槽，荡料入帘，提起，帘子滤去水，只留下一层薄薄的纸浆。把纸浆翻转倒扣在木板上，揭起帘子，就分离出一张湿纸。经过抄纸，一张张湿纸厚厚地叠在粗重的纸榨上，被榨去了水分。随后，纸工还得用钳子从纸头处将粘连在一起的湿纸一张张钳开。最后，一张张湿纸被送到焙纸房，焙纸工用刷子把墙刷湿，按顺序将湿纸贴在焙壁上，待焙干，再一张张揭下。干纸整齐码在一起，裁切匀称，冰清玉洁的西山纸总算正式做成。

2005 年 10 月，西山纸制作工艺入选首批福建省非物质文化代表性项目名录；2008 年 6 月，入选中国第一批国家级非物质文化遗产扩展项目名录。

◆浦城剪纸制作技艺

浦城民间剪纸已有一千多年的历史。西晋时，北方剪纸随中原士族入浦定居传到浦城，并深得浦城先民喜爱，经千年传承已融入普通百姓的生产、生活。清道光二十三年（1843），寓居浦城的文学家梁章钜亦倡导并加以弘扬。他对浦城民间剪纸极有兴趣，特作《代吉祥说》，记叙了浦城当时剪纸盛况。如今，浦城民间剪纸形式更加多样，内容更加丰富、高雅，更富内涵。

吴卫东作品《豆蔻年华》

浦城剪纸手法古老，口手相传，采用墨皂拓印花样、纸捻固定的传统手法，纯手工剪出。浦城剪纸主要通过线条表现形体、质感，注重神情意态变化，富于传神，画面丰满、质朴，俗中见雅，雅不脱俗，生机盎然，寓意祥和。浦城剪纸取材多源于民间历史人物和飞禽走兽、花鸟虫鱼、蔬菜瓜果等。常见的吉祥物有寿翁、胖娃、山雉、雄鸡、孔雀、鸳鸯、飞燕、双蝶、石榴、蟠桃、花篮、净瓶、执壶等。所具特色之处更在于其画中有字、组字成画，并以此而驰誉闽中。浦城传统剪纸多为吉祥用语，近年，年轻一代亦用“热爱祖国”“精神文明”“建设四化”等语嵌于画中。

2007 年，浦城剪纸被列入福建省第二批非物质文化遗产代表性项目名录；2014 年，成功入选第四批国家级非物质文化遗产代表性项目名录传统美术类“剪纸”项目。

周冬梅作品《闹新娘》

柘荣剪纸技艺

柘荣剪纸是宁德市的传统民间艺术，风格独特，具有鲜明的地域个性，既承传了中原剪纸的写意、质朴、浑厚，又融合了南方剪纸的严谨、细腻、秀丽。剪纸形式多服务于民俗，或装饰窗户，或为饰品嫁妆，覆盖于箱、笼、枕、被和坛上，深受群众的喜爱。

受地域文化的制约，柘荣民间剪纸传承了质朴、粗犷风格，与陕北民间剪纸极为相似，又融入江南的细腻绵柔，与漳浦民间剪纸风格形成了鲜明对照。柘荣民间凭着对生活的体察，以大胆丰富的想象，把自己的思想感情用剪纸再现出来。剪纸用具十分简单，一把剪刀、一张红纸、一个织篓，不用粉本，巧妇只打腹稿先剪外形，然后镂空，一气呵成，所以大多形象生拙，线条中实，如书法线条中锋之美。有的造型并非眼前的真实映象，画面整体繁而不乱，给人以欢愉之感。

花样繁多复杂的大幅作品，也只把要剪的物体在画面中安排好，然后用铅笔简单勾勒轮廓，再用刀口细长、咬合整齐、刀尖锐利的大小剪刀各一把，应用剪刀的功能以阴剪、阳剪再配上各种纹样，以熟练的技巧进行剪制。小剪刀剪精细部位，如鸟兽的羽毛、花瓣、鱼的鳞甲等；大剪刀剪整体轮廓，一般由内到外，形成自然有节奏的变化，使物体生动、丰实、美观。

近年来，柘荣民间涌现出不少优秀的青年剪纸艺术家，除了传承柘荣本地的剪纸艺术之外，还学习全国其他地方知名的剪纸技艺，汲取了百家之长，既保留

柘荣剪纸传承人孔春霞向观众表演剪纸 游再生 摄

柘荣民间剪纸的特点，又融入了其他流派的剪纸风格，造型严谨、创意新锐、自成一派。2005 年 12 月，柘荣剪纸被列入福建省首批非物质文化遗产代表性项目名录；2008 年 6 月，被列入首批国家级非物质文化遗产代表性项目名录。

第四节　竹编技术

永春漆篮制作技艺

据记载，永春漆篮迄今已经有 500 多年的历史。《永春县志》记载：明正德年间（1506–1522），龙水的油漆匠把传统竹篮和竹盘的坯件放在石灰水中煮后，晾干抹上桐油灰，裱以夏布，涂上生漆，制成漆篮，使之坚固耐用；后来逐渐改进，在漆篮的提柄、篮盖、篮体上精心装饰图案，雕花绘画，经过 30 多道工序制成名贵的漆篮。永春漆篮技艺主要分布于永春仙夹镇的龙水、龙湖等村及城关等地。

永春漆篮是在精致的竹编篮子基础上经特制桐油灰加工并进一步进行漆、画、堆、雕的民间手工制品，大小规格有 50 多种。漆篮纯手工制作，有 5 个工种、33 道工序。先是用精细的竹丝编篮，称为“竹编”。接着，用特别加工的桐油灰抹在竹篮的关键部位，裱以有一定造型的夏布，反复多次，篮子变得坚固且盛水不漏，称为“灰篮”。下一步即用生漆漆篮，绘以图画、描金，称为“漆画”，所绘图画，大都是呈现喜庆吉祥的花鸟鱼虫、风景和人物。最后是将生漆和成的漆面、漆线在漆画过的篮子上加以雕塑，称为“漆线堆雕”。经过 30 多道工序，漆篮做成，不变形不褪色，耐酸耐碱，不怕开水烫，经久耐用。

永春漆篮制作技艺文化内涵丰富，造型独特美观，其制作原料配制、工艺流程掌握、制作技艺精密等有很强的科学性，

编织生活 张文庆 摄

颇具有历史、文化、科研价值。永春漆篮从闽南传到全国各地及东南亚，并被选送意大利、波兰、日本、毛里求斯等 30 多个国家展览，在台湾及东南亚地区有重大影响。

永春漆篮制作技艺于 2009 年被列入第三批福建省非物质文化遗产保护名录。

安溪竹藤编工艺

安溪县竹藤编工艺有千余年历史，早在唐末就已经相当流行，宋元时期在安溪农村普及，工艺越来越精细美观。

安溪竹藤编主要原料有毛竹、木料（如编织各色瓶的模具）和海南藤、龙须藤、猫儿藤、本地山藤，以及各种染色料、醇酸清油等。编织是竹藤编工艺品成型的主要工艺流程，其是在两向互相垂直的编织材料间相互作挑和压的交织中完成的，纵向的线条称之为“经”，横向的线条称之为“纬”，由此延伸变化多端的编织花样来。编织在形式上有立体编织和平面编织两大类，在方法上有密编和疏编两种；密编的编线之间相扣较紧，不留空隙，而疏编则疏朗有致，并形成有规则的几何图纹。不同的编织方法产生出丰富多彩的编织花样，主要有十字编、人字编、六角编、螺旋编、圆面编、纹丝编这 6 类普通编织法和穿篾编、穿丝编、弹花、插筋、硬板花、花箍、结、画面编这 8 类特殊编织法，以及收束和夹口技法，能够呈现菱花、菊花、龟背、花眼、六角眼、硬板花、花箍、蝴蝶结、知了结及各色弹花、案花和各种动植物纹理，产品造型丰富，色彩明快、淡雅清新、精巧实用。

安溪县竹藤编工艺为纯手工操作，编织造型丰富多彩，编织工艺讲究精致、美观、耐用，极具历史文化研究价值。安溪竹藤编工艺于 2011 年被列入第四批福建省非物质文化遗产代表性项目名录；2014 年 11 月，被列入国家级非物质文化遗产代表性项目名录。

安溪竹藤编技艺传承人陈清河

第五节 建筑营造技术

蕉城漳湾水密隔舱福船制造技艺

水密隔舱福船制造技艺是福建省地方传统手工技艺，这种船舶结构是中国劳动人民在造船方面的一大发明。宁德漳湾镇依山傍海，物产丰富，海域辽阔，是造船不可多得的“宝地”。漳湾镇水密隔舱福船制造这一民间手工艺，已有650多年的历史。据漳湾岐后村刘氏族谱记载，刘氏先祖刘帝美于明朝洪武年间（1328–1398）从闽南只身避难漳湾岐后，开基立业，造船传艺。从此，水密隔舱福船制造技艺在漳湾生根发芽并沿袭至今。

所谓水密隔舱，就是船舱中以隔舱板分隔成彼此独立且互不透水的一个个舱区，这种船舶结构提高了船舶的抗沉性能，又增加了船舶远航的安全性能。漳湾福船普遍传承了古福船的水密隔舱建造工艺，不但造工考究，且具备抗沉性、操纵性、快速性、稳定性等多种性能，其特征鲜明突出。漳湾造船的用料，须选择既轻便、坚固，又耐水的木材，品种丰富，有松木、樟木、杉木以及柯木、槐木、枫木等坚韧的杂木，辅助材料有船钉、桐油灰、竹丝、竹篷、布帆、油漆等。造船时无须绘制图纸，“图”多是在师傅心中，凭借经验，造多大船、备多少料，师傅心里均有谱。福船制造采用固定的工艺流程：先是安竖龙骨，接着傍着龙骨两旁钉“平底”，然后配搭肋骨，装钉隔舱板，完成船的框架，再钉纵向构件舷板（级船壳板），装盖甲板及甲板边缘，完成船壳；最后搭房，油灰工塞缝、修灰、油漆上画，完成全船。漳湾福船船型多样，尤以一种当地称作“三桅透”（三桅三帆）的最具代表性。漳湾福船除了结构科学、安全可靠之外，在造型上，采取船体头尾尖高的高贵形式，曲线优美，弧面到平面过渡柔和，桅樯和索具匀称而且编织成透空的图案，

蕉城福船制造　丁立凡 摄

其形式蕴藏着美的因素的同时，又完全适应于航海功能。

如今，水密隔舱福船制造技艺完整保留于宁德漳湾，实属罕见，堪称中国造船史上的“活化石”，对研究我国造船史极具价值。2008 年 6 月，漳湾水密隔舱福船制造技艺被列入第二批国家级非物质文化遗产名录；2010 年 11 月被联合国教科文组织列入《急需保护的非物质文化遗产名录》。

泉港水密隔舱福船制造技艺

泉港水密隔舱福船制造技艺自明洪武年间（1328–1398）随黄氏入闽传入泉港区峰尾镇以来，在泉港区峰尾、肖厝、沙格等地广泛传承，保留至今已有千年历史。

泉港水密隔舱福船制造技艺在木帆船的建造过程中包括有船型设计、选料、建造工艺等基本内容。船型设计多由造船师傅凭借自身经验及代代口耳相传的营造法式现场放样，而没有精确的数据与图纸；选料一般为樟木与杉木，樟木比较耐钉，钉子钉入后木料不易开裂，杉木则比较轻。泉州地区传统的建

泉港福船制造 刘杰辉 摄

泉港水密隔舱福船

造工艺称为“船壳法”，首先是安龙骨、钉龙骨翼板，而后钉部分水底板、安装隔舱板、钉舭板、上舟急、安装梁拱，最后在隔舱板与船壳板相连接处铺设肋骨，将其他水底板钉完。船体主要结构完成后，再做甲板上的工程，在做好外壳的同时，舱缝也同时完成，树桅与治帆则在最后进行，接着还要外观涂装。一艘船的制造，从备料、立龙骨到上画油漆，全都是手工操作。在造船的重要环节，如起工、安龙骨、安梁、立桅、画眼、下水等均有祭祀仪式，每艘船上均奉祀有妈祖神像等神位。

2014 年 12 月，泉港水密隔舱福船制造技艺成功入选第四批国家级非物质文化遗产代表性项目名录。

◆南安蔡氏古民居建筑群营造技艺

南安蔡氏古民居建筑群位于南安官桥漳里村，是明清时期闽南民居官式大厝的典型代表，其营造技艺属闽南传统民居营造技艺。

蔡氏大厝石墙体以及在大门周围重要部位采用辉绿石装饰的建筑手法，与现存的北宋伊斯兰教寺院清净寺的高大规整石砌墙体以及辉绿石砌筑的育窟形拱顶大门一脉相承，外部墙体注重用红砖拼凑出各种华丽的装饰图案，则与现在西亚阿拉伯建筑的装饰风格十分类似，堪称“世界建筑重要遗迹”。南安蔡氏古民居群的大厝排列 5 行，每行有 4 座，也有 2 座，每座民居大多为二进或三进五开间，各有护厝，或东西两边双护，或单侧一护。主体建筑为硬山及卷棚屋顶，上铺红瓦及筒瓦，燕尾形屋脊，穿斗式木构架，座座大厝既有独立门户，又有花岗岩石条铺筑成石路石埕相连着，既作行路，又作晒谷场，以及休息时闲坐、纳凉等活动之地。厝间有 2 米宽的防火通道，

南安蔡氏古民居建筑群 黄木松 摄

俗称火巷，小路两边都有明沟作排雨水用。整个建筑群规整通透，座座屋脊高翘，雕梁画栋，门前墙砖石浮雕立体感强，窗棂雕花刻鸟，装饰巧妙华丽，布局精妙，是明清时期官式大厝的典型代表。

蔡氏古民居充分体现闽南传统民居建筑浓厚的文化内涵，有重要的历史文化、科学研究参考价值。南安蔡氏古民居建筑群被誉为“闽南古厝大观”，1997 年 1 月 30 日来泉考察的联合国教科文组织迪安博士说，“此壮观的古民居建筑群在世界上独一无二”。南安蔡氏古民居建筑群营造技艺于 2008 年以“闽南传统民居营造技艺（南安）”被列入第二批国家级非物质文化遗产保护名录。

惠安传统建筑营造技艺

惠安素以建筑技艺闻名于世。惠安传统建筑营造技艺是指发源于福建惠安、以“皇宫起”宫殿式大厝民居住宅类型为典型的营造技艺，是闽南建筑技艺的代表，属闽南传统民居营造技艺。惠安传统建筑历史悠久，文化积淀深厚。早在秦汉以前，境内先民已垒墙架木筑屋而居；晋唐衣冠南渡，带来烧灰和制砖瓦的技艺，房屋建筑得以采用砖瓦、石、木等构筑。唐时，有木构架，硬山式坡面顶，弧形瓦面铺作。宋元时代，严谨规范的木构架结构和瓦作屋面相得益彰，梁、柱、枋等建筑元素的合理运用和石雕、木雕工艺的完美结合，使惠安传统建筑的地域性趋于突出。明初，建筑工匠编入“匠户”，筑建寨、所城，这些工匠父传子习，世袭相承；明清两代，惠安的战略地位突出，成为闽南重镇，闽地多兴建翼角翘飞的宫庙寺院，惠安工匠不仅于境内建造诸多大型宫观寺庙，还参加闽南一带、台湾及东南亚等地的寺庙建筑。新中国成立后，惠安建筑产业兴起，十几万惠安建筑工匠遍布全国 20 多个省市和台港澳及东南亚等地，留下了不胜枚举的传世佳作。而闽南地区传统民居一般作“三开间”“五开间”构式的建筑，几乎皆延聘惠安建筑师傅“掌高尺”，组织施工。

"皇宫起"大型民居建筑规制严谨、空间结构对称。有三开间、五开间、带护厝、突山庭堂，纵深有二落、三落、五落不等，它以庭为组织院落单元，并以走廊、过水贯穿全宅。规制布局以大门中线为中轴线，两边对称，横向扩展布局。最大特色是穿斗木构架作承重结构，"墙倒屋不倒"。屋顶造型多为披瓦覆壁筒屋面、飞燕戳尾屋脊和"出砖入石"墙体，一般有硬山式顶、悬山式顶、歇山式顶，以硬山式居多——弯曲翘起的"燕尾脊"，还饰以木石雕刻、油漆彩绘。"皇宫起"宫殿式大厝在继承中国古典建筑精髓的同时，汲取闽南地域文化中的独特养

惠安古建

惠安古建

分，从而在建筑结构、建筑装饰、雕刻题材和用材选择上形成了自己的风格与特点。石雕、木雕、砖雕、泥塑、彩绘广泛应用于脊吻、斗拱、雀替、门窗、屏风、栋梁等构件，基本上达到建筑必有装饰、必有寓意、意必吉祥的艺术境界，形成闽南传统民居建筑独特的风格。

惠安传统建筑在中华民族的建筑文化中占据重要地位，颇具历史文化研究价值。“皇宫起”宫殿式大厝还常是一个家族或族姓繁衍生息、祭祀先祖之地，其“燕尾归脊”寓意燕子（子女）不管漂泊何方，不论路途多远，总要回归故里，成为海外侨胞血脉相连、割裂不去的思乡情结。惠安传统建筑营造技艺于 2008 年以“闽南传统民居营造技艺（惠安）”被列入第二批国家级非物质文化遗产保护名录。

杨阿苗民居营造技艺

清末著名华侨杨阿苗民居坐落在泉州鲤城区江南街道亭店社区，是院落式闽南民居的典型，其营造技艺集中展示闽南民居的特点、建筑装饰的精华和闽南文化的底蕴，属闽南传统民居营造技艺。

杨阿苗故居　吴琪禄 摄

该民居始建于清光绪二十年 (1894)，历时 18 年，至宣统辛亥年 (1911) 完工，属泉南典型的“皇宫起”闽南传统民居建筑，为福建省文物保护单位。杨阿苗民居总面积 1349 平方米，其布局和风格体现闽南建筑文化的“风水”玄理，具有按中轴线对称排列和多层次进深、前后左右有机衔接，并讲究雕刻装饰的风格。主体建筑为五开间，东西两侧前为三开间，后为对称护厝单列，进深三落。整座民居前铺大石埕，石埕外围为砖砌围墙，东西两侧各有大门连通内外。这座民居的独特之处，就是主体建筑中东西两侧梢间与厢房之间，各自形成两个小巧直向的内庭院，共五个庭院，俗称“五梅开天井”。又在东侧花厅前加造一个卷棚式的方亭，方亭内设有美人靠的木栏杆，将两侧庭又分为两个小巧的庭院。整座建筑物规模庞大，布局严谨，工艺精巧，有较高的欣赏价值。

杨阿苗民居建筑在文化内涵上，处处散发传统文化的气息，既体现了与中国传统文化相适应的封闭式主次尊卑尚礼氛围，又让人感受到海洋文化的影响，墙面的红砖拼贴和镶嵌等建筑风格，与起源于古罗马的欧洲红砖建筑和西亚阿拉伯建筑装饰处理十分类似，具有重要历史文化研究价值。杨阿苗民居营造技艺于 2008 年以“闽南传统民居营造技艺”被列入第二批国家级非物质文化遗产保护名录；2009 年 9 月由文化部捆绑为“中国传统木结构营造技艺”入选联合国教科文组织人类非物质文化遗产代表作名录。

客家土楼营造技艺

客家土楼建筑是人文内涵丰富、造型功能独特的传统生土建筑。客家土楼多姿多彩、形式各异，从外观造型上分主要有三类：五凤楼、方楼和圆楼，除此之外，还有诸多变异形式，如五角楼、半月楼、万字楼等。这些奇特而又丰富多彩的土楼造型，连同土楼这个泥土创造的奇迹所反映出的登峰造极的夯土技术以及围绕土楼的传说典故和土楼的民俗风情，构成了一幅土楼文化的精彩画卷。

播墙 胡剑文 摄

客家土楼外墙用土的配方繁复、考究。首先，它的主要建筑材料必须是没有杂质的细净红土，再按一定的比例掺以细河沙、水田淤泥和年代久远的老墙泥。充分搅拌均匀后，加水用锄头反复翻整发酵。这道工序对土楼的建造至关重要，混合泥发酵的充分与否将直接影响土楼建成后的使用寿命。这种按比例配合而成的泥土被称为“三合土”，但这还不是最终的建筑用土，还必须加入上好的红糖、鸡蛋清以及不见米粒的糯米汤。夯建土墙时，还要在泥里加入一些木片、竹片或是大块的山石以加固墙体。这样夯成的土楼外墙不惧水浸，坚如磐石。在没有钢筋混凝土的年代，聪慧的客家人就是用这种看起来近乎原始的建筑方式，建成了神秘而庞大的土楼，成就了建筑史上的奇迹。

初溪集庆楼 戴贵煌 摄

客家土楼的特点是以一圈高可达五层的楼房围成方形或圆形巨宅，内为中心院，祖堂一般设在楼屋底层与宅院正门正对的中轴线上；或在院内建平房围成第二圈，甚至第三、四、五圈。祖堂设在核心内圈中央，是祭祖和举行家族大礼的地方。外围土墙特厚，常可达 2 米以上。一、二层是厨房和谷仓，对外不开窗或只开极小的射孔，三层以上才住人开窗，也可凭以射击，防卫性特强。

客家土楼建筑的特点主要有：一、中轴线鲜明。一般来说厅堂、主楼、大门都建在中轴线上，横屋和其他附属建筑分布在左右两侧，整体两边对称极为严格。二、以厅堂为核心。突出主厅的位置，以厅堂为中心规划院落，再以院落为中心进行土楼整体的组合。 三、廊道贯通全楼。类似集庆楼这样的小单元式、各户自成一体、互不相通的土楼在永定乃至客家地区为数极个别。

客家土楼建筑是落后生产力和高度文明两者奇特的组合。它在技术和功能上臻于完善，在造型上具有高度审美价值，在文化内涵上蕴藏有深刻内容。2006 年，客家土楼营造技艺被列入第一批国家级非物质文化遗产名录。

第六节　水产养殖技术

◆东山鲍鱼养殖技术

东山鲍鱼产于福建省东山县，是福建省特产，素有“海产八珍之冠”的美誉。东山属亚热带海洋性季风气候，夏无酷暑，冬无严寒，受季风和台风影响较大；历年平均气温 20.8℃；年平均降雨量为 1134 毫米，年平均日照时数为 2412.8 小时，非常适合鲍鱼养殖。

东山鲍鱼陆上养殖场选择在水质干净无污染，盐度较高且稳定，海区水流交换好，海水抽取方便的地方进行建设。适宜的海水盐度在 27‰至 34‰，溶解氧应达到 5 毫克 / 升以上。在工厂化养殖过程中，养殖池应上置遮阳网，须对养殖池的水体进行充气，并进行流水式养殖，日换水量为水体总量的 2 至 4 倍。鲍苗须选择个体健壮、无创伤、性腺成熟饱满的亲鲍进行培育管理。苗体较小时，以附着板上的底栖硅藻为其主食，当长到个体为 0.5 厘米左右的稚贝时，用绞碎的江蓠菜浆或专用鲍鱼幼苗饲料进行喂养。育苗应避开夏季高温期和冬季低温期。九孔鲍的适宜育苗水温为 22℃至 26℃，当壳长达 7 厘米以上即可采收；杂交鲍（黑鲍）的适宜育苗水温为 18℃至 25℃，当壳长达 8 厘米以上即可采收；杂色鲍的适宜育苗水温在 20℃至 26℃之间，当壳长达 6 厘米以上即可采收，采收应严格遵守采大留小的原则。

2015 年 1 月，国家工商总局批准对东山鲍鱼实施地理标志产品保护。“东山鲍鱼”获得国家地理标志商标证明后，通过联合鲍鱼生产企业制定统一生产流程和标准，形成以地理标志产品生产为核心，集生产、加工、物流等为一体的完整产业链，提升东山鲍鱼的市场影响力和竞争力。

东山鲍鱼工厂化养殖场

◆竹江竹蛎养殖技术

竹江村位于霞浦县南部、东吾洋北侧，因岛上产竹、四周临水而得名。岛内气候温暖，经济以养殖业为主。

明宣德年间（1426–1435），竹江郑氏始祖蕃衍公定居竹江。据《郑氏宗谱》记载：当时的竹江是个孤岛，无田可耕，无山可垦，岛上人主要靠渔箔为生，到明成化年间(1465–1487)废渔箔开始养蛎。当时先民取深海牡蛎之壳布于泥沙中，待天时暖和蛎生壳中，次年取所生残壳再布泥沙中，反复生蛎，郑氏族人就靠养蛎谋生。因为牡蛎鲜美，大鱼常常吞食，其后，郑氏族人用三尺长的竹子扦插在牡蛎养殖海域，发现竹枝附生着大量的牡蛎，而且比蛎壳生蛎更好。于是，郑氏先人此后砍下竹子，插进滩涂中，第二年，附生出许多牡蛎，人们叫这种方法养殖的牡蛎为“竹蛎”，福建沿海城镇纷纷效仿。郑氏先祖们根据当地气候条件和牡蛎生长过程研究发明了竹扦养蛎的方法，极大提高了海蛎的产量，不仅养活了全岛族人，并推广到沙江、涵江等南乡一带及邻县乡镇，覆盖面广泛，影响深远。竹江村由此成为竹扦养蛎技术的发源地。

竹江郑氏竹蛎养殖技艺于2016年1月被列入宁德市非物质文化遗产名录。

◆东山拉山网

拉山网，东山岛人习称“搬网”，是海洋捕捞业靠腰力和手工拉网的古老捕鱼方式。说是拉网，其实不仅仅是手上的活计，渔民的腰间都扎着布绳或皮带，皮带上又系着一条不足一米的尼龙绳，绳子的顶端有一片方形的竹片，渔民们轻巧地往缆绳上一抛，竹片就缠住了绳索。

开始作业时，选定海底平坦无礁石，潮水缓、鱼儿多的海域。然后，将一条拖曳的缆绳拴牢在海岸边的木桩上，再由两个渔民摇着小船，把一张长数百米的网具拖至大海，船上另有两个渔民负责下网。小船在海面绕个大圈后驶回来靠岸，靠岸的地点距离原先固定的缆绳约百米。这时，在海中撒下的渔网围成一个巨大的U字形，贴近海底，张开“大嘴”，网住洄游的鱼虾。一切布置妥当，海滩上的渔友们便开始分列两队，拉着连接海中渔网的缆绳，不紧不慢地收网。拉网要协调，起网有诀窍。左右两条绳子拉拽的速度要合适，并且要逐渐靠拢，约莫40分钟，渔网渐渐地露出浅海。这时，渔民们便把竹片插入腰间的皮带，用手直接拉着网继续倒着走，直到两边渔网完全合

东山拉山网

拢，银光闪烁、活蹦乱跳的鱼虾便毕现于网中了。

东山拉山网这种在海上撒网、在岸边收鱼的古老作业形式，如同亘古不变的日出日落，年复一年地传承下来。在使用铁壳渔轮驰骋“蓝色牧场”的当今，许多地方早已不知何谓“拉山网”，而东山岛依然恪守着这独特的“渔业活化石”。

第七节　其他民间加工技术

福州脱胎漆器髹饰技艺

福州脱胎漆器是清沈绍安首创，世人也称之“沈氏脱胎漆器”。福州脱胎漆器髹饰技艺是中国漆艺界的集大成者，其原理与中国传统的“夹纻”技术息息相关。

福州脱胎漆器的最大优点是光亮美观、不怕水浸、不变形、不褪色、坚固、耐温、耐酸碱腐蚀。这些优点是由其特殊的制作工艺、高超的髹漆技艺所决定的。作为脱胎技艺同髹漆艺术相结合的产物，福州脱胎漆器的制作颇为不易，从选料、塑胎、髹饰至成品，每件成品都要经过几十道甚至上百道工序。工艺复杂，制作和阴干等十分费时，故一器之成往往需要数月，成品还需密闭在阴室里很久。

福州脱胎漆器的制作方法有两种：一是脱胎，就是以泥土、石膏等塑成坯胎，以大漆为黏剂，然后用夏布（苎麻布）或绸布在坯胎上逐层裱褙，待阴干后脱去原胎，留下漆布雏形，再经过上灰底、打磨、髹漆、研磨，最后施以各种装饰纹样，便成了光亮如镜、绚丽多彩的脱胎漆器成品；二是木胎及其他材料胎，它们以硬材为坯，不经过脱胎直接髹漆而成，其工序与脱胎基本相同。福州脱胎漆器的传统髹饰技法有黑推光、色推光、薄料漆、彩漆晕金、锦纹、朱漆描金、嵌银上彩、台花、嵌螺钿等；新中国成立后，又发展了宝石闪光、沉花、堆漆浮雕、雕漆、仿彩窑变、变涂、仿青铜等技法，并且把髹漆技艺同玉雕、石雕、牙雕、木雕、角雕艺术结合起来，使漆器的表面装饰琳琅满目。

民国脱胎银灰漆山水纹带座瓶 陈剑勇 摄

福州脱胎漆器在我国传统的朱、黑等漆色基础上以“真金碾泥为色”，即以真金、真银碾成金粉、银粉作调和料，解决了一般漆色干后变黝黑、难与其他鲜艳颜料调和的困难，增加了蓝、绿、褐等多种鲜艳的漆色，且漆色经久不变；有的装饰还用上了刻银丝、刻金丝、螺钿、镶嵌等，使脱胎漆器更加精美。

2006年5月，福州脱胎漆器髹饰技艺被列入第一批国家级非物质文化遗产名录。

德化瓷烧制技艺

德化瓷烧制技艺历史悠久，至明代，从造型到釉色都进入了新境界。明代德化的雕塑大师何朝宗总结前人的制作工艺和烧成经验，吸取唐代佛像画家吴道子的作风，制作出精美的德化瓷塑，形成了独特的艺术风格，被誉为“中国白”“东方艺术珍宝”，享有“世界艺术瑰宝”的崇高地位。

德化瓷烧制工艺可分为瓷土加工、雕塑成型、烧成三个过程。首先是选用德化优质白瓷土为原料，精细加工。雕塑是对其他艺术门类的兼收并蓄，综合石刻、木雕、泥塑的技法特点，采用何朝宗开创的捏、塑、雕、刻、刮、削、接、贴八字技法，雕塑成型。其制作技艺有两种，一种是选用优质的高岭土直接塑造成型，一种是将泥塑翻制模具后再注浆或拓印成型，干后

德化瓷烧制技艺传承人邱双炯在创作白瓷十八罗汉

根据需要决定是否上釉，雕塑成型工艺以模制为主，兼有少量捏制。最后模型放入窑中在一千多度的高温下烧制。

德化瓷烧制技艺使用的窑炉有鸡笼窑、龙窑、阶级窑等。德化瓷雕塑艺术继承前人优秀技法和何派风格，并不断创新发展，赋予作品新的生活气息，题材丰富，雕刻工艺精细，形成了德化瓷雕的独特风格，世代相传，绵延兴盛。德化瓷烧制技艺于2006年被列入首批国家级非物质文化遗产名录。

◆同安（翔安）农民画

农民画在同安（翔安）有悠久的历史，其源于传统民间壁画，是历代民间艺人传承下来的一种民间艺术。

20世纪50年代，同安（翔安）农民在传统民间美术笔画的基础上，以浓墨重彩和鲜明欢快的艺术语言创造了独具特色的农民画。同安（翔安）农民画是水粉水彩画的变体，造型稚拙，色彩鲜艳，风格沉郁古朴。其主要特色在于它从民间剪纸、绣花、彩扎、泥塑、漆线、木雕等艺术形式中撷取造型技巧，使得作品既绚丽多彩又显得稚拙朴实，既夸张

翔安农民画

又真实，给人以鲜明强烈的视觉效果。这些来自泥土的芬芳不仅让人倍感乡土亲情的温馨，还具有强烈的时代感和民族特色。

同安（翔安）农民画体现农村生活，流露出质朴清新的乡土气息，其表现手法有着明显的地域特色，以大红大紫的浓烈色彩、夸张化的描述以及简洁明快的风格勾画出美丽的田园风光及栩栩如生的农家生活场面和欢天喜地的节日庆典等场景。其构图、色彩、造型、图案、纹样都形成了一套相对完整成熟的体系，也使得农民画拥有了丰厚的文化底蕴和艺术气息，具有很高的学术价值和收藏价值。

2011 年 12 月，翔安农民画被列入第四批福建省非物质文化遗产名录。

漳州片仔癀制作技艺

片仔癀是一味名贵而功效显著的中药，源自 500 多年前明朝宫廷御用秘方。片仔癀与云南白药一样，二者作为我国中药的两大独家生产绝密品种，其特效配方及独特工艺受国家绝密保护。今天，我们仅能从片仔癀的产品说明中了解到它的四大主要成分：麝香，牛黄，田七，蛇胆。这 4 种成分均为我国名贵中药。

片仔癀的神奇功效，首先源于其出神入化地合理运用了传统中医理论，按君臣佐使将麝香、牛黄、蛇胆、田七等多味天然名贵中药材科学配伍、和合得当，加之独树一帜的神秘生产工艺，使各种药材的有效性发挥到极致，赋予了片仔癀清热解毒、凉血化瘀、消肿止痛等神奇功效。片仔癀被广泛用于医治发热、咽喉肿痛、口舌生疮、周身疼痛、烫伤烧伤、刀枪伤痛、跌打损伤、蜂蛇咬伤等危急病症及疑难杂症，药用价值广泛。

2011 年 6 月，漳州片仔癀制作技艺入选第三批国家级非物质文化遗产名录。

◆漳州水仙花雕刻技艺

漳州水仙花栽培历史悠久，雕刻艺术源远流长，自明景泰年间（1450-1457）延续至今，已有 500 多年历史。雕刻师采用钢制的刻刀、刻片、刻钳、刻剪、修叶刀、刻针等工具对水仙花茎球进行 8 个流程的雕刻，雕刻后的水仙花茎球经过浸洗、盖棉、定根、管理、控温，叶花俱佳，花开千姿百态，栩栩如生，百赏不厌。

漳州水仙花雕刻造型逼真，千奇百怪，大体可分为兽型、禽型、生活型、人物型、象征型等五大类。经雕刻师精雕细刻后，其神韵更胜似仙女降落人间，被人称为“凌波仙子”。水仙花的造型雕刻，其目的是通过刀刻或其他手段使水仙的叶和花矮化、弯曲、定向、成型，根部垂直或水平生长；球茎或侧球茎按造型要求养护、固定，主要是通过雕刻的机械损伤、阳光和水分控制等办法实现。雕刻时，使水仙花器官的一侧或一面受损伤，在愈合过程中，受伤的一侧或一面生长速度减缓，未受伤的一侧正常生长，即生长速度较快。这样，叶片或花梗就发生偏向生长，即向受伤的一侧或一面弯曲。利用植物的趋光性控制水仙花生长是造型的另一手段，向光面细胞的生长速度较背光面细胞的生长速度慢，所以就形成了水仙花弯向阳光生长的造型结果。

漳州水仙花雕刻技艺印证着农民的聪明才智，其造型多样、手法丰富，具有一定的工艺价值。2012 年 2 月，漳州水仙花雕刻技艺被列入福建省第三批非物质文化遗产目录。

将乐万安花灯制作技艺

万安花灯会是将乐县万安镇万安村流传数百年历史的民俗活动。万安花灯制作技艺，其历史可上溯到宋代元丰年间（1078-1085），迄今已有一千多年的历史。唐代“安史战乱”后，从中原南迁到万安等地居住的汉民，期盼家里人丁兴旺、子孙满堂，只要家中添丁进口，家门口便会悬挂一盏添丁灯。从此，许多人家都学会了自制花灯，后经历代艺人的不断改良，形成极具万安特色和集聚民间智慧的民间花灯技艺。

万安花灯形态各异、多姿多彩，有走马灯、鱼灯、鸟灯、龙灯、采茶灯、莲花灯等传统花灯，更有独具特色的铁枝灯穿插其中，独占鳌头，祈求新年风调雨顺、财丁兴旺。一个铁枝灯一个主题，如“麒麟祥瑞”“观音送子”“麻姑献寿”“优生优育”“勤劳致富”“和谐家园”等。万安花灯的制作工艺比较复杂，不同品种的花灯，用材、制作过程都不一样，但都少不了构思、扎坯、装裱、装饰、组装这几个主要环节。

将乐万安花灯制作技艺于 2015 年被列入福建省第四批非物质文化遗产名录。

顺昌元坑水轮车营造技艺

水轮车是我国最古老的农业灌溉工具、粮食加工及生产工具，是先人们在农耕时期创造出来的高超劳动技艺，是中华民族珍贵的历史文化遗产。元坑地处顺昌县西南，是个山间盆地，四周环山，境内河渠交错，雨水充沛，自然环境得天独厚。元坑自元朝就有水碓，曲村张氏族谱上就标明两处“车碓”图。明朝顺昌邑志（明正德庚辰版）记载全县“水碓五座……一座

顺昌元坑水轮车

在靖安都交溪口”。至20世纪中叶，文昌桥、通骊桥等地还有水碓用作磨面粉；槎溪村的水碓用作榨油；光地村造纸用水碓舂纸浆。

元坑水轮车是由“轮”“轴”组成系统，“轮”和“轴”共转；轮是固定在轴上的两个半径不同的简单机械。半径较大者是轮，半径较小的是轴。水轮车以浸水不易腐烂的松木制成，结体不用铁钉铁件，全是榫卯结构。

2014年，顺昌元坑水轮车营造技艺被列入第五批南平市非物质文化遗产代表性项目名录。

◆顺昌灯笼制作技艺

灯笼又统称为灯彩，是中国人过节不可或缺的传统事物，象征着人丁兴旺、和谐团圆。顺昌盛产毛竹，是“中国竹子之乡”，县内保留着利用深山毛竹做各式灯笼骨架的传统工艺。

一只小小的灯笼，从选竹、破竹、泡竹、破篾、划篾、捻篾，经过编织、收口、捏型、盘底，到滚浆、糊纸、彩绘，最后上

顺昌常顺灯笼　杨晓华 摄

桐油，制作工序繁多而且琐碎。各式各样竹制灯笼，以其高超的编织工艺和圆润造型风格，反映着闽北民间艺人的劳动智慧，给人们带去吉祥的寓意和美好的视觉艺术感受。

2014 年，顺昌灯笼制作技艺被列入第五批南平市非物质文化遗产代表性项目名录。

顺昌灌蛋制作技艺

每到大年三十，顺昌县仁寿、洋墩乡一带的农家都有制作灌蛋的习俗。

灌蛋的原料，最好使用放养的鸭子所生产的蛋，肉末可以加入香菇末和蒜末等来提味。制作时，先将一枚鸭蛋轻轻敲碎，盛于小杯中不搅拌，用小竹签将蛋黄上的一个小眼轻轻刺破，再把调和好的馅料一点一点地塞入蛋黄内，以不胀破蛋黄为宜。

灌好鸭蛋后，再将它倒入大骨汤或鸡鸭汤中文火烧煮，煮到灌蛋浮起即可。煮好的灌蛋蛋白雪白透亮，蛋黄上有肉馅绽

顺昌灌蛋

开，飘散着诱人的荤香，可谓色味俱全。因为卖相极佳，外白内黄形似银元宝，因此顺昌灌蛋又被称为“银包金”，寓意吉祥。借助喜庆的含义、完美的卖相，顺昌灌蛋成功跻身南平市第三批非物质文化遗产之列。

蕉城黄家蒸笼传统手工技艺

虎贝黄家蒸笼是宁德市蕉城区虎贝镇黄家村祖传的传统工艺品。据《宁德市志》记载，蕉城虎贝黄家蒸笼由黄一府在宋绍圣四年（1097）始创，至今有900多年的历史，其以灵巧的手艺，将当地盛产的柳杉树，曲卷成片块，再以线缝固接头后紧贴加层，顶盖、底层两处再以木板镶嵌，坚如盆桶。黄家蒸笼工序多达80多道，关键环节还靠手工。

黄家蒸笼的创制主要依赖于柳杉这一原材料的发现，它的价值有如高岭土之于瓷器，完全体现了《考工记》所强调的“材美”原则。柳杉的质松不实、轻软细致、顺木理易于剥离成片的自然属性，造就了黄家蒸笼一套完整的手工技艺，也造就了其易熟保温、透气不馊的特点。至清乾隆之际，虎贝黄家已能制作包括蒸笼在内的碗、杯、盘、盒、盏、碟、瓶、壶等日常器用，有的甚至还成为了贡品。黄家蒸笼造型美观，本色自然，平衡对称的中空直腹直口圆柱体，屉透盖严，其造型有利于扩大受热面积、缩短烧煮时间，轻便耐用。

在漫长的历史传承过程中，以制作蒸笼为主的黄家杉竹手缚技艺生产活动，积淀下了丰厚的具有地域行业特色的乡风民俗，成为当地一份弥足珍贵的民俗文化遗产。2009年，黄家蒸笼传统手工技艺被列入第三批福建省非物质文化遗产名录。

黄家蒸笼制作 林良营 摄

建瓯弓鱼技艺

建瓯市养鱼历史悠久，是闽北地区主要的产鱼大县（市）之一。早在几百年前，当地就流行“弓鱼”之法（一种绑鱼技术），经过这种技术处理的鱼，不但腥味全除，还能离水后长途运输，历经数小时甚至十余小时仍能保持鲜活。当地的经验证明：“弓鱼”在冬季可以保活3天，夏季也能保活2天。

弓鱼仅用一根绳子绑一绑就能让鱼儿可以离水存活，它的科学原理在于：鱼被捆得无法动弹，处于一种“假死”的状态，从而避免了剧烈运动所要消耗的能量，也减少了耗氧量，更重要的是这种弓鱼法能让鱼的嘴和鳃盖保持打开状态，空气可以直接从鱼的口腔进入，让鱼在没有水的环境下也可以保持呼吸，得以延长生命。又因肛门被绑紧，吃进的新鲜水也无法排出，鱼离开水面活的时间就特别长。在实践中还应特别注意的是，“弓鱼”只能往鱼体的右侧绑，否则鱼就立即失去活力。

独特创新的弓鱼技艺主要分为三步：1.“初绑”。左手抓起一条鱼，右手用锋利的竹签在鱼鼻子上穿个孔，从腰间抽出

“弓鱼”

一根事先准备好的草绳，经鼻孔穿唇而过，用牙齿咬住绳子的一端，手与牙齿并用打一个结，再把鱼身沿着内侧向右弯起来，把绳子另一端移到鱼尾的肛门下端绑住再打一结，这样鱼就被绑成了“弓”形。2.“喂水”。把绑好的鱼头朝上放入溪河活水中“吐污纳新”，过 1 - 2 小时后再拿出。3.“绑水”。也叫“复绑”，将“喂水”后的鱼拿出，再行二次弓绑，即头部不动，将绑鱼尾的草绳由肛门下部移到肛门上部，绑紧打结，使鱼弓弯成半圆形，然后放到鱼塘或溪河活水中泡养 1 - 2 天，就可上市。经过初绑、喂水和绑水，一头弓鱼就制作完成了。渔民把这种弓过的鱼串到一根竹竿上，拿到渔市贩卖。

建瓯“弓鱼”新鲜保活、旱运不死的传统特技，称得上是我国罕见的一种民间“鱼儿保活法”。2009 年，“弓鱼技艺”被列入福建省第三批省级非物质文化遗产代表性项目名录。

第六章

福建农业文化遗产·工具类

农业生产工具是农业文化的重要载体之一，农业工具发展史演绎着农业文明进化史。农业工具作为农业技术进步与农业文化变迁的重要标志，以丰富的形态、精巧的结构和恰当的适用性，彰显了农业文化的博大精深与农业劳动者无穷的智慧。

福建地形多样，山海同在，旱地、水田和江海农业工具多样，农业生产工具遗存丰富，主要表现为农业生产工具、渔业生产工具、林业生产工具、农业生活工具等。考虑到茶叶生产在福建的特殊性，本章将茶叶生产工具从农业生产工具中单列出来介绍。通过对福建农业工具文化的搜集与整理，本章展示了福建农业工具的独特价值。

第一节　农业生产工具

农业生产工具是服务于农业生产的器具，是农业生产中不可或缺的组成部分。福建省地形地貌多样，农业生产形式多样，生产类农业工具遗存丰富。

莆田犁

2000 多年以前西汉的农具图谱，便有木犁的记载。木犁由犁铧、犁尖、犁担、犁床、犁托、犁柱等多部件组成。木犁的下端有用来翻土的略呈三角形的铁器，称作犁铧，木犁后端竖起弯曲的木柄可以供人手扶，掌握方向。莆田犁曾经广泛使用于农地耕作中，具体使用时间没有确切记载。但从木犁的历史看，其使用时间应该较为久远。

莆田犁弓上端凿成一小孔，用木头穿进与底座固定，另一端插在犁柄上，再一端挂上铁钩，系上横木，两端系紧绳子。耕头的中间还有一根向上的木条再穿过弓形的木头，用于掌握耕头的深浅程度。最后，把犁柄插在底座及犁弓两头，其柄向上翘，插上一木头作为扶手。绳子的另一头就是犁担，其形状呈“V”型，挂在牛的肩膀。犁担表面漆上油漆，防止受潮老化，既美观又耐用。

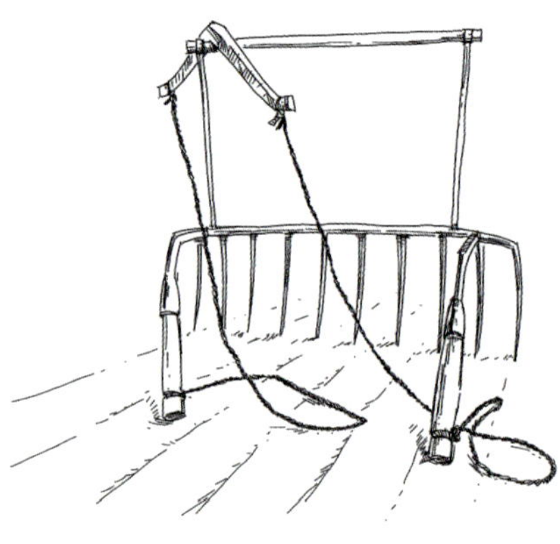

莆田犁

莆田犁耙的制造主要是采用金属材料。把预先准备好的铁棒或铁条轧好，焊成一个框架，再把小条的铁棒一一衔接上，构成“而”字形。上面一根用木条插进，耙的小齿容易磨损变小，使用一段时间得加长，一般一两年加长一次，由打铁匠加工而成。

莆田犁用材一定要讲究，要硬木才行，因为犁在耕作过程中受力大，只有硬木才能承受适合的力量。在使用过程中，需要耕作驾驭的人具有较好的技巧，掌握平衡与轻重缓急，熟练耕牛作业。

闽西独轮车

闽西独轮车俗称“鸡公车”“二把手”“土车子”。车子由于只是凭一只单轮着地，不需要选择宽敞的路面，所以窄路、巷道、田埂、木桥都能通过。因为这种车走起来的时候，轮子会“吱吱呀呀”地作响，像公鸡一样叫个不停，而且农人经常是在凌晨时就推着它到处走，跟公鸡打鸣的时间差不多，故称之为“鸡公车”。整个车身约 4 尺来长，独轮，木制，轮子上部装有凸形护轮木板，人或物就放在上面。即使载了几百乃至上千斤的东西，它也能轻巧灵活地穿行在狭窄的田垄之间，很适用于山区生产运输。

独轮车传说是西晋末年随着客家先祖一路南迁而带到闽西的，用来装载东西和人。因为它十分实用，所以是客家人日常生活中的好帮手。客家先民使用最多的是传说中诸葛亮发明的独轮车，这种为山地运输而设计的工具随着科技的进步大多已淘汰，但在宁化客家有些地方仍在使用中，如安远后溪、

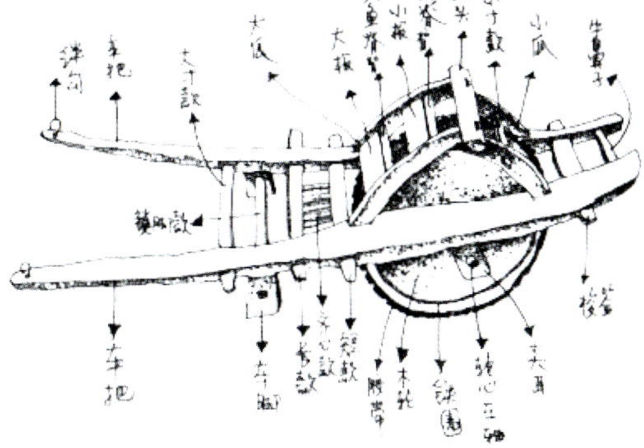

闽西鸡公车

石壁站领。安远后溪村还保留近300辆独轮车，但只有一些年老不会用机动车者还在使用。

独轮车需要用硬木制造，青柴、檀树、楮栲、栗栎都是制造独轮车的理想木料。车梁是独轮车关键的构件，截面是长方形，落料作尺寸要大还要直，在整车架构中发挥中枢的作用。车架则两边有一定弯度为好，且要弯度一致。部分独轮车上的弯拱料称为“羊角”，类似羊角的形状。独轮车背梁用坚韧的木料，便于上插入猫背梁、下插入车梁之中，虽不大，就但是个重要构件。有了它们与千斤、羊角，车子立向形成一个整体坚实桁架结构。独轮车装入落壳短梁，下再装车落壳，车落壳中再装车胎。刚开始车轮是木制，大而笨重，后来才用钢轴。车落壳可上可下，方便装上车胎或取下车胎。

闽西独轮车是客家文化重要的一部分，它走过后，路上会留下一道深深的印迹，这印迹也见证了客家人千百多年来披荆斩棘、薪火相传的历史。

◆德化手工榨茶油工具

德化县土法榨茶油工艺是数百年来手把手传下来的，榨出的茶油保持本色，气味天然，油品健康。德化油茶手工榨油工艺具体记载不详，但是根据艺人口耳相传的历史，至少在清代已经出现。德化传统手工榨油工具包括蒸床、榨床、石锤、楔子、油盘等。

蒸床：把采摘下来的油茶晒干，等壳和果肉分离后再放到蒸床上把油茶籽中残余的水分烘干，100%干度的油茶才可榨出油来。

碾盘：用于将干燥好的茶籽碾碎成粉状。碾盘是整个油坊中最有特色的，与碾盘相连的是一个很大的转轮，运用水流的冲击力使转轮转动后带动碾盘的运行。碾盘也是传统的石磨形，师傅将油茶籽倒入槽中，在碾盘上放置一定重量的石块，在石块的压力下，来回滚动的轮子把槽中的油茶籽碾成粉末。

榨 床

木甑：将干燥好的茶籽粉末装在木甑中，大火蒸。加热后的油茶粉会特别松软，便于榨出油来。

茶饼模：山茶籽约蒸一个小时，待蒸熟后用稻草垫底将它填入圆形的竹篾做成的油圈之中，做成茶油饼。每一块茶油饼的厚薄必须相当，否则就会因为挤压不充分，榨油不完全。

榨床：用一根大硬木镂空制成，一般为松木或者樟木，多为百年树龄，2 米多长，重量超过 500 千克。榨床是整个榨油坊的“主机”，在树中心凿出一个长 2 米、宽 0.4 米的“油床”。茶油饼填装在“油床”里，装好茶油饼后就可以进行压榨。

楔子：师傅们用长短、厚薄不均的楔子打入油床缝里进行挤压，挤出油来。木楔长短不一，用于不同时间段。

石锤：悬挂在大梁上，通过来回摆动重击楔子，重 100 千克以上。

在机械化普及年代，手工榨油濒临灭绝，如今，德化洪田村、祥光村等地依然用这种最古老的方式榨油。随着民众回归自然意识的增强、对传统手工技艺的认识的变化，手工榨油逐渐回归民众的生活视线中。

第二节 渔业生产工具

渔业生产工具以服务渔业生产为目标，地区差异大、发展变化快，海洋和内陆有显著差异，传统渔业工具和现代渔业工具明显不同。

罾

罾，曾在福州、莆田这些水网纵横的地方广泛使用，确切使用年代没有明确记载。福州历史上第一个状元——宋代的许将，家住福州罾浦巷，由此可见，罾的历史至少可以回溯到宋代以前。

罾的原始形态，下方是4根架成方形的竹竿支起的网，网的四角与四根竹竿末端捆在一起。架子的中心点与另一根长竹竿的一端固定，长竹竿另一端固定在地上。中心点还有一根粗绳，由渔人拉住。打鱼时，渔人把绳子放松，罾下方的网沉入水中。待鱼虾游到网里，渔人快速收绳，捞出鱼虾。

使用罾时，利用杠杆原理，将长竹竿的中段固定在支点上，一端与网架绑在一起，另一端挂上重物。拉动悬挂重物的一端，就可轻松地将网提起。

如今，罾在渔业活动中已经不多见了，人们只有在民俗博物馆中能够看到罾的完整面貌。

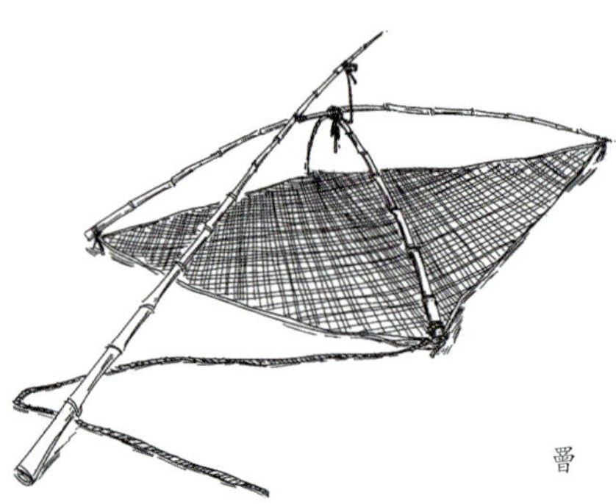

罾

❖连江滩涂泥橇

连江泥橇，俗称木马、土板、土溜，是一块前端翘起的木板，形状狭长，中间有扶手，是连江当地渔民的生产工具。

滩涂泥橇是沿海劳动人民智慧的结晶，在浙江、福建沿海一带都有这种形式的工具，只是结构细节和称呼略有不同。《史记·夏本纪》记载："陆行乘车，水行乘舟，泥行乘橇，山行乘檋。"其所指的"泥行乘橇"便为泥橇。泥橇除了作为渔民生产生活的工具之外，在历史上还成为明朝戚家军滩涂灭敌的特殊武器。

渔民们通常在泥橇扶手前放一块小木板，上面可放鱼筐，也可放干粮等物品。橇板长度在180厘米至215厘米，宽17厘米至23厘米，高约55厘米，头部上翘，突起约8厘米。向上翘的头部，是从一整块杉木，通过用墨斗画线，然后用锯子、刨子等工具"挖"出来的。泥橇的连接处全部用竹钉，不能用铁钉或者胶水，否则会被海水腐蚀。一个泥橇基本上可用七八年。泥橇在滩涂上滑行自如，利用它抓跳跳鱼、蛤蜊、蛏子、海蚌等很方便。

连江滩涂泥撬被列入福州市第一批非遗项目名录，后又被列入第二批福建省级非遗名录。在如今的连江，泥橇除了作为生产工具，也成为体育运动工具，集农具、兵器、健身器于一体的滩涂泥橇，渐渐地形成了自己独特的文化形态。

滩涂泥橇

❖刺　网

刺网是一种重要的捕捞工具，是以网目刺挂或网衣缠络原理作业的网具，流行于福建沿海一带。

渔民将网具设置在水域中，把若干片矩形网衣连接成长带状的网列在预定水层中垂直展开成垣墙状，依靠浮力将网衣垂直张开，拦截鱼虾的通道，鱼类在洄游或受惊逃窜时，刺入网目或缠络于网衣上，从而达到捕捞的目的。

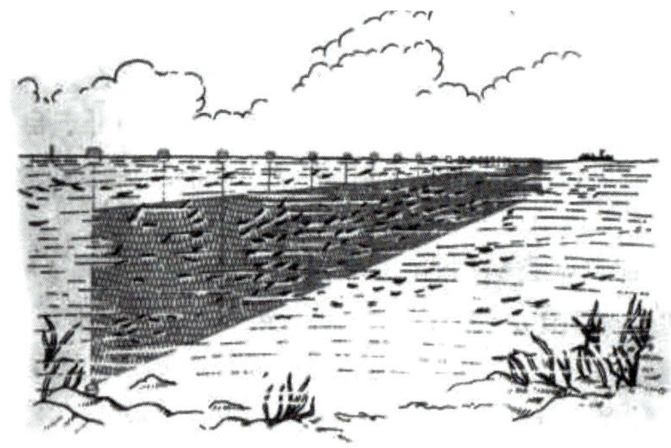

刺　网

刺网结构简单，操作方便，对渔船动力要求不高，生产作业机动灵活，品种选择性好，尤其对鱼体大小的选择性强，有利于保护资源，是常用网具之一。刺网可以分为单片、双重、三重、无下纲、框架5个型。其中单片刺网有鳓鱼流刺网、大目流刺网、鲨鱼流刺网、马鲛鱼流刺网、鲳鱼流刺网、对虾流刺网等十几种。

刺网有定置刺网、流刺网、围刺网和拖刺网之分。定置刺网捕鱼时是将刺网用桩、石头或锚，固定在水体某处，设置于水体表层的为浮刺网，设置于较低层的为底刺网。流刺网主要在浅海、江河中使用，与水流方向垂直放网，网随流漂泊，逆流游动而撞上网的鱼很难逃脱。围刺网作业时是将鱼群先用刺网包围，然后用响声等惊吓鱼群，鱼群在惊慌逃窜中被刺网捕获。

◆围　网

围网是现代主要捕捞工具之一，由网翼和取鱼部或者网囊构成，是用以包围集群对象的渔具。按结构分为有囊、无囊两个类型。渔民根据捕捞对象集群的特性，利用长带形或一囊两翼的网具包围鱼群，采用围捕或结合围张、围拖等方式，迫使鱼群集中于取鱼部或网囊，从而达到捕捞目的。

围网捕鱼以围捕上、中层较大的密集鱼群为特征，侦察鱼群是先决条件。作业要求网具能迅速包围鱼群，迅速下沉，防止鱼群逃逸。其生产规模大，网次产量高，捕捞对象较稳定并具集群性。作业渔船只需具有良好的性能和较好的捕鱼机械设备，但围网渔业成本高，投资大。

◆拖　网

拖网是通过渔船拖曳网具，迫使捕捞对象进入网内而被捕获的过滤式捕捞作业形式，是海洋捕捞作业的最主要渔具之一。

拖网依靠渔船动力拖曳囊袋形渔具，在其经过的水域将鱼、虾、蟹、贝或软体动物强行拖捕入网，达到捕捞的目的，

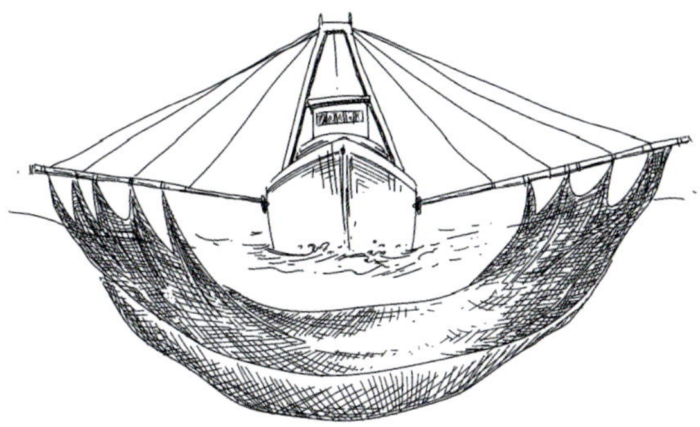

拖　网

拖网是一种移动的过滤性渔具。拖网作业机动灵活，适应性强，有较高生产效率。现代拖网渔具不但可用于捕捞鱼类，也能用于捕捞头足类、贝类和甲壳类；不但可用于捕捞栖息水深只有几米、几十米的捕捞对象，也能用于捕捞栖息水深达数千米的深海品种。

拖网按结构分为单片、单囊、多囊、有翼单囊、有翼多囊、桁杆、框架 7 个类型；按作业船数和作业水层，分为单船表层、单船中层、单船底层、双船表层、双船中层、双船底层、多船 7 个形式。拖网船可以分为单船拖网与双船拖网。

◆敷　网

敷网指预先敷设在水中，等待、诱集或者驱赶捕捞对象进入网内，然后提出水面捞取渔获物的网具。敷网按结构分为箕状型、撑架型，按作业方式分为岸敷式、船敷式、拦河式。

敷网渔具结构简单，操作技术不复杂，集鱼和诱鱼的方法

比较科学。除少数几种敷网渔具生产规模较大外，大多数敷网渔具生产规模都比较小，而且集鱼、诱鱼需要一定的条件，因此作业时间受到限制。总体而言，灯光敷网作业具有投资少、生产费用低、劳动强度小、捕捞效率高的特点。

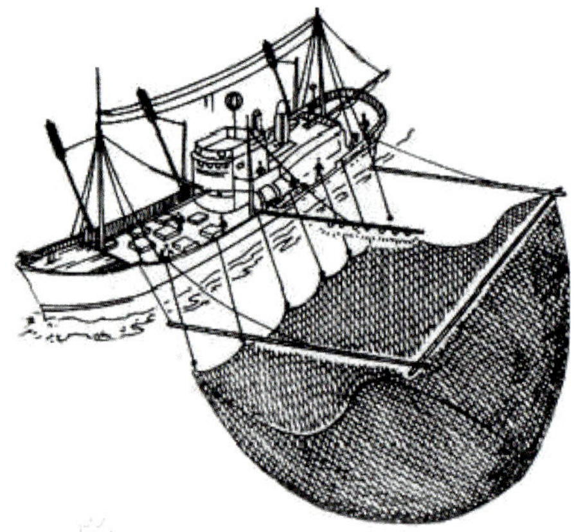
敷 网

漳州市的漳浦、东山、诏安一带的敷网作业久负盛名。例如东山的鱿鱼缯，其作业主要过程是将网具敷设在水中等待，利用鱿鱼具有趋光的习性，先用人工光源将鱼群诱集到渔船周围，再将其诱导到敷网范围内，最后起网，达到捕鱼目的。

◆耙 刺

在捕捞业中，耙刺渔具是指耙刺捕捞对象的渔具，利用锐利的钩、耙、箭、叉等物直接刺捕或铲捕鱼类，达到渔获目的。

耙刺类渔具通常生产规模小，种类繁多，是福建沿海历史悠久的传统渔具。按结构分为齿耙和钩耙两种类型，常见的有滚钩、柄钩、叉刺、齿耙等。其结构简单，操作方便，成本低，适用范围广。作业方式分为拖曳和滚动两式，常见的有漂流延绳、定置延绳、拖曳、投射、铲耙、钩刺等。它既可以在岩间带和潮间带的滩涂铲捕贝类，又可以在开阔海域以延绳钩方式钩刺多种鱼类。规模小的仅使用小船一人作业，规模大的使用船队以捕鲸炮发射箭刺捕鲸鱼。漳州市云霄县常用耙具捕捞巴菲蛤。

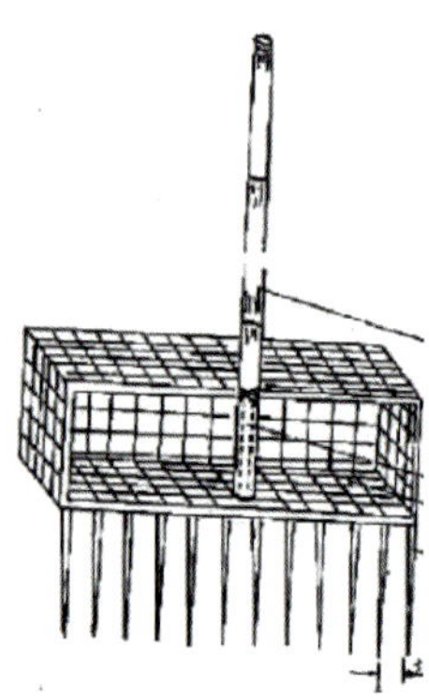
耙 刺

◆笼　壶

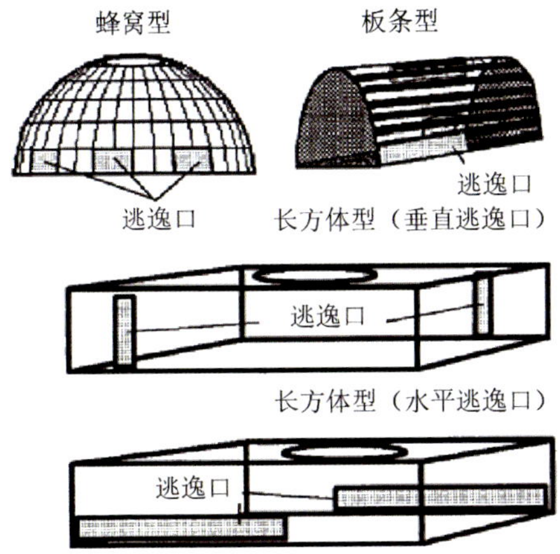

笼　壶

笼壶是一种利用笼壶状器物，引诱捕捞对象进入而捕获的渔具，诱捕有钻穴习性的捕捞对象。笼壶类渔具是用网、竹篾或陶土等材料制成笼、壶状器物，笼具一般在入口处装有倒须以防笼壶内的鱼类逃逸；大多数壶形器具无倒须装置。其放置位置可以在水域范围内经常变动，重复使用率很高。

笼壶主要渔获鱼类、甲壳类等，作业方式为延绳和散布两个式，常见的有漂流延绳、定置延绳、散布等。

◆人工养殖捕捞渔具

池塘养殖载体包括土地、水泥（或硬化）池，在山区养殖的载体还有水库、山塘等，在这些载体捕捞（收获）水产养殖对象时，常用捕捞渔具。例如，对无落差的池子，常用戽斗、车戽或抽水机汲水；有落差的，常用自然落差法放水，把水排干后，再捕捞养殖对象。也有用掩罩等其他捕捞渔具。

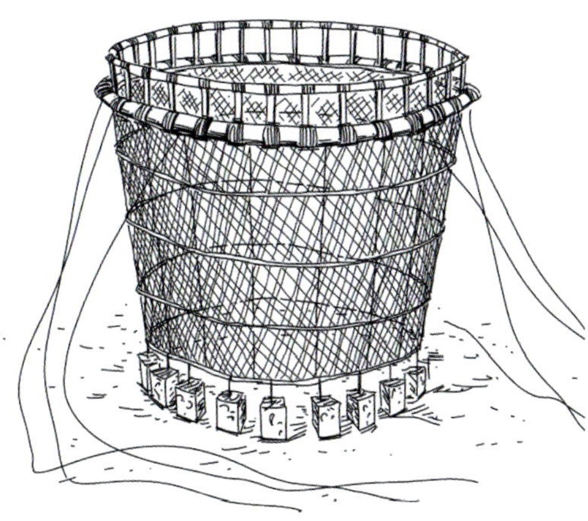
圆形网箱

近几十年来，高位池养殖模式迅速发展，这种模式是在海水高潮线以上的岸上建造养殖场开展水产养殖，对于高位养殖对象的捕捞，常用围网渔具。

养殖网箱的种类和

结构形式多种多样，网箱的形状有正方形、长方形、圆形和球形等，网箱构架的材质有竹材、木料、塑料、金属合金、复合纤维等，网衣有藤条、棉麻、聚乙烯、尼龙和金属网衣等；按作业方式可分为固定式、浮式、升降式和沉式。《中国渔业统计年鉴》将海水网箱分为普通网箱和深水网箱两大类。

普通网箱面积从数平方米到数十平方米，漳州地区常见的有方形网箱，其规格主要有 3×3 米和 4×4 米两种，一般安置在港湾、沿岸海域。普通网箱捕捞主要有抄网渔具。

深水网箱是一种大型网箱，具有抗风浪性能，网箱水体从数百立方米到上千立方米。深水网箱一般安置在离岸水深 20 米以下的港湾外海域。漳州地区常见的深水网箱主要是圆形的网箱，规格有周长 40 米和 60 米两种。对于深水网箱养殖产品的捕捞，小型的用抄网渔具，大型的则用起网机。

第三节　林业生产工具

林业生产工具以服务林业生产为目的，在林业生产中发挥着重要作用。福建林业资源丰富，尤其是竹林资源，林业生产工具主要表现为竹类农业文化遗存。

◆蓝田竹筛

安溪蓝田乡盛产的毛竹竹节长，质细柔和，还富有弹性，是制作竹筛的上等原料。蓝田的先辈们来此避祸时就地取材做起了竹筛，并将这门制筛的技艺代代相传，距今已有千年历史了。手工竹筛是蓝田的先辈们在长期的生产生活中，积淀并传扬的一种独特的手工技艺，同时又因安溪茶文化的兴起，成为蓝田乡民赖以生存的手艺之一。

蓝田竹筛结实耐用，很受农户欢迎。20 世纪五六十年代，蓝田村大约有四五十户人家会编织竹筛。由于农家晒谷的竹筛都需要请手艺好的篾匠师傅来做，而整个制筛的过程繁复，所以都是由师傅带着徒弟做，从砍竹到制筛成型全部由人工完成。制作一个竹筛相当费时，就算是手艺娴熟的师傅一天也只能制作2-3个竹筛。竹筛质量的好坏，取材很关键，原材料最好选用3-4年竹龄且笔直粗壮的毛竹，然后再根据成品需要，截断劈开（劈丝或剖片）。破篾的功力要求手起刀落，一气呵成。剖开的篾片一定要圆磨光润，有的篾片外架上还需要挖孔、钻洞……因此，制筛师傅多少要精通些木工活。而其中的编织工艺则全凭经验，织筛网的师傅在编网之前必须是"胸有成竹"，要将织出的尺寸规格熟记于心。

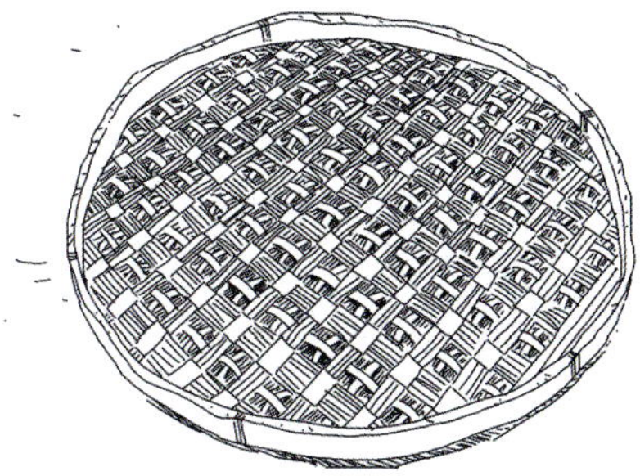

蓝田竹筛

随着时代的变迁，传统手工业的生存空间变得狭窄了，许多老式的手工农业用具逐渐淡出市场，但蓝田竹筛的市场需求却没有因此而受影响。如今，蓝田竹筛因安溪茶文化的兴盛，原本用作筛谷的竹筛又重新派上了用场，成了制茶的主要工具之一（用于筛茶和晒茶）。

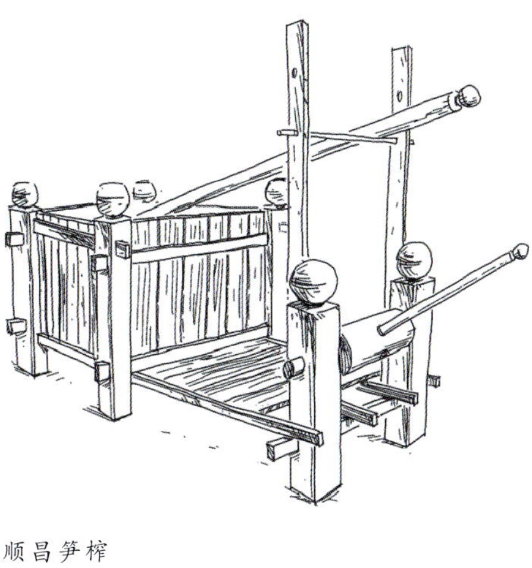

顺昌笋榨

❖顺昌笋榨

顺昌土垅村有毛竹林面积1万多亩，"土垅笋榨"世代相传，至今在土垅的竹林里还保存着一处相当规模的农业集体化时期的笋榨厂。土垅村家家户户世代传承着一个叫"笋榨"的加工笋干工具，制作土垅绵笋。

笋榨为木质榫卯结构，由榨架、榨仓、榨杠、榨箍、篾纳等组成。利用杠杆原理，压干压扁竹笋，存着常年食用。土垅笋榨制笋技艺，大体有以下7个流程：挖笋与剥壳、削笋、煮笋、浸泡与通笋、上榨、垫枕压榨、开榨暴晒。

第四节　农业生活工具

生活类农业工具是在农业生活过程中逐渐演化形成的，直接服务于农业生活的器具与农业生活内容密切相关。

闽西水车碓

水车碓发明距今已有2000年的历史，如今，水车碓原有用途逐渐改变，多成为乡村旅游景点的点缀。闽西连城等地曾经广泛使用水车碓用于生产。

水车碓是通过水流的推动力，来驱动水车，达到舂米的目的。水车碓由水车和碓两部分组成。水车用24根同样大小的松木段削成斜边，松木段中间用斧凿砍劈成槽，内用圆木轴一条，挖96个方眼，后用96条大小木棍连接外槽形成圆形，内圆木轴侧端用2寸厚、1尺大、约5尺长的木板横穿圆轴，对准斜舌横厚木板装碓头，水槽上方用木渠引水，水冲击叶轮转动，控制碓的起落，形成自动做功。碓也由两部分组成：一是碓臼，它是用坚硬的石头打造而成，形如缸或大盆。碓臼的5/6埋在地里，1/6凸出地面。二是碓身，用坚韧的树木精制而成。碓身两端，功用各异。碓身的一端削成斜舌面，与水车主轴上横厚木板吻合相连，起水车与碓相接的连杆作用。碓身另一端用一根横木贯穿其身，曰碓头，在碓头上加装铁头和铁圈（套），固定在一定的地方对准碓臼冲击，一上一下、一起一落，把臼内的糙米碓白，把米糠、竹麻等物打碎。

闽西水车碓

水车碓具有省力、环保、功能广泛等优点。闽西客家地区丰富的水资源为水车碓提供了取之不尽、用之不竭的能源，水车礁日夜不停，绿色环保，极大节省了人力，又可驱鸟赶兽，灌溉土地，在农业生产中曾经发挥突出的作用。目前，闽西水车碓已经被机械化机器所替代，逐渐演变为旅游景观。游客可以从中体悟到民间巧妙利用自然的智慧，体悟到天人合一、舒缓生活节奏独有的美感。

福州新店古井

福州新店古井是福建迄今发现的最古老的人工水井，考古挖掘还不能明确其修建时间。该古井位于福州北郊新店古城遗址（可能是村镇聚落遗址），没有常见的井圈，也没有井台，井深 4.35 米，口径 1.13 米，底部直径 0.9 米，呈圆形。

从遗址发掘和出土的西汉时期建筑构件，如瓦当、绳纹、筒板瓦残片，表明古井这一带在当时就有较大规模建筑存在。作为福建省最早的生活类农业工具，福州新店古井在福建农业文化进化史中居于特殊地位。

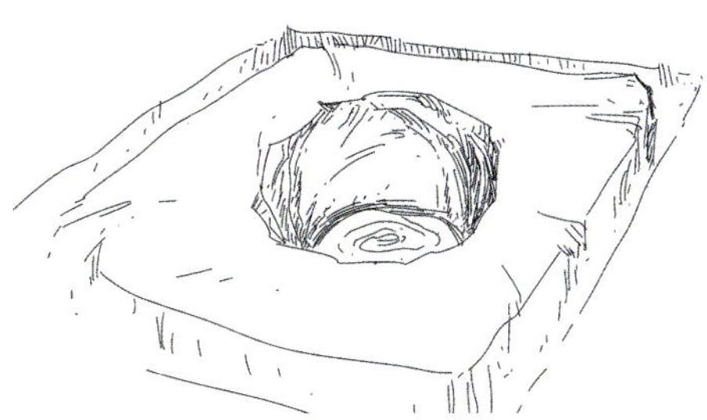

福州新店古井

◆闽中“拄槌”

据《德化县志》记载，闽中屋脊戴云山麓的瓷帮古道“从县前铺路尾巷经塔尖旱池、陈拱祠、金锁形至县前岭亭入高阳境”，直到“出虎豹关至永春剧头铺”，此间 15 公里；再往永春五里街许港，还需脚程 12.5 公里。

行走古道途中，挑夫们最怕遇上土匪和野兽，因此，挑夫们制造出一种当地方言叫“拄槌”的省力棍，由 100 到 120 厘米的实木做成，底部嵌上铁箍。省力棍功能不少，不单可以拄担休息，对付野兽，还可以用底部敲击地面发出暗语。行走前头的人遇有情况，马上敲出挑夫们全都明白的节奏，分别表示“土匪”“野兽”“稍停休息”等意思。如果遇上土匪拦路抢劫，后面的人一听节奏，便马上把铜钱塞进厚厚的棉袄。

◆闽西蓑衣

蓑衣是民众用一种不容易腐烂的草（民间叫蓑草）编织成的一种用以遮雨的雨具，厚厚的像衣服一样能穿在身上。后来人们也有用棕制作蓑衣的。蓑衣主要作为防雨用具使用，在福建，特别是闽西龙岩地区使用广泛。

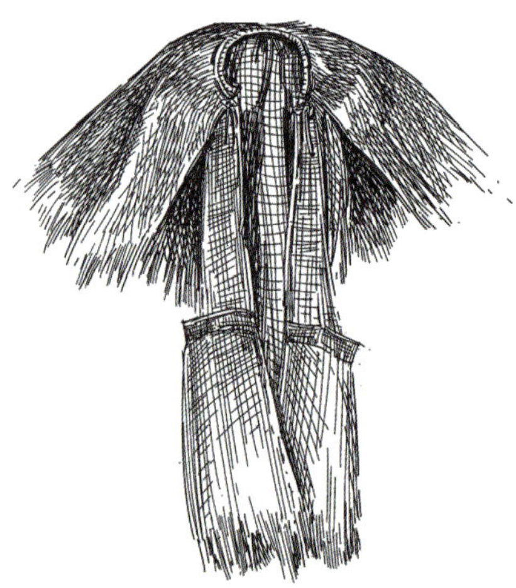

闽西蓑衣

为便于劳动，蓑衣一般制成上衣与下裙两个部分。用棕编制的蓑衣比较简易，比较薄，遮雨效果差。用蓑草编制的蓑衣一般比较厚，还有衣袖，遮雨效果很好，还可保暖。由于化纤产品的出现，用化纤产品制成的雨衣代替了蓑衣，蓑衣使用越来越少。如今，蓑衣作为农耕文化的重要组成部分，在闽西旅游景区常作为展示所用。

第五节　茶类生产工具

茶类生产工具指茶叶种植、采摘、加工过程中使用的不同器具。福建茶文化源远流长，不同的茶叶品类在制作过程中使用不尽相同的工具，丰富了茶文化的内涵。

武夷岩茶制作工具

“武夷焙法甲天下。”武夷岩茶制茶工艺闻名遐迩，手工制作岩茶时间冗长、工艺繁复，所需工具也多，光制茶用的基本工具就不下30种。采茶时以何物装茶，晒青时以何物盛放、置何处晾晒等，制茶每步骤对所需工具都有明确要求。

时至今日，武夷山制茶师们依旧保留了利用竹木制作制茶工具的习惯。取之自然、用之自然应该是最朴素的环保观念，因此赋予了武夷岩茶更丰富的气韵内涵。茶与竹在制茶师的双手下交融摩擦，从采到制，茶与竹都形影不离。

1. 青篓

青篓用于装放采摘下的茶青。制作原料是毛竹篾和竹片。篓壁和篓底有孔隙，以便茶青通气。

2. 挑青篮

挑茶青回厂之用。制作原料是毛竹片、竹篾，绳子多用棕绳。壁和底有孔隙以通风。

3. 青湖

岩茶村茶农俗叫“青熬”（闽南语），喻其深大如湖，如北方人把大碗叫“海碗”。因汉语“湖”和“弧”同音，故有人将之误写为“弧”。用竹片、竹篾制作，有空隙。用于装挑回厂中的茶青，以便开青。

4. 水筛

意为可通气走水，也叫青筛。倒青、做青时盛放茶青之用，由竹片、竹篾做成。

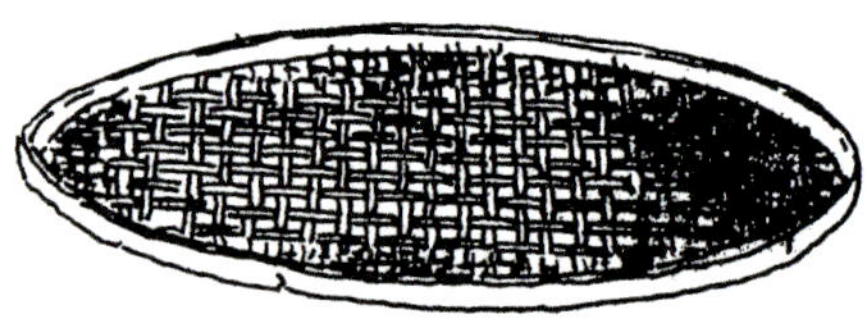

5. 晒青架

放于走廊和做青间，用于架放水筛。木竹构成。

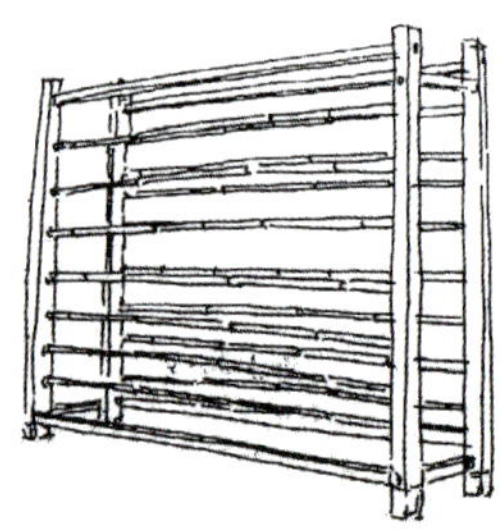

6. 青钩

细长竹，尾端嵌套一段泡桐木。用于倒青时勾、推木筛。竹竿长 5 米。

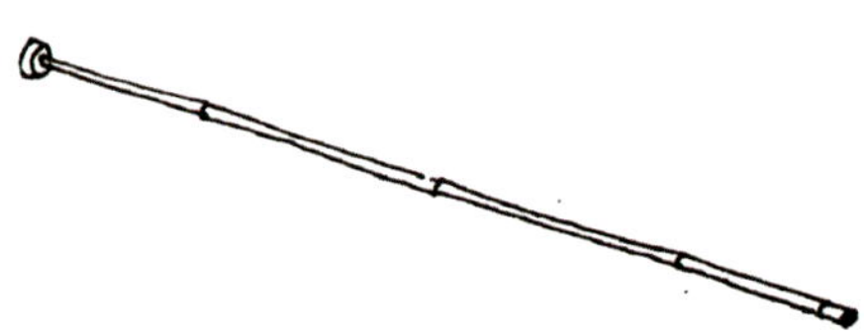

7. 揉茶笏

用作揉茶。竹片、竹篾编成。其中竹篾叠编成凸起的十字形，以便揉茶。

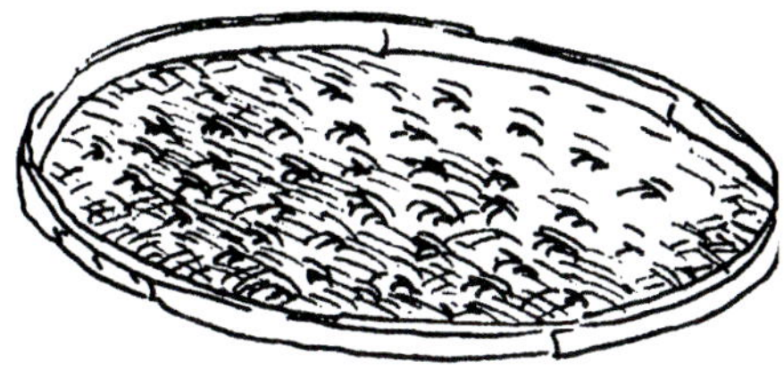

8. 焙笼

用作焙茶。毛竹片、竹篾制成。上下两段高度不等，视焙茶需要可上下倒置用。

9. 焙筛

嵌放于焙笼腰间焙茶。毛竹片、竹篾制成。

10. 茶湖

盛放干茶或在筛茶或簸茶时用。形有大小，毛竹片、竹篾制成，无孔。

11. 簸箕

用作簸茶。毛竹片、竹篾制成。大都用毛竹表面篾编制，具有弹性。

12. 焙笏

用于翻焙时垫放焙笼或“炖火”时盖焙笼。竹片、竹篾制成。

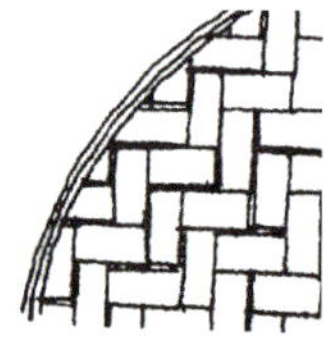

13. 拖笏

女工拣茶时盛茶头等。毛竹片、竹篾制成。

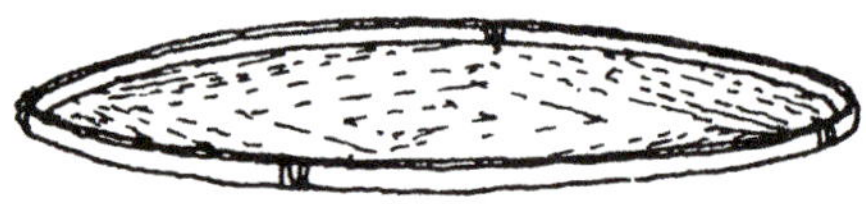

14. 茶筛

按筛孔大小分为1至10号。用作筛茶，竹片、竹篾做成。

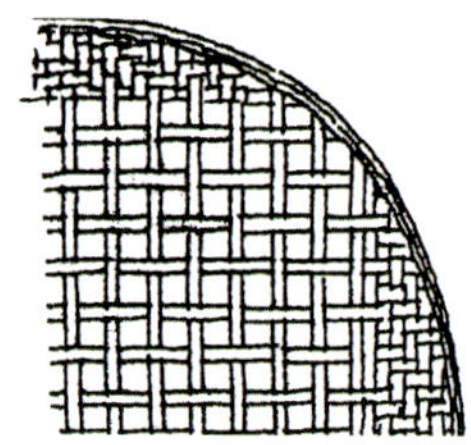

15. 分斗

装干茶入茶箱或收茶时用。侧面为三角形。竹篾、竹片编制。型号有大小。

16. 漏斗

装茶时用。竹片、竹篾制成。

17. 软篓

装茶青或干茶，也用于翻焙。竹篾编织，柔软无硬条支撑，口可张合。

◆正山小种红茶制作工具

正山小种红茶制作主要有采摘、萎凋、摇青、炒青、揉捻、炭焙、拣剔等工序，相应所需的制茶工具有以下这些。

1.“青楼”

正山小种红茶的加温萎凋都在初制茶厂的“青楼”进行。“青楼”共有3层，二、三层只架设横档，上铺竹席，竹席上铺茶青。

2. 揉茶笏

茶青适度萎凋后即可进行揉捻。揉茶笏由竹片、竹篾编成，其中竹篾叠编成凸起的十字形，早期的揉捻用人工揉至茶条紧卷、茶汗溢出。

3. 竹篓

发酵时，将揉捻适度的茶坯置于竹篓内压紧，上盖布。竹篓由竹片编织，可通气。

4. 铁锅

这是小种红茶的特有工具，“过红锅”所用的锅即为铁锅，传热效能好，当铁锅温度达到要求时投入发酵叶。用于茶叶的翻炒。

5. 焙笼

烘干的茶叶经筛分拣去粗大叶片、粗老茶梗后，再置于焙笼上，再用松柴烘焙。焙笼由毛竹片、竹篾制成。上下两段高度不等，视焙茶需要可上下倒置用。

◆白茶制作工具

白茶传统制作技艺融合当地数千年历史文化、自然地理、民俗风情，具有自然、科学、优质的特点，且传承久远，又处于革新创制的过程。其制作工具主要包括采摘工具、加工工具、萎凋工具、烘焙工具。

1. 采摘工具

一般使用带格栅的竹篮、竹筐，需通气良好。

2. 萎凋工具

萎凋是白茶传统制作的主要工序，也是形成白茶品质最关键的环节。白茶初制过程中应根据不同的气候条件采取不同的萎凋方法，才可制得品质优良的白茶。

水筛：水筛为竹制，圆形，直径1米左右，边高2.5厘米左右，0.1米范围内有6–7个筛眼。

萎凋帘：萎凋帘由竹篾编成，长2.5米，宽0.8米，每个萎凋帘可放茶青1.8–2千克。

晾青架：竹木构造，骨架木制，横档为竹竿，高2米左右，宽1米左右，分5层，每架可放置约15面水筛。

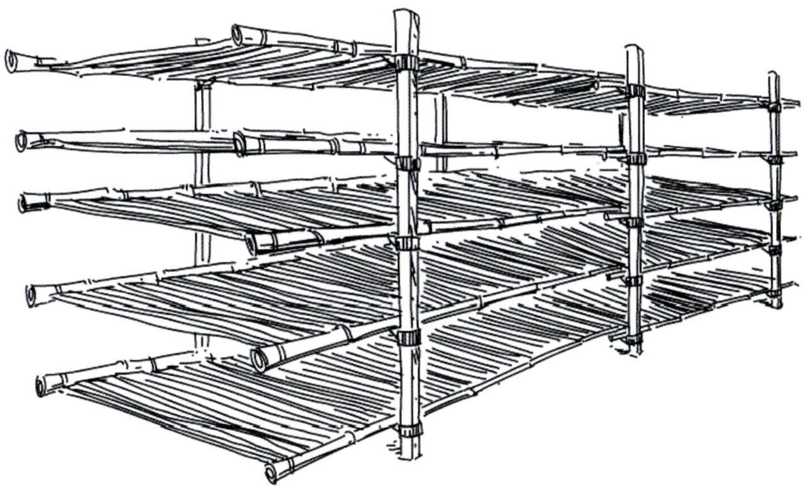

3. 烘焙工具

焙间内沿墙边砌 20–30 个焙窟，砖、泥均可。焙窟规格为直径 54 厘米，两焙窟间距 26 厘米左右。

焙间焙具有焙笼、焙筛、焙篦、软篓、茶筑、谷斗、木四角架、焙铲、焙刀、灰刀、灰瓢、火钳等，不论过去还是现在，只要采用炭焙，就必须用到这些工具。

齐白石《煮茶图》

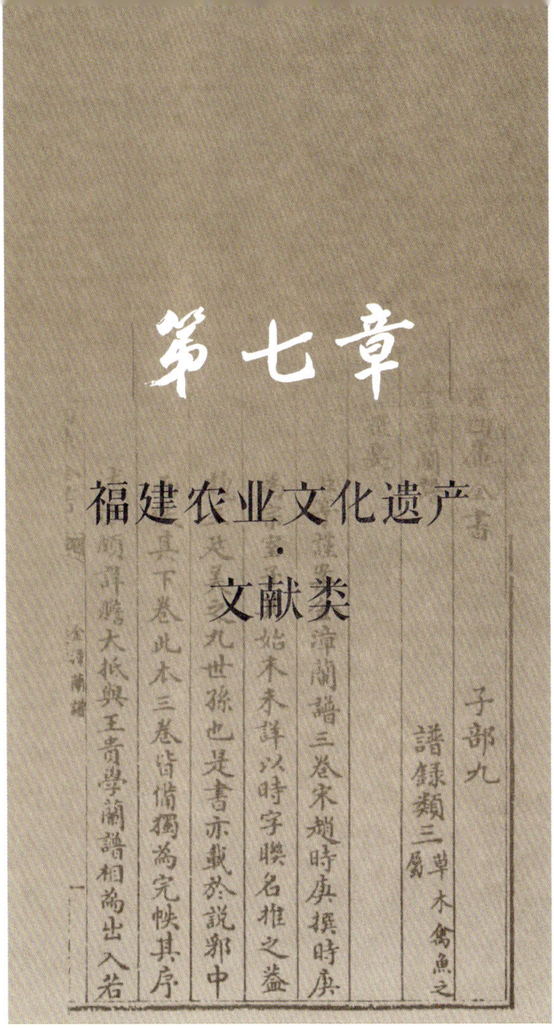

第七章

福建农业文化遗产·文献类

福建地处东南沿海，历史上一直是中国海洋贸易活动最活跃的区域。在海洋贸易的刺激下，东南地区商品经济日趋繁盛，使得福建地区的农业生产呈现出从自然经济到商品经济、从自给自足到专业分工、从主要生产具有使用价值的商品转为生产具有交换价值的商品等特色。

这一特点也反映在福建文献类农业文化遗产之中。本章共收录林业文献 9 种、花果文献 13 种、水产文献 7 种、其他文献 6 种，共计 35 种。从文献类型的分布中，不难看出福建在传统农业门类上贡献不多，而以茶叶、荔枝等经济作物和渔业水产最具特点。另一方面，《金薯传习录》等书的出现，凸显了福建历史上长期与海外进行贸易活动和物产交流的地区文化特色。

第一节 林业文献

◆（宋）蔡襄《茶录》

蔡襄（1012-1067），字君谟，宋兴化军仙游（今福建莆田）人。天圣九年（1031）进士，庆历三年（1043）知谏院，襄助庆历新政。尝知福、泉、杭三州，累官至端明殿学士，卒谥忠惠。著有《茶录》《荔枝谱》《蔡忠惠集》（即《端明集》）等。

《茶录》作于宋皇祐年间（1049-1053），是我国重要的茶学专著。全书一卷两篇，上篇论茶，下篇论茶器，以总结古代品茶、制茶器为主。流传至今的主要版本有“端明集”本、“四库全书”本、“丛书集成”本、“百川学海”本、“说郛”本、“五朝小说”本、“格致丛书”本、“古今图书集成”本、“茶书全集”本等。

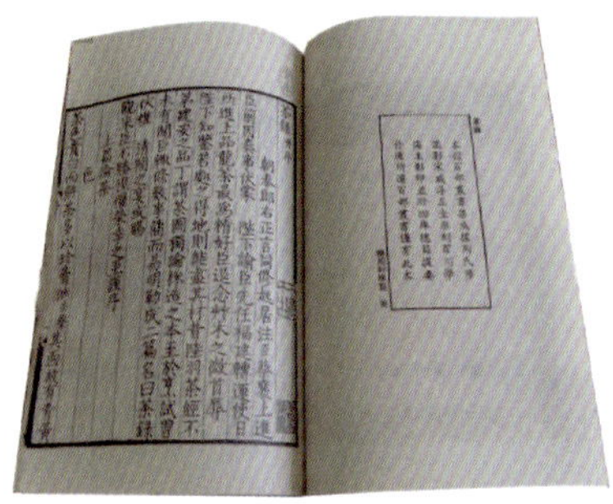

《茶录》上篇主要论述茶色、茶香、茶味、藏茶、炙茶、碾茶、罗茶、候汤、火胁盏和点茶，下篇主要论述茶焙、茶笼、砧椎、茶钤、茶碾、茶罗、茶盏、茶匙和汤罐。蔡襄是宋代辨味品尝茶叶的专家，他品茶丰富的经验、独特的见解，使《茶录》这一著作堪称“稀世奇珍，永垂不朽”。《茶录》不但对福建茶业的发展起了很大的促进作用，而且对日本具有美学艺术的“茶道”和世界茶业的发展也产生了极大的影响。

❖（宋）宋子安《东溪试茶录》

宋子安（一说朱子安），宋人，生平不详，疑为建州（今福建建瓯）人。

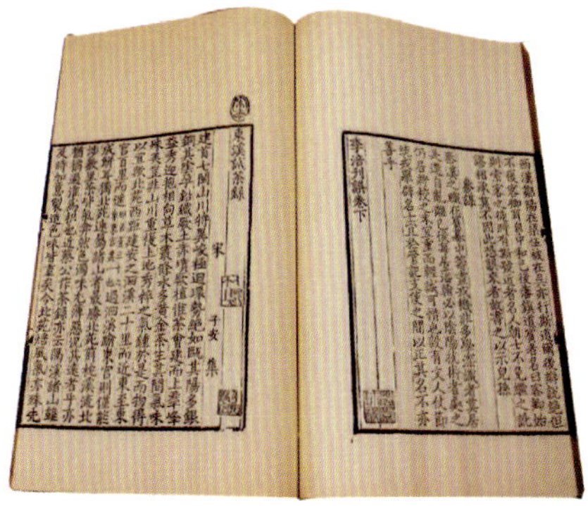

《东溪试茶录》一卷八篇，“集拾丁蔡之遗”，“丁”为《北苑茶录》的作者丁谓，“蔡”为《茶录》的作者蔡襄。本书论述了建茶主要产地之一东溪（在今建瓯）所产的茶，分为总叙焙名、北苑、壑源、佛岭、沙溪、茶名、采茶、茶病8篇。前5篇详尽叙述了几个茶园的位置与特点，分析了各地自然条件的不同对茶叶品质造成的影响。“茶名”篇指出白叶茶、柑叶茶、细味茶、稽茶、早茶、晚茶、丛茶7种茶的区别，“采茶”篇记录了采茶的时间和方法，“茶病”篇记述了茶叶生产中的问题。

主要版本有“百川学海”本、“茶书全集”本、“说郛”本、“五朝小说”本、“读画斋丛书”本、“茶书全集”本等。

❖（宋）黄儒《品茶要录》

黄儒，字道辅，生卒年不详，宋建安（今福建建瓯）人，北苑茶学的代表人物。

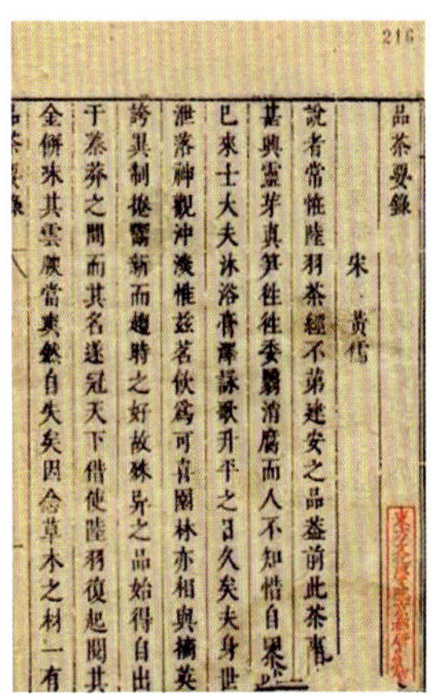

《品茶要录》一卷十篇，是茶叶品质鉴别的专门论著，讨论了茶叶生产和销售中的十大问题，即采造过时、白合盗叶（掺杂芽以外的叶片）、入杂（掺杂其他产区的茶叶）、蒸不熟、过熟、焦釜、压黄、渍膏、伤焙、辨壑源沙溪（地理条件的优劣）。

主要版本有“说郛”本、“夷门广牍”本、“五朝小说”本、

"茶书全集"本等。

(宋)熊蕃《宣和北苑贡茶录》

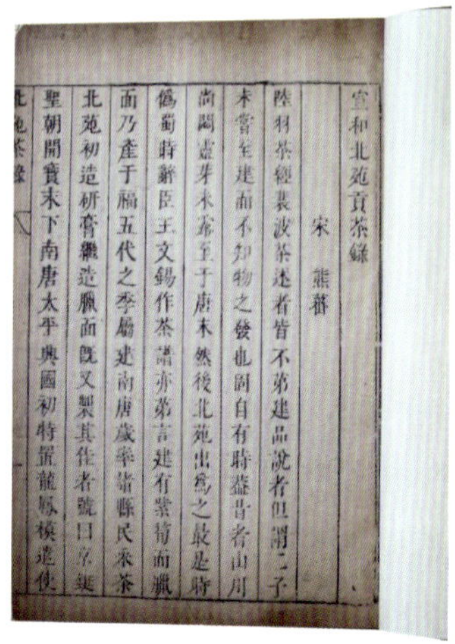

宣和北苑貢茶錄

宋 熊蕃

陸羽茶經裴汶茶述者皆不第建品說者但謂二子未嘗至建而不知物之發也固自有時蓋昔者山川尚閟靈芽未露至于唐末然後北苑出為之最是時偽蜀時詞臣毛文錫作茶譜亦第言建有紫筍而臘面乃産于福五代之季屬建南唐歲率諸縣民采茶北苑初造研膏繼造臘面既又製其佳者號曰京鋌聖朝開寶末下南唐太平興國初特置龍鳳模遣使

北苑茶錄

熊蕃，字叔茂，生卒年不详，宋建阳(今属福建)人，《武夷山志》卷七"贤寓"提到他"尝著茶录品别高下，最为精当，又有制茶十韵，传诵于世"。全书初刊于宋孝宗淳熙九年(1182)，其子熊克于宋高宗绍兴二十八年(1158)摄事北苑，加注并补入贡茶图制38帧，附以熊蕃撰《御苑采茶歌》十首。

此书详细记载了宋初至宣和时期(1119-1125)建茶的采摘、焙制以及进贡的形制，对宣和年间北苑所造茶一一记载了制造时间和品名，所录北苑贡茶茶模图案和大小尺寸是目前可以考证当时贡茶形制的唯一史料。

主要版本有"说郛"本、"五朝小说"本、"读画斋丛书"本、"茶书全集"本等。

(宋)赵汝砺《北苑别录》

北苑別錄

宋 趙汝礪 撰

建安之東三十里有山曰鳳凰其下直北苑旁聯諸焙厥土赤壤厥茶惟上上太平興國中初為御焙歲模龍鳳以羞貢篚益表珍異慶歷中漕臺益重其事品數日增制度日精厥今茶自北苑上者獨冠天下非人間所可得也方其春蟲震蟄千夫雷動一時之盛誠為偉觀故建人謂至建安而不詣北苑與不至者同僕因攝事

赵汝砺，宋宗室汉东侯宗楷曾孙，生卒年不详，约为南宋孝宗(1162-1189)时人，系熊蕃门生。本书为其任福建转运使主掌账司时所作。

《北苑别录》一卷，为补充熊蕃《宣和北苑贡茶录》所作，分为御园、开焙、采茶、拣茶、蒸茶、榨茶、研茶、造茶、过黄、纲次、细色五纲、粗色七纲、开畲、外焙等篇。本书对于茶的加工技术叙述得很详细，较熊蕃之书更有新意，是研究建茶和贡茶的重要参考资料。

主要版本有“说郛”本、“五朝小说”本、“读画斋丛书”本、“茶书全集”本、“丛书集成”本等。

❖（明）喻政《茶书》

喻政，字正之，号鼓山主人，江西南昌人，万历二十三年（1595）进士，曾任南京兵部郎中，后出知福州府事，并擢升巡道，在福州为官达十年之久。

《茶书》又名《茶书全集》，是我国最早的一本茶书汇编，系喻政知福州时，由当地名士徐𤊹协助收集、编校，成书时间在万历四十一年（1613）。书中分为元亨利贞四部，收录茶书27种，包括《茶经》《茶录》《东溪试茶录》等历代经典著作，另有喻政本人所编茶书两种(《茶集》《烹茶图集》)收录于贞部。

❖（明）余怀《茶史补》

余怀(1616-1696)，字澹心，明末清初莆田人，侨居江宁(今南京）。终生未仕，学识渊博，多才多艺，尤擅诗文，与杜浚、白梦鼎齐名，时称“余、杜、白”。著有《板桥杂记》《东山谈苑》《味外轩稿》等书。

余怀对茶事极有兴趣，原撰《茶苑》一书，不慎书稿被窃，后见刘源长撰有《茶史》，病其疏略，又撰了《茶史补》。全书二千余字，多杂引古书，不出已见。

本书原附刻于刘源长《茶史》后，后收入“昭代丛书”，并增附“沙苑侯传”及“茶赞”两篇。

❖（清）陆廷灿《续茶经》

陆廷灿（约1678-1743），字秩昭（又作扶照），清江苏嘉定（今上海市嘉定区）人，自称为陆羽之后。著有《艺菊志》《南村随笔》等书。

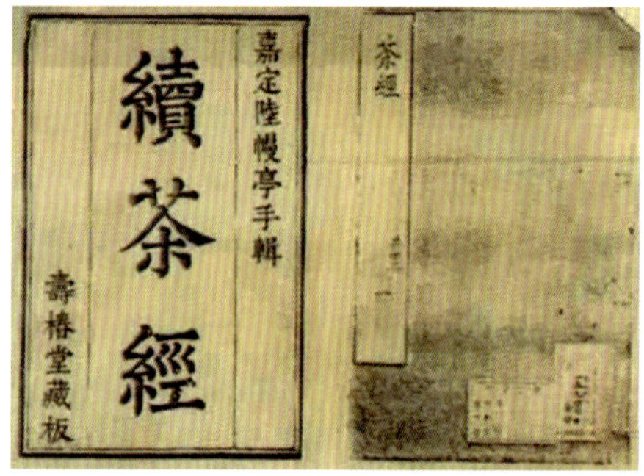

《续茶经》三卷十篇加附录一卷，为补续陆羽《茶经》而作，结构也仿照《茶经》分为茶之源、茶之具、茶之造、茶之器、茶之煮、茶之饮、茶之事、茶之出、茶之略、茶之图，附录一卷记载历代茶法。

本书虽然名为“续茶经”，实际上对唐至清代茶业生产和茶文化的发展进行了系统性的总结和汇编，其中保存了武夷岩茶手工制法等大量的稀见史料，具有较高的学术价值。本书在广泛辑录前人著作之余，更记录了作者任福建崇安知县时关于武夷山茶业的见闻，内容丰富详实。

本书原附刻于陆羽《茶经》后，后有“寿椿堂”本。

◆（民国）财政部贸易委员会《闽东闽北红茶产制指南》

本书总结了民国时期闽茶在茶园管理、茶叶生产加工上的缺点，并一一提出对策，第七节特别提出对本年度茶农茶商的期望。仅有初印版。据序言所述，尚有《茶叶干部人员丛刊》《茶农指导丛刊》两种，惜目前暂未见到。

第二节 花果文献

◆（宋）蔡襄《荔枝谱》

《荔枝谱》一卷七篇，第一篇简述荔枝历史，第二、第三篇记录兴化和福州种植荔枝的情况，第四篇载荔枝功效，第五篇载荔枝种植和养护，第六篇载荔枝加工，第七篇载荔枝品种

32 种。谱中原有附图，明代犹存，清代已佚。

《荔枝谱》是我国现存最早的“荔枝谱”，也是世界上最早的一部果艺栽培学专著，全面而系统地记载闽中荔枝栽培和购销状况，在历代“荔枝谱”中影响最大。

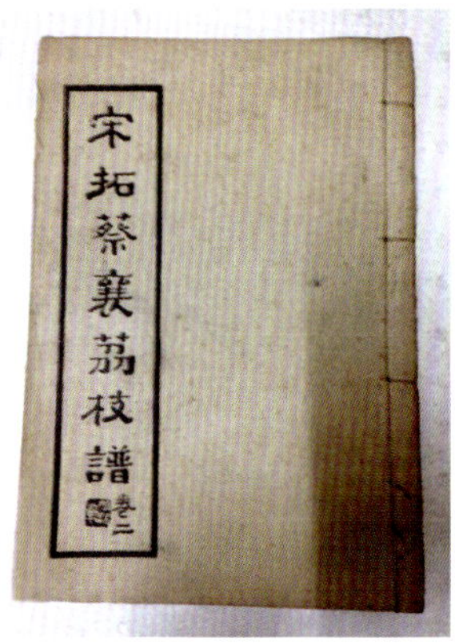

原本收录于作者《端明集》中，主要版本有“百川学海”本、“说郛”本、“山居杂志”本、“艺圃搜奇”本、“古今说部丛书”本、“古今图书集成”本、“植物名实图考长编”本等。

◆（宋）赵时庚《金漳兰谱》

赵时庚，号澹斋，宋宗室，生卒年不详，《四库全书》推测其为宋代魏王赵延美九世子孙，其父大夫朝议郎辞官后回归龙江（今福建漳州）故里种兰。

《金漳兰谱》共三卷，自序题于绍定六年（1233），记载了作者根据30年养兰经验所得出的兰花栽培要领。上卷三篇“叙兰容质”“品兰高下”“天地爱养”，以紫花和白花为分类，详细介绍了兰蕙的形态特征及品种高下，并分析了兰花生长所需的环境条件；中卷二篇“坚性封植”“灌溉得宜”，“坚性封植”篇为分兰之法，“灌溉得宜”篇为用水用肥的讲究；下卷“奥法”，记载了兰花种植中的注意事项，有一种说法称该卷散佚，为他人所补。

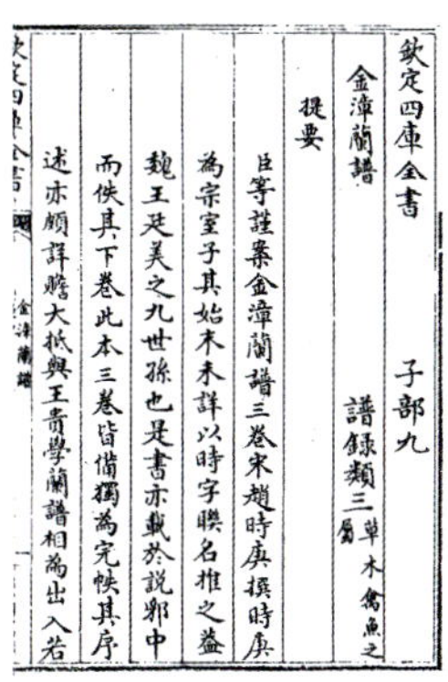
欽定四庫全書 子部九
金漳蘭譜 譜録類三 草木禽魚之屬
提要
臣等謹案金漳蘭譜三卷宋趙時庚撰時庚
為宗室子其始末未詳以時字聯名推之蓋
魏王廷美之九世孫也是書亦載於説郛中
而佚其下卷此本三卷皆備獨為完帙其序
述亦頗詳贍大抵與王貴學蘭譜相為出入若

《金漳兰谱》是我国现存最早的兰科专著。本书首次将兰花进行分色，并确定了兰花欣赏的基本标准，对后世同类著作影响甚大。

主要版本有“说郛”本、“群芳清玩”本、“香艳丛书”本、“四库全书”本、“百川学海”本、“笔余丛录”本等。

❖（宋）王贵学《王氏兰谱》

王贵学，字进叔，宋龙江（今福建漳州）人，生平不详。

《王氏兰谱》共四篇，成书于宋淳祐七年（1247），分为“品第之等”“灌溉之候”“分拆之法”“泥沙之宜”，并列出紫兰与白兰两类共40种。部分版本在上述四篇之外另分出“爱养之地”“兰品之产”两个篇名，但“兰品之产”篇所记兰花品种如今大量散佚。明王世贞盛赞称“兰谱中惟王进叔本最善”。书中多处提及栽培品种来源的野生种分布。

主要版本有“百川学海”本、“山居小玩”本、“笔余丛录”本、“说郛”本、“香艳丛书”本、“群芳清玩”本等。

❖（明）徐㶿《荔枝谱》

徐㶿（1563–1639），字惟起，明闽县（今福州）人，著名藏书家。万历年间与曹学佺主闽中诗坛，著述甚丰，有《鳌峰诗集》《红雨楼纂》《笔精》《榕阴新检》等，并参与了《雪峰志》《鼓山志》《武夷志》《榕城三山志》等地方志的编修工作。

《荔枝谱》七卷本序题于明万历二十五年（1597），卷一记福建福州、兴化、泉州、漳州四地的荔枝品种共94种，卷二介绍荔枝的种植、贮藏、加工和食用的方法；卷三收集荔枝的典故；卷四、五、六收集有关荔枝的诗文；卷七收录作者的荔枝诗。本书是自古记述荔枝最详细的一种，为研究荔枝史的重要参考资料。

除了屠本畯和邓庆寀分别编写的《闽中荔枝通谱》全文收录之外，其他主要版本如“说郛续”本、“古今图书集成”本等均仅收录徐㶿著《荔枝谱》前二卷关于荔枝品种和种植的部分。

❖（明）屠本畯《闽中荔枝通谱》

屠本畯，字田叔，生卒年不详，明鄞县（今浙江宁波）人。以门荫入仕，历太常典簿、辰州知府，官至福建盐运司同知。

著有《闽中海错疏》《太常典录》《田叔诗草》等。

《闽中荔枝通谱》为屠本畯任闽司农府丞时所刻，收录蔡襄、徐𤒹二谱（《荔枝谱》），刊刻于明万历二十五年（1597）。据天野元之助《中国古农书考》记载，全书有四卷和六卷两种刻本。

◆（明）宋珏《荔枝谱》

宋珏（1576-1632），字比玉，明莆田人，流寓金陵（今江苏南京）。精八分书，善篆刻，为莆田派创始者，亦善画能诗。喜荔成癖，自号"荔枝仙"，著有《荔枝谱》《闽小记》《渔洋诗话》等。

《荔枝谱》一卷八篇，成书于1602年，分别为福业、荔社、术蔡、牒宋、荔酒、纪异、荔奴、杂纪，以荔枝食法和习俗的随笔故事为主。其中"牒宋第四"记载了荔枝名种宋家香，"荔酒第五"记载了荔枝酒的生产工艺，"荔奴第七"记载了龙眼的资料。宋珏的《荔枝谱》是研究莆田荔枝文化的珍贵资料。

主要版本有邓庆寀"闽中荔枝通谱"本、"说郛续"本、"古今图书集成"本、"植物名实图考长编"本等。

◆（明）曹蕃《荔枝谱》

曹蕃，字介人，明松江府华亭（今上海市松江区）人。

《荔枝谱》一篇，序题于明万历三十六年（1612）。作者为了品评荔枝品质的高低，特地到福州和兴化住了两个多月。此谱记录当地荔枝品种26种，均为其亲自品尝，内容颇为详实。以福州、兴化两地品种为主，另录有泉州、漳州品种8种。

主要版本有邓庆寀"闽中荔枝通谱"本、"说郛续"本、"古今图书集成"本等。

◆（明）邓庆宷《闽中荔枝通谱》

邓庆宷，字道协，明福州人，天启年间国子生，著有《还山草》等。

《闽中荔枝通谱》共十六卷，序题于明崇祯元年（1628），辑蔡襄《荔枝谱》一卷、徐𤊹《荔枝谱》七卷、邓庆宷自著《荔枝谱》六卷、宋珏《荔枝谱》一卷、曹蕃《荔枝谱》一卷。除吴载鳌的《记荔枝》之外，本书辑录了明代及之前关于荔枝的主要著作。

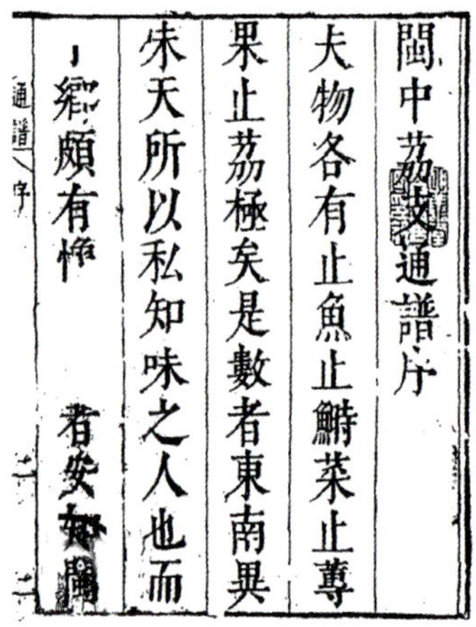

閩中荔支通譜序

夫物各有止魚止鰣菜止蓴

果止荔極矣是數者東南異

味天所以私知味之人也而

鄉頗有悖 者安知

自著部分卷一为杂论，卷二辑录有关荔枝的资料，卷三辑录以荔枝为内容的文章，卷四、五、六收集宋代到明朝的咏荔诗词。

另外，作者自撰部分第一卷七篇以邓道协《荔枝谱》为名，收录于《说郛续》《古今图书集成》《植物名实图考长编》等。

◆（明）吴载鳌《记荔枝》

吴载鳌，字大车，明温陵（今福建泉州）人，与邓庆宷约为同时。

《记荔枝》一卷七篇，成书于明崇祯元年（1628），是其他荔枝谱的补充。书中所记以福建荔枝为主，也提及广东一带的品种。

主要版本有“说郛续”本、“古今图书集成”本、“植物名实图考长编”本等。

◆（清）林嗣环《荔枝话》

林嗣环，字铁崖，清福建晋江人。明崇祯十五年（1642）

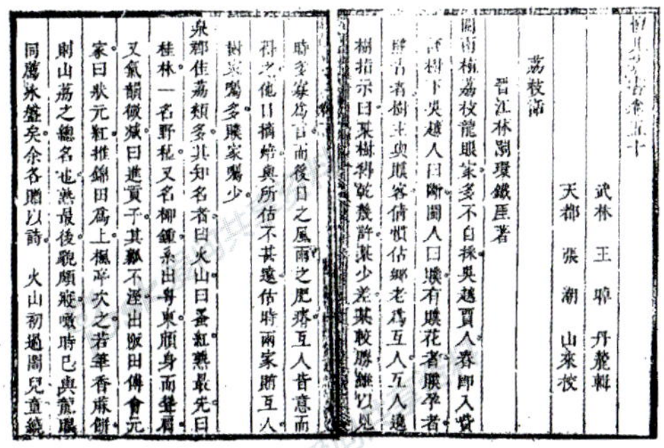
檀几叢書卷五十
武林 王晫 丹麓輯
天都 張潮 山來校
荔枝話
晉江林嵋環鐵厓著
閩南植荔枝龍眼家多不自採與越賈人春即入貲
評樹下與越人曰斷圍人曰壞有壞花者壞孕者
壞青者樹主與賈客倩慣估鄉老爲互人互人遶
樹指示曰某樹將幾許某少差某枝勝雖以見
時多寡爲言而後曰之風雨之肥瘠互人皆意而
得之他日摘焙與所估不甚遠估時兩家賄互人
樹家獨多賈家獨少
泉郡佳荔頗多其知名者曰火山曰蚤紅熟最先曰
桂林一名野秾又名柳鍾系出粤東顆身而聳肩
又氣韻微減曰進貢子其鄰不逕出販田傳會元
家曰狀元紅推錦田爲上楓亭次之若筆香麻餅
則山荔之總名也熟最後顆顆凝嚼時已與龍眼
同薦氷盤矣余各贈以詩 火山初過閭兒童鐵

举人，清顺治六年（1649）进士，官至广东提刑按察司副使、分巡雷琼道兼理学政、山西左参政道。著有《铁崖文集》《海渔编》《岭南纪略》《湖舫集》《口技》等。

《荔枝话》一篇，成文约在17世纪50年代，文中述及荔枝的品种、虫害、销售等，特别是对荔枝生产习俗如请互人（中间人）估产、“唱荔枝”等的记载，不仅有一定的艺术价值，在农业经济方面也具有较高的科学价值和史料价值。

主要版本有“檀几丛书”本、“说部新书”本等。

◆（清）陈定国《荔谱》

陈定国，字紫岩，清长乐六都（今属福建福州）人。

《荔谱》一卷，成书于清康熙二十二年（1683），包括六辨（辨种、辨名、辨地、辨时、辨核、辨运）、附录六条、诗一首。本书专述福建长乐特产“胜画”种荔枝的形态、特性、成熟期等，系我国第一部记录特种荔枝专书。

主要版本有“昭代丛书”本。

◆（清）朴静子《茶花谱》

作者生平不可考。

《茶花谱》三卷，自序题于清康熙五十八年（1719），作于作者于漳州任职期间。书中认为闽南的茶花最多，但是日本洋种最为有名。上卷记载茶花品种43种，中卷为插画、诗词，下卷记载茶花的种植方法。

仅有初刻本。

◆（当代）郑丽生《西禅寺荔枝谱》

郑丽生（1912–1998），福建福州人，地方文史专家。著有《林则徐诗集校笺》《闽人自号录》《诗钟史话》《鼓山摩崖石刻录》《玉兰庵诗抄》《福州风土诗》等。

《西禅寺荔枝谱》四卷，民国三十七年（1948）初版，1963年增订，专门介绍福州西禅寺所产荔枝，分为征献、品目、集藻、摭谈。第一卷辑录地方志书和文人笔记中对西禅寺（长庆寺）和寺中荔枝的描述；第二卷考证了西禅寺所种荔枝的品种；第三卷辑录相关诗文；第四卷结合现实中西禅寺荔枝的特点，对一些文献进行了分析、考据和点评。

本书是一本地方性荔枝专著，以文献辑录为主，辅以作者的考据，趣味横生。

第三节　水产文献

◆（明）屠本畯《闽中海错疏》《海味索隐》

《闽中海错疏》三卷，自序题于明万历二十四年（1596），系作者入闽任职后，应当时在京任太常少卿余寅要求所写。此外，自己身为盐务官员并熟悉海物，《闽中海错疏》的写作也是分内的事。全书分为鳞部二卷共167种、介部一卷共90种、附录2种（海粉、燕窝）。徐𤊹写过补志，补充部分均注有“补疏”二字。

《闽中海错疏》记载了福建沿海各种水产动植物的形态、生活环境、生活习性和分布地。作者不停留于对古籍资料的辑录，而是通过亲自调查以获取正确的资讯，记载非常细致。另外，作者根据生物学特性对水产进行了分类，发展出了自己的生物分类体系。《四库提要》评此书称“辨别各类，一览了然，有益于多识，考地产者所不废”，在今天仍有较高的实用参考价值。

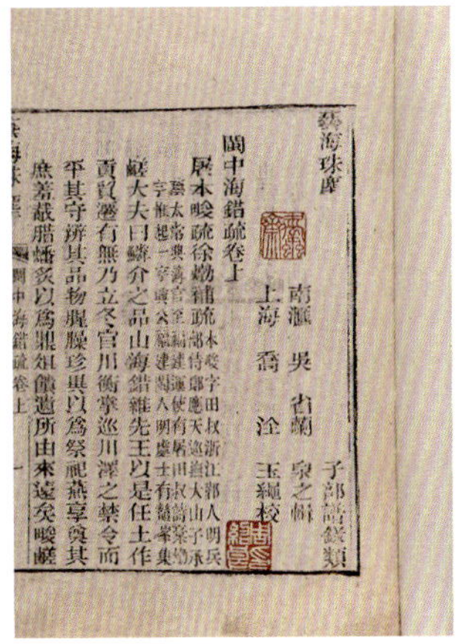
藝海珠塵　子部譜錄類

閩中海錯疏卷上　南滙吳省蘭泉之輯

屠本畯疏　徐𤋮補疏　上海喬 湰 玉繩校

鱗大夫曰鱗介之品山海錯雜先王以是任土作貢貿遷有無乃立冬官川衡掌巡川澤之禁令而平其守辨其品物腥臊珍異以爲祭祀燕享與其庶羞蔵腊膰炙以爲鼎俎饋遺所由來遠矣畯

藝海珠塵　閩中海錯疏卷上　一

主要版本有“艺海珠尘”本、“学津讨源”本、“明辨斋丛书”本、“农学丛书”本、“丛书集成”本、“国学基本丛书”本等。

屠本畯另著《海味索隐》，根据编写《闽中海错疏》时所积累的知识，对张九峻的《食海味随笔十六品》加以校订。书中列出 16 品，分别为蚶子颂、江瑶柱赞、子蟹解、蛎房赞、淡菜铭、土铁歌、蟳颂、蛤有多种、黄蛤赞、鲎笺、团鱼说、醉蟹赞、鳇鱼鲞鱼铭、青鲫歌、蛏赞、鲻鱼颂。本书有“说郛续”本、“广快书”本。

❖（明）郑洪图《蛎蛹考》（《竹屿业蛎考》）

郑洪图，字玉沙，明福宁南乡竹屿（今福建霞浦竹江）人，为竹江郑氏第九世祖，明嘉靖十年（1531）福宁举人，授都昌县（今属江西省九江市）知县。

《蛎蛹考》（一名《竹屿业蛎考》）记录了霞浦县沙江镇竹江（竹屿）村先民发明插竹养蛎的过程，是我国古代最早的一篇较为详细记载人工养殖牡蛎的渔业专文。文中对插竹养蛎的发展历程和竹蛎名字由来，及潮水、气候、场地对养殖牡蛎产量的影响均作了详细的描述。

收录于民国十八年（1929）版《霞浦县志》卷十八“实业志”。

❖（清）《官井洋讨鱼秘诀》（作者不详）

本书作者以及写作年代无考，抄录于清乾隆八年（1743）。

《官井洋讨鱼秘诀》以福建霞浦当地方言写成，到海里捕鱼在当地方言中即是“讨鱼”。本书详细介绍了官井洋内暗礁位置、黄瓜鱼群早晚随着潮汐进退的动向以及寻找黄瓜鱼群的秘诀，极为详细，是当地渔民的实用经验。本书是对福建清代民间海洋生产文化最直接、最具体的记录，具有极高的史料和文化价值。

◆（清）郭柏苍《海错百一录》

郭柏苍（1815–1890），字蒹秋，清侯官（今福建福州）人，藏书家、水利学家。清道光二十年（1840）举人，官至内阁中书及主事。所著除《海错百一录》之外，尚有《闽产录异》《乌石山志》《竹间十日话》《全闽明诗传》等。

《海错百一录》共五卷，成书于清光绪十二年（1886）。第一卷二篇，记渔、记鱼，其中“记渔”篇记载了渔业生产中的工具和用语。第二卷一篇，记鱼；第三卷二篇，记介、记壳石；第四卷三篇，记虫、记盐、记海菜；第五卷三篇附记，记海鸟、记海兽、记海草。

本书是一部相当全面的福建海产记录，书中所记“皆以闽语为目而释之”，使得物品和生活语言得以一一对应，极具研究价值。

主要版本有初刻本、“侯官郭氏家集”本。

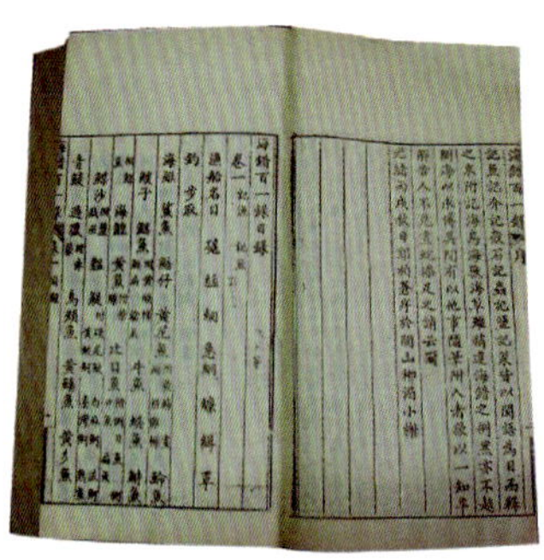

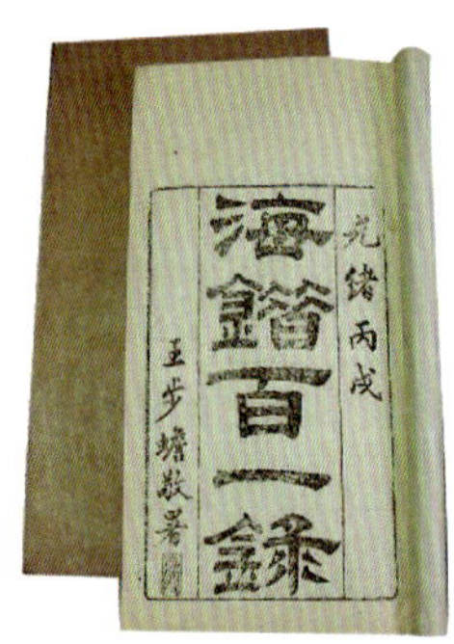

◆（清）张彦俦《官井捕鱼说》（《捕马鲛说》）

张彦俦，号曲楼，福建霞浦竹江人，清光绪二十三年（1897）

拔贡。

《官井捕鱼说》（一名《捕马鲛说》）记载了官井洋大型捕鱼活动，从事前生产工具的准备、人员的分配、祭祀仪式到事后的渔获交易、庆祝活动，过程完整、描写细致。

收录于民国十八年（1929）版《霞浦县志》卷十八“实业志”。

◆（清）张彦俦《种蛤割蛤考》

《种蛤割蛤考》详细记录了清季竹江村海蛤生产的情形，包括生产过程中出现的纠纷及其解决、使用的生产工具及种蛤、割蛤的全过程。

收录于民国十八年（1929）版《霞浦县志》卷十八“实业志”。

第四节 其他文献

◆（明）何乔远《闽书南产志》

何乔远（1558—1631），字稺孝，明福建晋江人。万历朝进士，崇祯间累官至工部右侍郎。

《闽书南产志》为何乔远编纂的《闽书》（福建省现存最早、最完整的省级通志）中抽出第一五〇和一五一卷单独刊行的版本，分上下二卷，记述福建地区从谷物到鱼类的各种物产。

主要版本有日本尚友堂抄本、阪府林前川善兵卫刊本、浪华杨芳堂本、辛夷馆刊本、圣华房重印本等。

◆（明）陈正学《灌园草木识》

陈正学，字贞铉，明东冶（今福建福州）人，长居漳州，生平不详。

《灌园草木识》六卷，序题于明崇祯七年（1634），记述作者亲自从事园艺20余年的经验，分别为花之属130余种、果之属48种、木竹之属25种、药之属36种、蔬之属25种、杂著（疏、说、序、诗）。书中记叙了植物在产地和种植地之间发生变异的现象和改造植物品种的经验，是宝贵的生物学和园艺学历史资料。

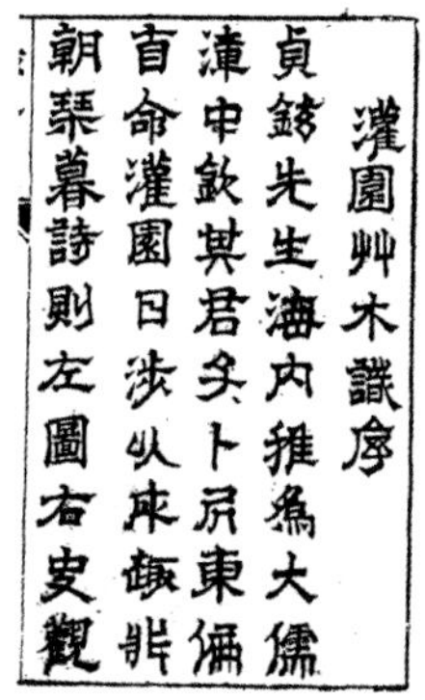

灌園艸木識序

貞銘先生海內推為大儒

漳中欽其君子卜居東偏

言命灌園曰涉以來輒非

朝栞暮詩則左圖右史觀

仅有初刻本。

◆（清）陈世元《金薯传习录》

陈世元，字揭先，清福建长乐人，世居闽县（今福州）。陈世元的六世祖陈振龙于明万历年间从吕宋（今菲律宾）引种番薯到福建，其子孙世代致力于番薯的栽培和推广，逐渐将番薯推广到浙江、山东、河南等省。

《金薯传习录》二卷，序题于清乾隆三十三年（1768），是一本关于番薯宣传推广的文献汇编。上卷收录了各地志书和档案中对番薯的记载，包括福建巡抚金学曾“海外新传”七则、山东布政使李渭“种植红薯法则”十二条、“管见种薯八利”等，载有番薯的栽种、使用、保存、加工方法的招贴，以及作者儿子陈云所作的《金薯论》等推广番薯栽培的文章；下卷收录了有关番薯的歌咏题词。

本书在历史上促进了番薯的栽培和推广，为粮食问题的解决和人口增长作出了贡献，在今天也仍是一部宝贵的农业科学史文献。

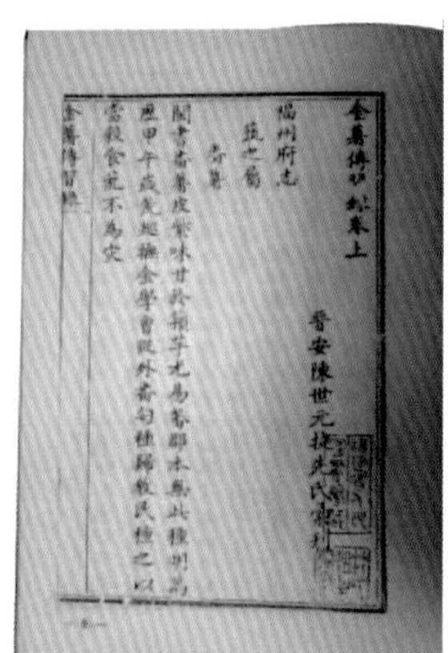

金薯傳習錄卷上

主要版本有福建省图书馆丙申本、南京图书馆嘉庆本、中科院自然科学史所图书馆残本、福建省图书馆乾隆三十八年（1773）残本等。

◆（清）李彦章《江南催耕课稻编》

李彦章（1794-1836），字兰卿，清福建侯官（今福州）人，嘉庆朝进士。

《江南催耕课稻编》共十篇，刻于清道光十四年（1834），为作者在江苏按察使任上为推广早稻、双季稻所编写，主要辑录各种农书、志书及其他有关记载，并附有作者的详细按语。本书总结了水稻生产中的经验，是一部提倡种早稻、推广双季稻生产经验的专著，分为“国朝劝早稻之令”“春耕以顺天时”“早种以因地利”“早稻原始”“早稻之时”“早稻之法”“各省早稻之种”“江南早稻之种”“再熟之稻”“江南再熟之稻”，其中“早稻之法”一篇附载“福建种早晚两熟稻之法”。

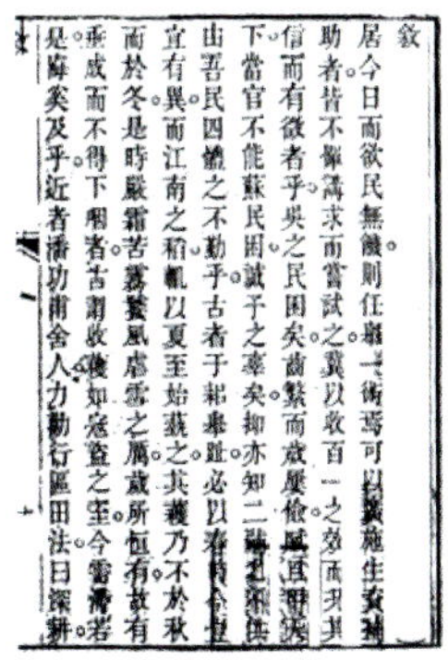

敘

居今日而欲民無饑則任農之術焉可以緩施生者補

助者皆不輟講求而嘗試之冀以收百一之效而求其

信而有徵者乎吳之民困矣歲歉而歲屢儉風俗滋澆

下當官不能蘇民困試予之辜矣抑亦知二麥之利與

由吾民四體之不勤乎古者于耜舉趾必以春今者

宜有異而江南之稻亂以夏至始蒔之其種乃不於秋

而於冬是時嚴霜苦霧驚風虐雪之厲歲所恒有故有

垂成而不得下刈者古謂收穫如寇盜之至今嘗稽若

是晦矣及乎近者潘功甫舍人力勸行區田法曰深耕

主要版本有“榕园全集”本。

◆（清）梁章钜《农候杂占》

梁章钜（1775-1849），字闳中，清福建长乐（今福州）人。清嘉庆七年（1802）进士，官至江苏巡抚。著有《楹联丛话》《归田琐记》《夏小正通释》等书。

《农候杂占》写作时间不详，由作者之子梁恭辰于同治十二年（1873）刊印。此书收录历代古籍中有关月令、农时、气候等方面的资料，按类编排、内容丰富，反映了我国古代在农业气象学方面所取得的成就本。

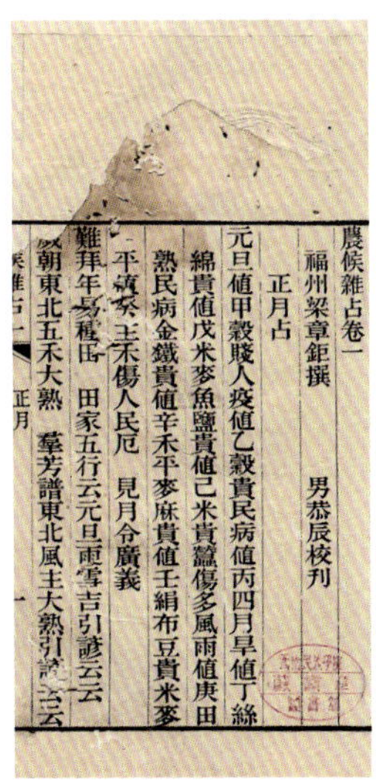

農候雜占卷一

福州梁章鉅撰　　男恭辰校刊

正月占

元旦值甲穀賤人疫值乙穀貴民病值丙四月旱值丁絲

綿貴值戊米麥魚鹽貴值己米貴蠶傷多風雨值庚田

熟民病金鐵貴值辛禾平麥麻貴值壬絹布豆貴米麥

平歲癸主禾傷人民厄　見月令廣義

雞拜年易種田　田家五行云元旦雨雪吉引諺云云

歲朝東北五禾大熟　羣芳譜東北風主大熟引諺云云

農候雜占一　正月　一

主要版本有“二思堂丛书”本。

第七章　福建农业文化遗产·文献类

❖（清）郭柏苍《闽产录异》

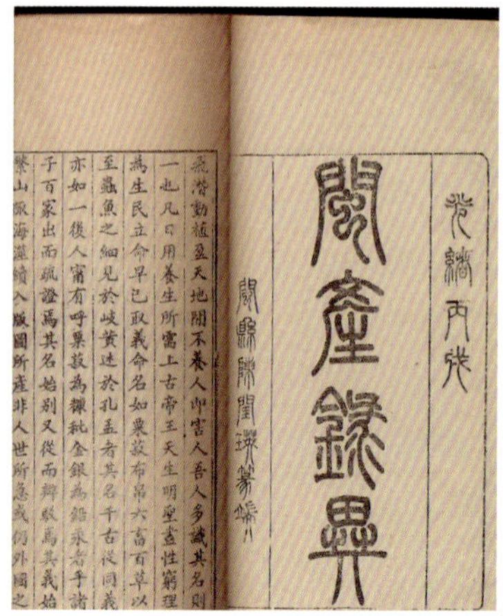

《闽产录异》六卷本，自序题于光绪十二年（1886）。作者在自序中提出，当时的志书“强所产之物与古合，夸多而失之伪”，所以他力求在本书的编写中做到“不臆断、不求文，书成分类，以便探讨”。全书分为谷属、货属、蔬属、果属、药属、木属、竹属、藤属、花属、草属、毛属、羽属、鳞属、虫属，鳞属中已经收入《海错百一录》的不再重复收录。书中记载了福建1400多种物产，其中植物1000多种、动物200多种，并详细说明了物产的产地分布和产销贸易情况。

本书是福建物产百科全书式的著作，书中特别记载了一些生物在当地方言里的名称，考证、解释了与其他物名之间的渊源；以福州方言为主，也部分涵盖福建及全国其他方言，极具地方特色。同时，本书也提供了当时农业生产、农田水利、作物栽培、园艺业、养殖业、林业、牧业等方面的情况，是地方生物学、经济学和农业技术史方面的珍贵史料。

仅有初刻本。

第八章

福建农业文化遗产·特产类

一般而言，特产是指来源于特定区域、品质优异的农林产品或加工产品，特产可以是直接采收的原料，也可以是经特殊工艺加工的制品。但是，特产必须具备两个特点，首先是地域性特点，这是形成特产的一个先决条件；其次是品质，无论是原料还是制品，其品质与同类产品相比，应该是特优的或有特色的。特产的“特”字，还体现在特殊的生长环境、特殊的品种、特殊的种植养殖方式或者加工方式、特殊的人文内涵。

特产是特殊地理人文的重要标志，是承载地域文化的重要形式，是乡愁寻根的重要内容。因此，必须充分发掘利用特产类农业文化遗产，形成富有竞争力的农业产业发展模式。

第一节 农业特产

农业特产主要指依据当地原始地理地貌、土壤墒情、水资源和人文环境等独特的生态环境，有着悠久的生产历史，采用传统生产工艺生产的具有地方特色的农业产品，包括特色农产品和特色农副产品。

福州茉莉花茶

福州茉莉花茶主产于福建省福州市及闽东北地区，它选用优质的烘青绿茶，用茉莉花窨制而成。福州茉莉花茶的外形秀美，毫峰显露，香气浓郁，鲜灵持久；泡饮鲜醇爽口，

福州茉莉花茶

汤色黄绿明亮，叶底匀嫩晶绿，经久耐泡。茉莉花茶是经加工干燥的茶叶与含苞待放的茉莉鲜花混合窨制而成的再加工茶，其色、香、味、形与茶坯的种类、质量及鲜花的品质有密切的关系。大宗茉莉花茶以烘青绿茶为主要原料，统称茉莉烘青，共同的特点是：条形条索紧细匀整，色泽黑褐油润，香气鲜灵持久，滋味鲜爽，汤色明亮，叶底柔软。

灵源万应茶

灵源万应茶是草本植物茶，是晋江灵源禅寺高僧祖传秘方药茶，制作技艺独特，是防病祛病、居家必备良药，对保健药用研究有着相当深远的影响，具有独特的科学研究价值。

灵源万应茶创始人 卢福山

灵源万应茶作为南方药茶百花园里的一朵绚丽奇葩，已传承640多年，历史悠久，并成为国家商务部认定的首批“中华老字号”。其深厚的历史渊源、鲜明的地域文化特征、独特的工艺传承和优越的品质，具有重要的历史文化研究价值。“中医养生（灵源万应茶）”于2008年被列入第二批国家级非物质文化遗产保护名录。

灵源万应茶

漳平水仙茶

漳平水仙茶是漳平茶农创制的传统名茶，是漳平市特产、中国地理标志产品。漳平九鹏溪地区是漳平水仙茶的主产区，其优越的自然环境，成就了漳平水仙茶独特的品质。水仙茶饼更是乌龙茶类中的唯一紧压茶，品质珍奇，风格独一无二，极具浓郁的传统风味；香气清高幽长，滋味醇爽细润，鲜灵活泼，经久藏，耐冲泡，茶色赤黄，细品有水仙花香，有回甘，更有久饮多饮而不伤胃的特点，畅销于闽西各地及广东、厦门一带，并远销东南亚国家和地区。漳平水仙茶多次荣获中国农业博览会、中国农副产品博览会金奖。

漳平水仙茶

◆武平绿茶

武平绿茶产自武平县桃溪镇，是中国历史名茶。优越的原生态自然条件和高超的传统制作工艺成就了武平绿茶“香气高锐，滋味清爽，色绿形美”的品质特征。

武平绿茶

武平绿茶曾是明清时的贡品，常饮此品可陶冶情操、修身养性，堪称优质高雅保健饮品和馈赠亲友之佳品。武平绿茶畅销北京、浙江、上海等地，远销法国、美国等国外市场，已经形成了较为完善的销售网络。

龙岩斜背茶

龙岩斜背茶是汉族茶农创制的名茶，具有300多年的历史，早在20世纪70年代就被列为福建十大名茶之一，是龙岩市新罗区唯一入选《中国茶经》“地产名茶名录”的优质高山精品名茶。斜背茶以产地命名。优质的斜背茶，以其条索灰绿带黄、汤色黄绿、叶底嫩黄绿亮之“三著黄绿”而别具一格。其尤以香气清高而稍带艾香、滋味浓厚回甘犹如新鲜橄榄、生津持久而耐人寻味著称。

龙岩斜背茶

龙岩花生

龙岩传统焙制的盐酥花生，较之各地名产，更具独特风格。其香酥美味，妙不可言。龙岩花生选料严谨，精选名优花生品种，并在污染极小的山区种植。龙岩花生的加工手法也很特殊，采用湿烤等多种方式，让花生又香又有嚼劲，又不上火，让人吃得不肯罢手。品尝者愈嚼愈“热嘴”，闻其味者则必馋涎欲滴。龙岩地区不论男女老少，无不酷嗜此物，许多掉了牙的老人不能咬嚼，也常把它放进小臼捣碎，慢慢品尝，怡然自得。此种花生作为小菜配饭，别有风味；作为下酒之物，更是上乘。其物美又价廉，穷乡僻壤、凉亭小摊皆能买到。

龙岩花生

◆建宁通心白莲

建宁通心白莲

建宁县有“中国白莲之乡”的美称，其种莲历史悠久，远在五代时期就有相关记载。建宁所种的莲为子莲，出产的莲子为建莲（建宁通心白莲）。建莲是经建宁世代莲农人工栽培、精心选育保存下来的优良品种，被誉为“莲中极品”，历代被列入进贡珍品，古称“贡莲”。建莲外观粒大饱满，圆润洁白，色如凝脂，具有补脾、养心、益肾、壮阳、固精等功效，主治脾虚泄泻、多梦遗精、崩漏带下等症。

自古以来，建宁县城西门外出产的莲子是建莲的正宗极品，史称“西门莲”，为历代皇家珍品，在皇家贡品史上占有重要一席。如今，建莲已从御膳珍馐变为国宴佳肴，1984 年美国总统里根访问中国，国宴上的一道甜点就是“冰糖建莲”。

◆蕉城天山绿茶

蕉城天山绿茶历史悠久，多用以制作高档花茶茶坯，属于青绿茶类。它产于闽东地带的天山山脉，地跨屏南、宁德、古田三县（市）交界的屏南黛溪乡。除天湖山外，还有天峰山、仙峰山、大坪山等山脉，都是天山绿茶的原产地。天山茶区依山面海，气候温暖湿润，丘陵山地多，土壤深厚肥沃。茶园多辟于岩上、溪边或山坡谷地。土壤以砂质壤土为主，腐殖物较多，有利于茶树生长。

天山地区产茶源于东晋，盛于唐代，品种花色历经改革，唐朝的“腊面”、元朝产的“茶饼”、明朝采制的“茶芽”，

天山绿茶猴盾茶园 宋经 摄

均为贡品。清朝开始改为蒸青和炒青条形茶。天山绿茶中的茶多酚具有杀伤癌细胞和抑制癌细胞生长的功效。其保健功能在所有茶类中居首位，这是国内及国际医学专家研究的一致结果。

古田银耳

古田银耳是古田县特产、中国国家地理标志产品。古田县是“中国食用菌之都”“银耳之乡”，人工栽培银耳的历史悠久，以盛产银耳和银耳栽培技术先进而声名远播。古田银耳朵型圆整，色泽鲜艳，口感滑嫩，营养丰富。银耳子实体呈纯白至乳白色，一般呈菊花状或鸡冠状，直径 5–10 厘米，柔软洁白，半透明，富有弹性。银耳具有强精、补肾、润肠、益胃、补气、

古田银耳 谢小秋 摄

和血、强心、壮身、补脑、提神、美容、嫩肤、延年益寿之功效；能提高肝脏解毒能力，保护肝脏功能；能增强肌体抗肿瘤的免疫能力，还能增强肿瘤患者对放疗、化疗的耐受力。

古田银耳于2000年被福建省人民政府授予“福建省名牌农产品”称号；2004年6月，国家质监总局正式批准“古田银耳”为地理标志保护产品。到2007年，古田银耳已形成专业化、基地化、周年化的生产格局，成为当地农村的主导产业，成为当地农民脱贫致富奔小康的重要途径。

罗源七镜茶

七镜茶产于罗源县西兰乡七境堂一带，这里重峦叠嶂，云雾经年，气候适中，环境静谧，具有悠久的栽茶、制茶、售茶历史。茶是罗源人敬客、聚会、婚庆和治病药用的重要物品。

七境茶以其香高、味爽、色翠、耐泡、回甘隽永，历来为嗜饮者称道，一直饮誉京津，并被载入《中国茶经》。

从宋朝末年太尉宋滨迁罗源西兰隐居，劝周围七境乡民种茶至今，已有700多年，七镜茶品质驰名，饮誉不衰，在福建茶业的发展史上留下浓重的一笔。随着茶业的发展、技术的进步及人们饮茶习惯的变迁，七境茶工艺技术不断发展，现在七境茶区红茶、绿茶、乌龙茶均有生产。制作七境茶的茶树品种

罗源畲山春早 林桂生 摄

为罗源本地菜茶，其多为中芽种，芽壮节间短，叶面隆起，叶厚、质脆；梅占、黄旦、金观音等也是适制七境茶的茶树品种。新中国成立后，茶叶科技人员在传承手工制作工艺技术的基础上，通过创新工艺，跳出手工制茶的局限，大力推广了机械化制茶，使七境茶产量成倍增长，不仅保留了原来的特色，而且在品质上有了较大提升，形成了今日闻名遐迩的福建省茶类精品——“七境茶”。

罗源七镜茶

永泰绿茶

永泰具有悠久的产茶历史，早在唐代就有生产佳茗的记载。其中尤以距今有800年以上历史的“姬岩茶”和300年历史的“藤山茶”为著。永泰茶叶生产历经几度兴衰，逐步孕育出颇具口碑的“永泰绿茶”。

长乐番薯

福州长乐区种植和食用番薯的历史悠久，当地农民采用小畦高垄、中耕提蔓、施夹边肥等当地传统的栽培模式，形成了独特的品种特性和产品特征。长乐番薯茎蔓较长，属长蔓型；茎中上部均为绿色，基部稍带绿色；顶蔓茸毛密生，基部茸毛稀少。叶为浅复缺刻的心脏形，叶脉淡紫色，叶基紫红色，柄基紫色有浅状沟，叶绿色。结薯较早，单株结薯个数少，一般1-2个，呈纺锤形，大小均匀，光滑

长乐番薯

美观，商品薯率高；肉质细腻，纤维少，口感面、香、甜，堪称薯中上品。

罗源秀珍菇

罗源秀珍菇是人工栽培的食用菌家庭中的新成员，属于侧耳类，是在罗氏大戟的菇木上发现的野生种，1996年才由科研单位驯化成功，1997年在罗源试种，始有少量产品面市，深受消费者的青睐。秀珍菇是菇中极品，具有朵细质白，肉嫩味美，口感香醇、甘甜，食用可口的特点，有很高的营养价值，无化肥、农药等污染，是真正的健康食品。秀珍菇具有以下特点：其一，具有甜香的海鲜味，令人感到愉悦；其二，它的菇柄和菇盖同样的好吃，甚至菇柄比菇盖更好吃；其三，不论用何种烹调方法，秀珍菇不会被煮烂，保持着良好的口感，与吃草菇甚为相似。

罗源秀珍菇

占城稻

占城稻又称早禾或占禾，属于早籼稻品种，是出产于印支半岛的高产、早熟、耐旱的稻种，因原产地位于越南占城而得名。占城稻有很多优点：一是耐旱；二是适应性强，不择地而生；三是生长期短；四是高产稳产。福州是全国最早种植占城稻的城市，奠定了福州稻作技术在全国的重要地位。

占城稻

金芝村血糯米

金芝村位于福清东张镇西南部山区，地势雄起，具备南方山地冷凉气候特点，光照充足，日夜温差大。金芝地区种植稻谷有非常悠久的历史，这里的稻谷是一年一熟，生长期很长，营养物质积累相对平原地区的稻米明显要丰富得多。金芝地区生产的血糯米尤其珍贵，主要特点是种皮呈血红色，米粒较短小且富有光泽，黏性强，含有丰富的铁元素。用金芝血糯做成的米食曾是福州百姓餐桌上的珍品。

南安莲花峰茶

南安莲花峰茶以莲花峰上的石亭绿茶为主要原料，加入桔梗、半夏、广藿香、甘草、白扁豆、车前子、逢来草、鬼针草、麦穗红、肉桂草、麦芽、稻芽等45味中草药材。其中大部分中草药材在当地莲花峰山一带直接采收；使用的茶叶就是莲花峰石亭寺主持净业和尚自已制造的著名的莲花峰石亭绿茶。严密规范的中医理论配伍使该茶具有疏风散寒、清热解暑、祛痰利湿、健脾开胃、理气和中功能；适用于四时感冒、伤暑挟湿、脘腹胀满、呕吐泄泻，是特定条件下的凉茶。

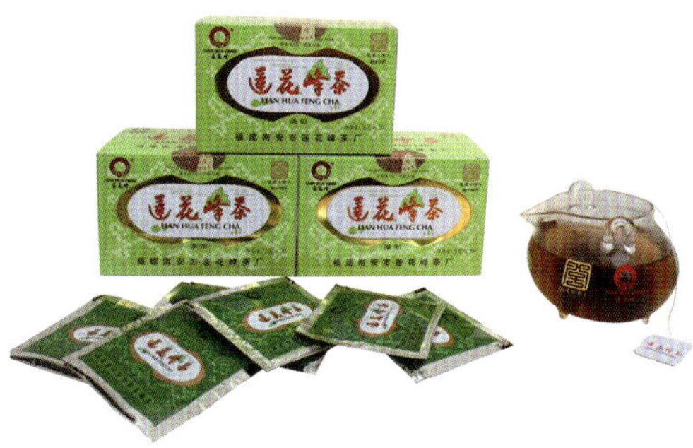

南安莲花峰茶　傅仰恩 摄

永春佛手茶

佛手别名香橼种，亦称雪梨。永春栽培的多为红芽佛手，形似佛手柑（香橼柑），叶面凹凸不平，叶肉肥厚，质地特别柔软，色多黄绿油光，嫩芽叶肥大，色带紫红油光。佛手茶叶条索紧结卷曲，肥壮重实，色泽砂绿油润，香气馥郁幽长而近似香橼香，汤色金黄明亮，滋味醇厚甜鲜回甘。

永春全县以湖洋、蓬壶、达埔、吾峰、东平、城郊等乡和北硿华侨茶果场为佛手茶主产区，每年远销东南亚各地。闽南一带的群众和海外侨胞，不仅把永春佛手茶作为名贵饮料，还把它作为药物，用以清热解毒、帮助消化。1983 年和 1984 年，在晋江地区毛茶品质鉴评中，永春佛手茶品种囊括前三名。北硿华侨茶果场加工制作的佛手茶叶，于 1983 年被评为全国华侨茶业发展研究基金会培植发展出口的优质产品，1985 年又被评为农牧渔业部优质产品；松鹤牌一级香橼获 1985 年度福建省优质产品称号。

2006 年 12 月，国家质检总局批准对永春佛手实施地理标志产品保护。

南靖和溪巴戟天

南靖和溪巴戟天

南靖和溪巴戟天的栽种历史悠久，20 世纪 60 年代，由野生转人工栽培获得成功，和溪镇人民经过长期的摸索和各方专家的精心培育，目前培育出了巴戟天优良品种和溪 1 号、和溪 2 号、南科号，并掌握了五年一生产周期的一套育苗、种植管理经验。和溪巴戟天品种优良，质量上乘，素有盛誉；经过多年研制，和溪巴戟天酒厂研制的巴戟天酒也备受消费者欢迎。巴戟天及其相关产品近年来更是远销省内外，和溪镇由此获誉“巴戟天之乡”。

南靖和溪巴戟天呈扁圆柱形，条粗 0.8−1.5 厘米，皮色黄，肉质呈紫白色，其突出特点是质软、肉厚、心细、味甘甜等，为巴戟天中的上品。和溪巴戟天营养丰富，内在品质表现为含有植物固醇，根含蒽醌、黄酮类化合物、维生素 C、糖类、树脂等成分；与各地生产的巴戟天对比，含蒽醌等有效成分较高，具有很高的营养价值，经常食用可补肾阳、壮筋骨、祛风湿，并对阳痿、小腹冷痛、小便不尽、子宫虚冷、风寒湿痹、腰膝酸痛等均有一定治疗效果，是名副其实的药材之王，素有“南方人参”之美称。

长泰蜜薯

蜜薯即番薯，又名甘薯，顾名思义，为甘甜的地瓜。长泰吴田蜜薯营养丰富，内含胡萝卜素、维生素 B1、维生素 B2、维生素 C 和铁、钙等，矿物质含量高于大米和麦粉，可以作为主食，也可以加工提取淀粉或者制作为蜜薯干。淀粉水解产品有糊精、饴糖、果糖、葡萄糖等。蜜薯嫩梢叶可作为叶菜，藤蔓茎叶可为新鲜猪饲料。

长泰吴田种植的主要蜜薯品种有香薯、白薯、红蜜薯。香薯皮色浅红色，肉色浅黄色，有的白色，糖分少，有类似芋头的浓香味，又名香蜜薯。20 世纪 80 年代后，此种香蜜薯逐渐减少。白薯皮色紫红，肉色浅白，生长快，种植 60 天后就能采收，当地人称此品种为“六十日”。白薯产量高，多用于制作蜜薯干或磨成蜜薯粉。红蜜薯又分红藤尾和红竖藤两种。红藤尾的藤茎较粗，块头比较大，产量较高，但肉质中纤维较多，比较不宜贮藏，淀粉含量较少。红竖藤又名铁线藤，藤茎细如铁线，长速快，藤蔓长，块头较小较长，产量较低，但肉质中纤维较少，含糖分高，磨粉率较高，食用香甜，贮藏时间较长。

红蜜薯有和血补中功效，可防治营养不良症、宽肠通便、增强免疫功能、预防骨质疏松症，还能够防治结肠癌和乳腺癌。但是红薯含有“气化酶”，多吃有时会发生烧心、生酸水、肚胀排气等现象。因此，胃溃疡、胃酸过多、糖尿病患者不宜食用，并忌与柿子、西红柿、白酒、螃蟹、香蕉同食。

诏安八仙茶

诏安八仙茶是漳州诏安县的特产。诏安县处于独特的地理位置，优越的南亚热带自然条件适宜茶树生长。诏安有 400 年的产茶史，形成了传统的闽南乌龙茶采制加工工艺和品质特色。

八仙茶因栽种于诏安汀洋村的八仙山而得名，是新中国成立后新选育的国家级乌龙茶良种，20 世纪八九十年代曾名震闽粤两省。八仙茶系采用闽南乌龙茶制法，结合其品种特性精制而成。诏安八仙茶外形深绿油嫩，汤色橙黄明亮，香气清长持久，滋味清爽可口，有回甘。八仙乌龙茶滋味浓厚、耐冲泡，同时也是提神醒脑、消食解酒、祛痰利尿之佳品，经常饮用能起到软化血管、减脂降压等保健效果，是不可多得的天然饮品。

德化黄花菜

德化黄花菜，又称金针菜、萱草、忘忧草、鹿葱花、宜男花等。其地理标志地域保护范围包括德化县春美乡、大铭乡、汤头乡、

德化春美黄花菜 陈志明 摄

上涌镇、龙浔镇等 18 个乡镇。目前，德化黄花菜成功通过国家农产品地理标志登记，德化县还通过国家级黄花菜农业标准化示范区考核验收。

河市槟榔芋

河市槟榔芋产于泉州市河市镇，俗称“过岭芋”，已有上千年历史，因独特的气候、土壤等自然条件以及独特的管理方法而成为芋中佳品。

河市槟榔芋单个母芋（可食用的地下球茎部分）可达 3 斤左右，是淀粉含量颇高的优质蔬菜，肉质细腻，具有特殊的风味，且营养丰富，含粗蛋白、淀粉、多种维生素和无机盐等多种成分。具有补气养肾、健脾胃之功效，既是制作点心、菜肴的上乘原料，又是滋补身体的营养佳品。正宗河市槟榔芋的母芋呈圆柱形，长 30-40 厘米，直径 12-15 厘米，形似炮弹；表皮棕黄色，芋肉乳白色，带明显紫红色槟榔花纹，有黏性。易煮熟，熟食肉质细、松、酥，松脆适中，芋香馥郁，浓香可口，风味独特，食后口齿留香。槟榔芋是福建很多芋类小吃的原材料，如芋泥、芋包等。在烹调方面，槟榔芋可以炸、煮、蒸、炒，作粮作菜皆宜。

河市槟榔芋 苏艳莲 摄

德化淮山

德化淮山，俗称寸金薯、薯仔，种植历史悠久。主产区位于素有“闽中屋脊”之称的戴云山脉，海拔 500-1200 米，温差大，雨水充沛，长期的人工筛选留种形成了独特的优良品种寸金薯，在当地享有“天下百薯，不如寸金薯”的美誉。德化淮山块茎表皮呈淡褐色或淡黄色，长条圆形，龙头短，薯长50–80厘米，须根多，切口乳白色，有浓稠黏液，蒸煮易熟烂。薯味清香，口感松嫩，粒状感明显，具有“色味极珍品”的独特品质。

东山芦笋

芦笋，别名石刁柏，属天门冬科，为多年生草本植物。芦笋含丰富的蛋白质、碳水化合物、多种维生素、多种氨基酸，比一般蔬菜高五倍以上，被誉为“蔬菜之王”，是“世界十大名菜”之一。

东山芦笋

历史上，东山县种植的农作物以花生、甘薯、水稻等为主，效益较低。为促进农业种植结构调整、提高农业种植效益，1979年，县供销联社和县外经贸局从云霄常山华侨农场引进美国芦笋在南埔、山口等地试种。经过几年的试种、示范，实践证明光温充足、沙壤土居多、劳力富余的东山岛十分适宜芦笋种植，芦笋产量高，品质好，效益几倍于粮油等作物。从1982年起，东山农业部门把芦笋生产列为重要项目进行技术探索，经大力宣传，使芦笋生产得到发展，东山成为当时全国最大的县级芦笋生产基地。2010年“东山芦笋”获农业部地理标志认证，2012年1月获地理标志证明商标。

福州橄榄

福州橄榄分布在闽江下游两岸，以闽侯、闽清的产量最多。根据历史记载，早在唐代时，闽侯就是橄榄的主要产地。到了明代，福建已是整个中国橄榄分布最多的省份。

闽侯橄榄 林岳铿 摄

福州橄榄初入口味带酸涩，甚至还有点苦味。细嚼之后，舌尖却能慢慢回甘，越吃越清甜。加上新鲜橄榄自带的“脆”，若冰镇一段时间，涩味更弱而甘甜更明显。同时，福州人花了不少功夫对新鲜橄榄进行改造。民国时期，福州已有盐腌和糖煮等诸多深加工产品行销国内，如今，五香橄榄、桂花橄榄、蜜饯橄榄等新口味层出不穷。

福州市的闽侯县于1997年被农业部授予“中国橄榄之乡”称号。

福州福橘

福州的气候、水土条件十分适合柑橘生长，特别是闽江下游两岸，其中以橘子为最佳，素有“闽江橘乡”之称。深秋初冬时节，闽江两岸层层绿树，枝头缀满红果，色彩斑斓绚丽，人们誉之为“闽江橘子红”。

福州是福橘的原产地，已有上千年的橘子种植历史，或云以其产于福州，故名福橘。福橘为我国橘类中上品，呈扁圆形，

福州福橘

鲜红美观，皮薄多汁，甜酸适口，备受群众喜爱，又由于与“福、吉”谐音，因此成为民间迎新春的重要角色。

青山龙眼

长乐青山村的特殊地理环境和温润的气候，使其成为理想的龙眼培植地。早在唐宋年间，青山村就盛行龙眼栽培。青山龙眼晚熟、核小、肉厚、质脆、味香，特别是“夹龙眼”，具有“放在纸上不沾湿，掸落地下不沾沙”的特点，堪称果中珍品。青山现有龙眼树 6 万余株，其中，百年以上的古树 2000 多株。

闽清渡口雪柑

渡口雪柑是闽清县著名的地方优良品种，素以果大质优闻名国内外。清末由广东潮汕引进，已经有 100 多年的栽培历史。20 世纪 50 年代，渡口雪柑多次出口苏联。雪柑果实为圆形或长圆形，果面色泽橙黄或橙红，有光泽。油胞细而密，果皮较薄，单果重 125-300 克。雪柑性温平，有清凉解热作用，是高血压、心血管病、肝炎、气管炎患者的良疗果品。

闽清渡口雪柑

永泰李果

永泰县种植的李果主要品种有芙蓉李、迟花芙蓉李、胭脂李、玫瑰李、柰李、金线李等，其中芙蓉李占 90% 以上。芙蓉李是鲜食、加工兼用品种，

永泰芙蓉果

其他品种则为鲜食品种。

永泰县是全国李子的主产区之一，2016 年末全县李子种植面积 126625 亩，采摘面积 116489 亩，总产量 84894 吨，占福建省四分之一。李果生产是永泰农业产业的重要组成部分。

永泰青梅

永泰县属典型的亚热带气候，地势西高东低，海拔高低悬殊，多为丘陵，为青梅的最合适生产区。永泰青梅主要分布在海拔 50-300 米的大樟溪沿岸。2016 年末全县种植青梅面积 52060 亩，采摘面积 48297 亩，总产量 26640 吨，占福建省五分之一。

永泰种梅始于宋朝，盛行于明朝，新中国成立后曾被福建省政府列为中药材乌梅生产基地。历史上，青梅为永泰县蜜饯加工业的发展提供了丰富的原料。20 世纪 70 年代的国营企业永泰县蜜饯厂是亚洲最大的蜜饯加工厂，在促进当地的群众就业、增加农民收入方面发挥了重要的作用。

永泰青梅

杭晚蜜柚

杭晚蜜柚具有成熟期迟、较耐寒、果大、皮薄、汁多化渣、不裂果、不裂瓣、汁胞不木栓化、甜酸适口、种子少、可溶性固形物含量高等特点，经农业部柑橘及苗木质量监督检验测试中心测定为“优质果品”，是一个极具市场发展潜力的晚熟柚品种。杭晚蜜柚树冠自然圆头形，枝条较开张；叶片长卵圆形、互生、浓绿色，叶脉不明显；翼叶中大，长心脏形，叶片揉碎后有较浓的刺激性香味；新梢清绿色，着生密集白色短绒毛。

杭晚蜜柚

杭晚蜜柚性状稳定，适应性强，外观美，结果早，产量高，迟熟，品质优良，具有较大的推广价值和广阔的市场前景。2009年2月通过福建省农作物品种审定委员会认定，定名为杭晚蜜柚。

穆阳水蜜桃

穆阳水蜜桃是在1927年由比利时留学归来的缪怀琛嫁接培育成功的，至今大约有70多年的栽培历史，是闻名福建省内外的优良水蜜桃地方良种。

福安穆阳西部地区多属低丘陵山区，土质独特，pH值和微量元素适中，所产的水蜜桃在长期的水土适应过程中，形成了果大核小、外形美观、色泽鲜艳、肉质柔软、汁多味甜、香气浓郁等特质，深受广大消费者的喜爱，被誉为穆阳“仙桃”“闽东珍果”。目前，穆阳水蜜桃主要分布在穆阳、穆云、康厝、溪潭等乡镇，栽种总面积已近万亩，其中穆云乡栽种面积最大，全乡有2万多农民从事水蜜桃生产和经营。不同的海拔地区形成了穆阳水蜜桃早、中、晚3个成熟系品种，福安全市年产穆阳水蜜桃约5000吨，桃产业已成为当地农民增收致富的支柱产业。

穆阳水蜜桃

安溪芒果

安溪芒果分布于安溪境内具有南亚热带气候特点、适合于芒果生长发育的官桥、龙门、城厢、魁斗、蓬莱、虎邱、火头、金谷等地。1983年安溪全县栽培芒果一万一千多亩，年产万担，为全省之冠。

安溪芒果

安溪芒果是从台湾引进的。传统栽培品种有香檨（红花芒果）和柴檨（白花芒果），经过长期发展，特别是50多年来引进50个国内外品种，如今形成了与传统品种并行的现代栽培品种，如1958年引进的原产泰国的白象牙芒果、原产菲律宾的吕宋芒果，1975年引进的原产印度的“印度1号”、原产巴基斯坦的椰香芒果，以及原产台湾省的龙眼芒果等。

安溪油柿

安溪后垵柿饼

安溪栽培的油柿，因其鲜果颗大皮薄、肉质柔软细腻、汁多味甜，制成的柿饼颗大肉厚、细腻醇甜、柿霜粉多等特性，成为福建省柿果之佼佼者。长期以来，其干制品种以“后垵柿果”称之。其实“后垵柿果”也包括后垵以外的安溪各地柿果。甚至台湾同胞、港澳同胞、海外侨胞也如此称呼“后垵柿果”，其美誉响彻海内外，成为百万安溪人和数百万祖籍安溪的台湾同胞、港澳同胞、海外侨胞的“乡愁”和“符号”。

◆惠安余甘

惠安余甘

惠安县余甘栽培历史悠久，在惠安紫山蓝田大竹自然村至今还存活一株400多年前种植的“皇帝甘”。

余甘是一种高膳食纤维、低能量的食物，富含抗坏血酸（维生素C）和钙质，并含有相当量的钾和镁，属高钾低钠的水果，具有很高的营养价值。它还具有生津止渴、清燥护喉、润肺降压、消滞化痰、抗癌防癌及抗衰老之功效，医学界称之为“天然维生素丸”。惠安特产“田船余甘”有“闽南娇果”之称，久负盛名，具有果大、肉脆、纤维少、汁多、风味好、品质优等独特品质特征，富含多种氨基酸、维生素及矿物质，还含有抗癌防癌物质——硒。

◆程溪菠萝

龙海市程溪镇种植菠萝的历史较为悠久，其品种由台湾有刺菠萝经过特殊培育而成。程溪镇位于龙海市西部山区，属亚热带海洋性气候，土地肥沃，土层深厚，山地多是类酸性的红壤土，十分适宜菠萝种植。因而程溪菠萝品质优良，香气诱人，味道独特，果肉肥厚，纤维少，丝脆软，汁较多，清甜可口，颇受顾客青睐。程溪菠萝富含维生素、纤维素、蛋白质、脂肪以及钾、钙等元素，属无公害食品，食之能强身健体、增强体质，欧洲人称赞说它“有美丽的外观、鲜美的香气、独特的风味，是其他水果不能比拟的”。

九湖荔枝

九湖荔枝闻名遐迩，尤其是传统的“兰竹”荔枝果清甜爽口、风味佳美，具有补气、益智、养血和安神的功效，被视为世界珍贵果品。九湖荔枝的品种主要有兰竹、乌叶、桂林（金钟）、早红、绿荷等6种，以九湖兰竹荔枝最为著名，是九湖镇果农自唐以来在生产实践中培育成的优良品种，种植面积约占全县荔枝种植面积的70%。最为出名的是九湖村一株树龄长达500年的“兰竹”荔枝树，树冠面积有200多平方米，最高年产量1.3吨，被誉为“荔枝王”，闻名遐迩。

九湖兰竹荔枝一般在4月扬花，5月着果，7月成熟。果粒一般23–30克，大的超过50克，形似心脏，果顶浑圆，果皮龟裂隆起，缝合线明显，鲜红者称红皮兰竹，红绿者称青皮兰竹。

九湖荔枝王

永春岵山荔枝

岵山荔枝是永春县地方优良荔枝品种，产品品质独特，地域特色明显。岵山镇隶属亚热带湿润季风气候，日夜温差大，有利于提高荔枝的总糖度；产区内土壤是呈微酸性的沙质红壤地，富含腐殖质的酸性和微酸性，有利于养分积累；产区内溪流纵横，荔枝多为独立树冠，日照充足，通风透光，有利于品质提高。岵山镇良好的生态条件、独特的自然环境和明显的地域特色造就了“岵山荔枝”独特的品质特性：色泽鲜红，皮薄核小，肉厚汁多，肉质细嫩，甜酸适度，香气浓郁，爽滑可口，品质上等。

永春岵山荔枝

平和琯溪蜜柚

琯溪蜜柚原产漳州市平和县，是栽培柚类的名品。琯溪蜜柚果大无核质优，适应性强，高产，商品性佳，可谓柚中之冠。它是平和县的地方传统名果，至今已有500多年的栽培历史。清朝乾隆年间被列为朝廷贡品，同治皇帝赐“西圃信记”印章一枚及青龙旗一面，作为贡品标识和禁令。现在的平和是全国最大的柚类生产基地县和出口基地县，是琯溪蜜柚的海洋，是当之无愧的“世界柚乡、中国柚都”。

平和琯溪蜜柚　黄日升　摄

天宝香蕉

天宝香蕉是漳州市芗城区的传统名果，也是中国绿色食品和福建省名牌农产品，有700多年的栽培历史，因原产于该区天宝镇而得名。

天宝香蕉因果个适中、皮薄，肉质软滑细腻，果肉无心、浓甜爽口、香气浓郁等特点驰名中外，备受海内外广大消费者的喜爱。天宝香蕉主要有天宝高蕉、天宝矮蕉两个品种。天宝高蕉果实近圆柱形稍弯，果个适中，果形顺滑弯曲度较小，熟后果皮黄色、皮薄，果肉黄白色，肉质软滑细腻，无纤维芯，清甜爽口、香味浓郁。果皮略有小斑点（炭疽病斑）时，皮最薄，风味最佳。天宝矮蕉果实近圆柱形稍弯，果个稍小，果形顺滑弯曲度较大，熟后果皮黄色、皮薄，果肉黄白色，肉质软滑细腻、无纤维芯，甜蜜适口，具浓厚香味。

天宝绿熟香蕉

云霄枇杷

云霄县是云霄枇杷的原产地，被国家林业局评定为“中国枇杷之乡”。云霄枇杷素以早熟、柔软细腻、外观鲜艳、果面富有绒毛而著称，有“闽南报春第一果”之美誉。

云霄枇杷属热带型常绿小乔木。其风味和品质俱佳，果实柔软多汁，细嫩化渣，易剥皮，甜酸适度，风味浓，香气足；果大，单果重50克左右，最大可达150克，可食率高，一般在70%左右；营养丰富，有润喉、止咳、健胃和清热等作用，是老少皆宜的保健水果。

云霄枇杷

长泰芦柑

长泰芦柑

长泰芦柑，又名碰柑，为闽南一带传统名优产品，以产自著名的“中国芦柑之乡”——福建省长泰县而得名。长泰县位于福建省南部、九龙江下游，地处南亚热带区。这里气候温暖，雨水充沛，光照充足，这是长泰芦柑品质优良的重要原因。长泰芦柑单果直径多为70-80毫米，大的可达120毫米。经检测，一般硕果重量在125-200克之间，最大的可达650克；可溶固形物占14.3%，含糖量12.5%，含酸量0.58%，每百克果汁中，维生素C的含量是38.5毫克；全果可食部分占76.8%。

长泰芦柑品质极佳，果型硕大，色泽橙黄，肉质晶莹，香味浓郁，甜酸适度，脆嫩爽口，风味极佳。以果大汁甜，色、香、味三绝闻名遐迩，多次被评为“全国优质水果”。

长泰蜜橘

长泰蜜橘

长泰状元蜜橘产于长泰县枋洋镇境内。它属南丰蜜橘，系芸香科柑橘属，品质超群，口感非凡，风味独特，果形、色泽、味道均佳。其果实较小，单果重40-60克，果形扁圆，果皮薄，平均0.11厘米，橙黄色有光泽，油胞小而密，平生或微凸。囊瓣7-10片，近肾形，囊衣薄，柔软多汁，风味浓甜，香气醇厚。长泰状元蜜橘含柠檬酸、多种维生素、糖分、氨基酸和磷、铁、钙等元素，闻之提神醒脑，沁人心脾，食之口齿留香，润甜爽口，益脾胃。其橘皮健脾化痰，橘络通经活血，橘核理气散结。2012 年，经国家工商总局商标局认定，长泰状元蜜橘荣获中国国家地理标志证明商标。

❖东壁龙眼

东壁龙眼

东壁龙眼，原产于泉州市开元寺中的东壁寺，又名糖瓜密、水糖眼等，有 700 多年栽培历史。1993 年，东壁龙眼荣获中国农业博览会金奖。

东壁龙眼树姿直立开张，树冠圆头形或半圆头形，树茎干有明显的纵裂纹。复叶具 4-5 对小叶，长椭圆形。果实 8 月下旬至 9 月上旬成熟，近圆形，单果重 10 克左右。果肉甜、香、脆，含糖量高，果壳厚且稍脆，表面赤褐带灰，有黄褐色细斑，龟状纹明显。可食率 62.5%-65.55%，含糖量 24.75%。该品种为古老地方品种，肉不流汁，放在纸上不沾湿，果实在常温下悬挂室内两周不变质，耐贮藏，是鲜食之佳品。东壁龙眼市场价格高，生产发展前景好，适宜在南亚热带地区栽植，现在闽南一带有较大生产基地。

❖邱后村特稀晚熟荔枝

泉港涂岭镇邱后村的特稀晚熟荔枝历史悠久，已有 800 多年的栽培历史，曾作为进京贡品。

其特点一是晚熟，一般荔枝在 6 月下旬至 7 月上中旬已采收完毕，而邱后荔枝却迟至 7 月下旬至 8 月上旬才熟，这对延长荔枝供应期，满足市场需求，具有较优的商品价值。二是丰产、稳产，邱后荔枝花虽短丛，但雌花比例高，落花落果少，着果率高。

第二节 林业特产

林业特产是指具有深厚历史沉淀、独特地域代表性的林木产品、林副产品、林区农产品、苗木花卉、木制品、木工艺品、竹藤制品、森林食品，以及与森林资源相关的产品。林业特产以其天然、绿色、环保等优势，被民众广泛认同。

漳浦蝴蝶兰

漳浦蝴蝶兰是单茎性附生兰，茎短，叶大，花茎一至数枚，拱形，花大，因花形似蝶得名。其以植株奇特、花姿优美、颜色华丽，被誉为兰中珍品，有“兰中皇后”之美誉。漳浦蝴蝶兰品质优良，特色明显，这与其产地的地理环境条件是分不开的。其主要产地有南浦乡、长桥镇、长桥农场、官浔镇，年平均气温 20.2℃，年降雨量 1600-1800 毫米，阳光充足，年日照时数 2195 小时，无霜期在 350 天以上，属亚热带海洋性季风气候；有丰富的腐化土地，土层深厚，土质疏松、肥沃、富含有机质，pH 值呈

漳浦蝴蝶兰

中性和微酸性，最适宜蝴蝶兰生长。

漳浦栽培蝴蝶兰历史悠久，拥有一支经验丰富的技术队伍，栽培技术代代相传，并在不断改进和创新，对种植工序、加工、移植等多个环节有严格的要求，造就了漳浦蝴蝶兰特有的品质。

“漳浦蝴蝶兰”已经成为蝴蝶兰产业的重要品牌，2013年被列入国家工商行政管理总局商标局公布的地理标志商标名录。

德化十八学士茶花

德化十八学士茶花是茶花中的一个珍品。其种植区域在德化县辖区内的龙浔镇、浔中镇、雷锋镇、三班镇、龙门滩镇、国宝乡、盖德镇一带，东到龙门滩镇朱地村，西到盖德乡宝坑林场，南到三班镇岭头村，北到雷锋镇上寨村，保护范围为7个乡镇、85个村，总保护面积63025公顷，年生产面积666.7公顷。

十八学士茶花树型优美，花朵结构奇特，由70－130多片花瓣组成六角花冠，塔形层次分明，排列有序，十分美观。相邻两角花瓣排列20轮左右，多为18轮，故称为“十八学士”。十八学士由于受到人们的喜爱，德化县也广为种植，2013年被评为德化县花。

十八学士茶花株型紧凑，枝条直立，树型丰满；叶蜡质明显，富有光泽；花蕾分布均匀，花型中等，花瓣属于完全重瓣型，花色艳丽。最为特别的是其花色、花形变异丰富，在同一株上能开放多种花色花形的花朵，常见花色有五彩、白色、粉色、

德化十八学士茶花　李宏图 摄

红色等，其中以“五彩”十八学士最为著名。

❖浦城桂花

浦城桂花主要分布于南平市浦城县。

“八月桂花香”，浦城百姓从南北朝时期就开始栽培桂花，历史悠久，至今已有2000多年历史。《浦城县志》记载该县有1800年的建县历史，现存多株千年桂花树，仍能结果，百年大树则更多。

浦城桂花属丹桂品种，花色朱红如丹霞，故又称丹桂、状元红。其花瓣大、肉厚、留香持久，是桂花品种中的一个优良品种。浦城桂花还富含氨基酸及人体所需微量元素，集食用、保健、美容等于一身。

浦城百姓早在南北朝时已开始自制桂花蜜茶等。其中，糖桂花具有“瓣厚色艳、味香甜”的品质特征，花呈橘红色，与糖液混合均匀，甘甜清香。干桂花具有“馥郁清香、味醇甘爽”的特征。

2013年9月，浦城桂花被国家质量监督检验检疫总局评为

浦城桂花

国家地理标志保护产品。

福安油茶

福安市种植油茶已有400多年历史。1937年全市年产茶油达到500吨；新中国成立后，国家重视油茶发展，并将茶油列入统购统销范围，实行定量供应，福安市油茶生产逐步恢复，产量回升。1957年全县油茶大丰收，总产量达到740吨，超过历史最高水平。原上白石区墩头村千亩油茶林平均亩产油13.2千克。福安市现有油茶面积11.88万亩，年产茶油1000多吨，产值3.6亿元，是福建省的油茶主产区，面积、产量均居福建省之首。油茶种植3年就可开花结果，4年就可产油，6年可进入稳产期，一般平均亩产油13.2千克，高产林每亩产油可达到25千克，每亩油茶可产生2000-2800元的经济收益。福安为全国油茶产业发展示范市，全市18个乡镇均有种植油茶，其中范坑、上白石、潭头、城阳、溪柄、松罗、社口、溪潭、赛岐等乡镇为重点产区，全市有2万户农民在油茶生产中受益。

福安油茶 黄俊摄

福建兰花

福建兰花种植历史悠久，品类独特，资源丰富，知名品类为连城兰花和南靖兰花。

连城兰花

连城是闻名中外的福建兰花的主产区和发祥地之一，兰花资源十分丰富，品质优良，名冠八闽。根据相关资料记载，连城植兰自宋始，以朋口镇桂花村最为有名，百余户人家几乎家家种兰，有100余个品种。清代康乾年间就有人养兰远销粤、赣等省。如今以朋口为中心的周边乡镇，利用当地独特的自然条件和得天独厚的环境优势，家家户户都有着种养兰花的优良传统，特别是我国自20世纪80年代以来，随着物质文明和精神文明的不断进步，爱兰养兰、玩兰赏兰之风更盛。

南靖兰花具有植株健壮，叶质厚实，色泽翠绿，花杆坚挺，花瓣肌理细腻滋润，唇瓣短圆阔大等特点。单个花瓣宽0.6–0.8厘米；开花时间在每年1–4月，花期可达3–4个月；花色有紫红色、粉红色、白色、黄色等，气味清香。南靖兰花一般种植博平岭山脉及其周边兰花园，即南靖县行政区域内山城、靖城、丰田等11个镇。这里四季分明，热量充足，雨量充沛，气候温和，土地肥沃。优越的自然生态环境为兰花的生长提供了良好的生长条件，境内野生兰花资源丰富，品种繁多，品质优良，寒兰、春兰、墨兰、建兰沿海拔高低分布，孕

南靖兰花

育了许多新、奇、特、高兰花品种，在兰花界享有盛誉，倍受海内外兰友们的青睐。

建瓯笋干

建瓯笋干是南平建瓯市的特产，是以春笋为原料，通过去壳、蒸煮、压片、烘干、整形等工艺制取，片宽节短，是有名的八闽笋干。由于笋的生长季节性相当强，生产期出土极快，当地百姓经过长期的摸索，逐步总结形成了一整套笋干的制作工艺和技术，及时有效地将大量的鲜笋加工成大宗的笋干，集中运往外地销售。建瓯笋干具有肉厚、片薄、鲜脆、清香、工精、色艳等特点，被称为“笋中之王”，不仅可以辅佐名菜，而且有相当的营养和药用价值。

建瓯春笋

尤溪银杏

尤溪县拥有福建省最大的古银杏群落——龙门场古银杏林，是历史遗留下的生态园林瑰宝，并有朱熹在此著书立说的历史传说记载。这片古银杏群共有353棵，平均树径0.5米，最大的树径达1.6米，树高大都在18米以上，是尤溪县中仙乡方圆百亩幸存的银杏群落，距今已有800多年。

建瓯锥栗

建瓯锥栗主要分布在南平建瓯市。

建瓯锥栗系中国南方栗子之主要品种，人工栽培始于汉代，栽培历史悠久，早有声誉。据资料记载，历史上的“贡闽榛”

锥栗就产于建瓯西乡（今龙村乡）。

建瓯锥栗树属落叶乔木，高可达 30 米，树径可达 1 米。叶互生，卵状披针形，长 8–17 厘米，宽 2–5 厘米，顶端长渐尖，基圆形，叶缘锯齿具芒尖。壳斗球形，带刺直径 2–3.5 厘米。

建瓯锥栗果皮具有黄褐色、红褐色或棕褐色的亮丽光泽；果仁呈淡黄色，栗味浓郁，肉质细嫩，风味鲜，具有独特的“糯、甜、香”的品质特征。锥栗果仁含蛋白质、脂肪、水溶性总糖和淀粉；还含有人体营养所需的胡萝卜素、微量元素、维生素和 17 种氨基酸。建瓯锥栗还有养胃、健脾、补肾、强筋、活血等功能，叶、皮、根均可药用，老根是治疗风湿病良药，具有较高的药用价值。

2004 年 8 月，建瓯锥栗被国家质量监督检验检疫总局评为国家地理标志保护产品。

建瓯锥栗

◆明溪红豆杉

明溪是中国南方红豆杉之乡。南方红豆杉是世界珍稀物种，内含抗癌成分紫杉醇，紫杉醇不仅对癌症有独特疗效，还具有较强的消炎、清热、调整和降低血压血脂等功能，对胃炎、肠炎、支气管炎、口腔溃疡、牙痛、痔疮、肥胖症具有特殊功能和显著疗效。2004 年 12 月，明溪县被国家林业局命名为“中国红豆杉之乡”。

明溪红豆杉果实 谢世春 摄

第三节　畜牧特产

畜牧特产是指以畜、禽等已经被人工饲养驯化的动物，或者以鹿、麝、狐、貂、水獭、鹌鹑等野生动物为主的相关特产产品。畜牧业与种植业并列为农业生产的两大支柱，畜牧特产是农业文化遗产的重要组成部分。

上杭槐猪

槐猪（俗称“乌猪”）在上杭县已有上千年的饲养历史。槐猪采取传统饲养方法，饲养时间长，其肉质具有氨基酸含量高、含钙高、胶质含量丰富、肌纤维细、胆固醇含量低、营养丰富、口感细嫩、香甜鲜美等优点。槐猪全身被毛黑色，头较短而宽，耳小竖立稍向前倾，额部有明显横行或八字皱纹，体躯短，胸宽腹深，背宽下凹，臀部丰满，多为卧系；成年母猪腹大下垂，体侧呈方形。母猪乳头为5对到6对。

上杭槐猪

上杭县是一个山区农业县，新中国成立以前，交通不便，农村经济不发达，大量农副产品难以外运，当地人就用大米、细糠、甘薯等高能量的饲料喂猪，通过养猪，取得大量的猪油，解决当地人的主要食油问题。因此，上杭畜牧部门就选择体短胸宽、早熟易肥及性格温顺的猪种，经长期培育而形成了早熟易肥、边长边肥、肉质细嫩及产脂量高的脂肪型猪种——槐猪。

◆闽西南黑兔

闽西南黑兔全身披乌黑色粗短毛，紧贴体躯，有光泽；头部清秀，无肉髯，两耳直立厚短，眼大圆睁有神，虹膜灰蓝色；身体结构紧凑，小巧灵活，胸部宽深，背平直，腰部宽，腹部结实钝圆，后躯丰满，四肢健壮有力。闽西南黑兔的肉与其他兔肉相比，皮滑肉嫩，无腥膻味，肉质结实口感好。其“三高三低”更具特色，尤其是赖氨酸、卵磷脂、风味氨基酸比其他兔肉高得多，而脂肪、低密度的胆固醇和热量则更低。其肉肉质细嫩，易于消化吸收，适合大多数人食用，对老年人、动脉粥样硬化者及高血压患者更为适宜；儿童常食其肉也有利于补钙、补血、促进脑组织发育。

闽西南黑兔

大田肉兔

大田肉兔主要分布于三明市大田县。

在 1993 年前后，为发展肉兔养殖，大田县组织了一批技术力量对低成本养兔技术进行攻关，试验并成功推广了良种兔养殖与良种牧草喂养、草粉颗粒饲养、兔病综合防治等技术。因此，大田县以盛产大田肉兔著称，被誉为“肉兔之乡”，是福建省最大的肉兔生产基地。

大田肉兔体型较短小，结实紧凑，臀部宽圆，头小嘴尖，具有黑毛、黑皮、黑眼、黑耳、黑爪等“五黑”特征。其中，成年兔雄性体长 30-38 厘米、胸围 22-32 厘米；雌性体长 32-39 厘米、胸围 24-35 厘米。

大田肉兔体型健壮结实，皮厚微带黑色，脂肪薄，瘦肉率高，肉质细嫩，皮肉层分明，高蛋白、高卵磷脂、低脂肪、低胆固醇、低热量，富含各种矿物质、维生素等，肉味鲜美，营养丰富。

2011 年 1 月，大田肉兔被国家质量监督检验检疫总局评为国家地理标志保护产品。

大田肉兔

德化黑鸡 黄谷莹 摄

德化黑鸡

德化黑鸡是福建省珍稀的乌骨鸡地方品种之一，因原产地在德化县而得名。德化被誉为中国瓷都，德化黑鸡自古与德化白瓷并称为德化黑白二宝，同时也是德化特色农业三黑之一。德化黑鸡因毛、皮、肉、内脏均为黑色，肉质细嫩、清香甘润、味道鲜美，且含有极高滋补药用价值的黑色素而闻名，素有“滋补胜甲鱼，养伤赛白鸽，美容如珍珠”之美誉。经福建省中心检验所测试，该鸡富含蛋白质、维生素 A、维生素 D、维生素 E 和钙、铁、锌等人体所需的多种营养成分，其营养成分比一般土鸡多两三倍，而脂肪含量却极低。数百年来，德化黑鸡一直被当地人选为妇女坐月子时补充营养的上佳滋补品和馈赠亲朋好友的上佳礼品。

德化黑鸡于 2004 年通过农业部无公害产品、产地认证；2007 年被列为国家地理标志保护产品，是全省唯一幸存的珍稀品种。

金定鸭

金定鸭原产于龙海市九龙江入海处三角洲的浒茂洲北角金

定自然村，即现在的龙海市紫泥镇金定村，其历史已有250多年。金定村位于九龙江口的浒茂岛，是少有的咸淡水交汇处，滩涂宽广平坦，鱼肥水美，浮游生物及贝类、甲壳类、小杂鱼、三棱草、红树林等动植物繁殖生长旺盛。三角洲式的冲积平原土壤肥沃，河流沟渠网织，盛产水稻等谷类，为金定鸭养殖提供丰富的饲料来源。

金定鸭

金定鸭是我国著名的蛋鸭培育品种，属中型优秀麻鸭，体型外貌整齐，生产性能稳定，产蛋力高，觅食能力强，生活力和抗病力强，繁殖性能高。它的品种素质中蕴藏着丰富的生命力和高产蛋的遗传潜力，换羽期间能持续产蛋是金定鸭生命活动中显著的特色和高产蛋的优良标志。

金定鸭于2000年入选农业部国家级畜禽遗传资源保护名录。

◆德化黑兔

德化黑兔又称德化黑毛福建兔，属小型皮肉兼用兔，至今仍有打洞穴居的习性，是中国农产品地理标志产品。

德化黑兔的长相和一般意义上的小白兔不同，黑耳、黑眼、黑爪、黑毛、黑尾巴。它是福建古老的地方兔种，早在清代乾隆十二年（1747），泉州就有驯养小

德化黑兔

黑兔的记载，《德化县志》称小黑兔“月一产三四仔”。可见，至少在 200 年前，德化人就已经开始驯养兔子了。

德化黑兔属于闽西南黑兔的一个经济类群，在德化独特的自然生态环境下生长，具有独特的品质。

第四节　渔业特产

渔业是指捕捞和养殖鱼类和其他水生动物及海藻类等水生植物以取得水产品的社会生产行业。渔业特产是具有地方代表性的渔业产品或者渔业品类。福建具有丰富的渔业资源，不同的地域形成了不同的渔业特产。

平潭蝴蝶干

平潭白沙一带的厚壳贻贝，可生剥鲜肉晒干，肉厚味美，营养丰富，为天然滋补品，具有滋阴、补虚、壮身、益神等功效。平潭特产蝴蝶干就是贻贝干，也叫淡菜干。厚壳贻贝，古时称东海夫人，产于平潭深水礁屿，体大肉厚，去壳晒干后形似展翅的蝴蝶，因此得名蝴蝶干。蝴蝶干是上等滋补珍品，含蛋白质 55%，糖分 19.7%，脂肪 7%，并有无机盐、铁、碘、钙等多种矿物质及多种维生素。

连江鲍鱼

连江鲍鱼主要分布于福州市连江县及其海域。

唐末闽王王审之在世时立的《恩赐琅琊王德政碑》载：“闽越之境，江海通津，帆樯荡漾以随波……山号黄崎，怪石惊涛，覆舟害物……”此处所指的“怪石惊涛”就是位于黄岐湾、定海湾内的优异地理资源“三十六礁”。由于“三十六礁”形成的天然屏障，海湾周边水质清新，盐度适中，大型海藻资源丰富，是历史上野生鲍鱼的主要产区，也为养殖鲍鱼提供了适宜的养殖环境。

连江鲍鱼

连江鲍鱼以皱纹盘鲍与日本盘鲍杂交选育的后代为主，产品包括活体鲍鱼和干制鲍鱼。其中，活体连江鲍鱼鲍壳质地坚硬；软体部分比例高，肉质肥厚，呈黄白色，富有弹性；腹足吸附力强。干制鲍鱼形态完整，外观呈不透明状麦芽糖色，肉质肥厚且有韧性，外表稍有白霜，有炭烤的清香。

在连江县海域自然生态环境条件下适应性驯养2年以上的鲍鱼，体肥壳艳、鲍肉细嫩，味道鲜美独特、营养丰富。连江因此获得“中国鲍鱼之乡”的美誉。

2013年12月，连江鲍鱼被国家质量监督检验检疫总局评为国家地理标志保护产品。2016年6月，连江鲍鱼获农业部颁发的农产品地理标志保护登记证书。

◆江东鲈鱼

江东鲈鱼

江东鲈鱼，又称“阔嘴鲈”，产于漳州龙海市榜山镇、角美镇江东一带。江东桥下附近水域属九龙江北溪流域，江深水清，淡水长流，所产鲈鱼远近驰名，故名江东鲈鱼。

江东鲈鱼鱼肉鲜嫩洁白，味美不腥，营养价值高，为他处鲈鱼所不及，烹调后乃为上品佳肴。以江东鲈鱼炖姜丝，是龙海名菜，名为“江东清炖鲈鱼”，已列入《中国菜谱·福建》，并入选“中华名小吃”。

东山鲍鱼

东山鲍鱼主要分布于漳州市东山县的西埔镇、陈城镇、前楼镇、樟塘镇、康美镇、铜陵镇、杏陈镇等7个乡镇及其海域。

20世纪70年代以前，东山鲍鱼主要是靠天然采捕。1972年，中国科学院海洋研究所和福建省水产研究所及东山鲍鱼珍珠培苗站组成鲍鱼科技组进行技术攻关。1979年，国家水产总局在东山岛投建大型鲍鱼增殖站，为东山的鲍鱼养殖业打下了基础。1992年春，海峡两岸水产专家引进台湾九孔鲍鱼进行培苗试验获得成功，使得东山县成为中国沿海最大的鲍鱼养殖基地。

目前，东山鲍鱼品种以九孔鲍、杂交鲍（日本盘鲍和北方皱纹盘鲍杂交的后代）和杂色鲍为主。其中，九孔鲍壳形完整、无缺裂，长椭圆形，呼吸孔6至9个，外壳呈褐色、红棕色或2种颜色相间，螺肋与生长线细密，珍珠层较厚且富有光泽，足部淡黄色。杂交鲍壳形完整、无缺裂，稍长椭圆形，呼吸孔3至5个，壳色为绿褐色，壳纹为不规则的皱褶状突起，珍珠层银白色带红绿珍珠光泽，足部棕黄带深色条纹，肉质细嫩，肌肉富有弹性，伸展有力。杂色鲍壳形完整、无缺裂，长椭圆形，呼吸孔6至9个，壳色为赤褐色，螺肋明显，生长线细密，壳内层有银白色珍珠层且有光泽，足部淡黄色，足部肌肉富有韧性，伸展有力。

东山鲍鱼

东山鲍鱼属单壳类软体动物，是一种经济价值较高的特种水产品，含蛋白质多，肝糖分高，营养丰富，肉质细嫩，味道鲜美，清香爽口，素有“海产八珍之冠”的美誉。

2006 年 8 月，东山鲍鱼被国家质量监督检验检疫总局评为国家地理标志保护产品。2015 年 1 月，国家工商总局批准对东山鲍鱼实施地理标志产品保护，正式启用“东山鲍鱼”地理标志商标。

平潭紫菜

平潭紫菜是平潭综合实验区的特产。平潭是我国坛紫菜的原产地，同时也是坛紫菜养殖的发祥地。平潭水质好、无污染，因此紫菜质量比其他地方好。

平潭的紫菜以牛山岛、塘屿的最为出名，采用最原始的人工采割、手工生产，除了保留自然的香味，更能保证营养成分不流失。坛紫菜味美价廉，营养丰富，含有大量人体必需的氨基酸、矿物质和维生素等，是品位极高的营养保健食品。目前平潭坛紫菜种植面积超过万亩，主要集中在敖东、苏澳、南海、北厝等乡镇，尤以“海坛天神”处所产的为佳。“海坛天神”为平潭一个绝美景点，“天神”五官兼备，比例匀称，头枕沙滩，足伸东海，幻化神奇。也许此处生长的坛紫菜沾染了仙人之气，

平潭紫菜

因此不仅风味独佳，更具有清热消烦、健胃益脾、化痰利水、补肾养心之功用。

◆平潭对虾

平潭对虾是平潭综合实验区的特产。20 世纪 80 年代，平潭开始人工养殖对虾，主要品种有长毛对虾、日本对虾和斑节对虾。平潭对虾肉质松软，味道鲜美，既可鲜食，也可以晒成虾干，营养价值极高。据古代医书记载及现代科学研究，对虾含有多种对人体有营养作用和药理功能的成分，具有补肾壮阳、益胃健身的效用，主治阳痿、筋骨酸痛、神经衰弱等。

◆平潭丁香鱼

丁香鱼闻之似丁香花味，体形似渔家女耳垂的金丁香，故雅名丁香鱼。丁香鱼是平潭水产珍品，它虽然个体小，但营养价值很高，系小型经济鱼类。平潭丁香鱼体圆状而侧扁，身长 2−3.5 厘米；背部青绿色，腹部银白色；眼大，吻圆突；无棱鳞，无侧线。其肉质鲜美，营养丰富，整条可食；又是海产的调味品，用它泡汤、拌凉菜、炒蛋等则香味扑鼻，可生津开胃。

◆平潭草燕

平潭岛盛产富含琼脂海藻的石花菜，多在夏季采集。石花菜加醋熬成糊状，过滤去渣，倒入薄铁盆中，加糖，置于水中冷却，凝成软状后即可食，清凉爽口，乃清夏佳品。因其状透明如燕窝，故名草燕。

草燕含有丰富的矿物质和多种维生素，其中的褐藻酸盐类物质具有降压作用，淀粉类硫酸脂为多糖类物质，具有降脂功能，对高血压、高血脂有一定的防治作用。

◆琅岐红蟳

琅岐红蟳是福州马尾区的特产。琅岐红蟳外壳坚硬，纤维细腻，肉质肥美，颇为名贵，昔日，福州产妇坐月子首选琅岐红蟳补身子。

琅岐红蟳的优良品质与琅岐岛的地理特征和养殖手法有着密切的联系。琅岐位于闽江入海口，含盐度适中的半咸淡海水非常适合红蟳生长，岛上的金砂、凤窝、龙台、云龙等靠海区域是最适宜红蟳生长的地方。

琅岐红蟳

❖ 漳港海蚌

漳港海蚌主要分布于长乐闽江口梅花镇穿山行以南至文武砂一带。

漳港海蚌又叫“西施舌”，壳体略呈三角形，壳长通常有7-9厘米，壳顶在中央稍偏前方，腹缘圆形，体高为体长的4/5，体宽为体长的1/2。壳厚，壳表光洁，生长轮脉明显，壳顶呈淡紫色，其余部分呈米黄色或灰白色。

漳港海蚌个体较大，肉质脆嫩、味极甘美，营养丰富，具有很高的营养和食用价值，是一种经济价值很高的名贵贝类，在明朝时期就已成为宫廷贡品。

2011年1月，漳港海蚌被国家质量监督检验检疫总局评为国家地理标志保护产品。

漳港海蚌

福清嘉儒蛤

嘉儒蛤主要分布于福建省福清市。

福清市自古有“花蛤之乡”的美誉，特别是有个名为嘉儒的村子，所产花蛤蛤体大且饱满，“嘉儒蛤”因此享誉海内外。从民国时期开始，福清嘉儒蛤就以人工采集方式从自然海区采集，因苗种的限制，产量极其有限。直到1980年采用垦区土池模拟自然海区繁殖嘉儒蛤苗的方法，进行嘉儒蛤的苗种培育获得成功，才使嘉儒蛤的大面积养殖成为可能。

嘉儒蛤种源为菲律宾帘蛤，具有壳艳体肥、肉质鲜嫩等特征。据检测分析，嘉儒蛤中粗蛋白含量≥10%，粗脂肪≤2%，品质优良。

2015年5月，嘉儒蛤被国家质量监督检验检疫总局评为国家地理标志保护产品。

福清嘉儒蛤

定海湾丁香鱼

定海湾丁香鱼主产于福建、浙江两省的近海水域，以福建省连江县定海湾海域出产的丁香鱼品质为佳。

定海湾丁香鱼学名日本鳀，是日本鳀的幼体鱼，体圆状而侧扁，身长2-3.5厘米。其以味道甜嫩、咸淡适中、肉质鲜美、纯度高无杂质、不易断碎、营养丰富的特点而广受推崇。据《连江县志》载：丁香鱼分布黄岐半岛海域，定海湾尤多，旺发期清明至立夏，个小体肥，洁白如雪，鲜嫩可口。

丁香鱼

2010年10月，定海湾丁香鱼被国家质量监督检验检疫总局评为国家地理标志保护产品。

◆厦门文昌鱼

文昌鱼主产于厦门同安刘五店，在河北东部、青岛、烟台、合浦沿海等地也有分布。

文昌鱼是文昌鱼属动物的总称，又称蛞蝓鱼。文昌鱼长约50毫米，形似小鱼，无头，两端尖细。体侧扁，半透明，脊索贯穿全身，前端有眼点。口藏于口笠内，口笠边缘有38-50条缘膜触手。有背、臀和尾鳍。腹部有1对腹褶。雌雄异体，生殖腺左右成对排列。栖息于疏松沙质海底，常钻在沙内，仅露出前端，滤食硅藻及小型浮游生物。

厦门文昌鱼

由于栖息环境遭到破坏等原因，文昌鱼的资源量逐年下降，分布区域变得越来越狭窄，已沦为稀少物种，我国已把文昌鱼列为二级保护动物。

◆宁德大黄鱼

大黄鱼，福建俗称黄瓜鱼，因其体色金黄象征富贵吉祥、肉嫩味美、营养丰富而成为我国传统美食，素称“国鱼”之美誉。江苏吕泗洋、浙江岱衢洋—大目洋和福建东引—官井洋都是我国著名的大黄鱼产卵渔场。而宁德素有“大黄鱼之乡”之美誉，是我国大黄鱼产业的发源地与最大规模的养殖基地，年养殖大黄鱼近5万吨，占全国总产量的70%以上，出口量约占全国的80%。以大黄鱼为主打品牌的水产业已经成为闽东地区的支柱产业，并引领宁德渔业产业走向规范与兴盛。2012年2月，“宁德大黄鱼”成功注册国家地理标志证明商标，

宁德大黄鱼

第五节 农副特产

农副特产是指经种植业、养殖业、林业、牧业、水产业等产业初级加工形成的、具有区域特色和区域代表性的产品，包括农林、畜牧、水产、园艺等产品。

◆将乐擂茶

将乐擂茶一般为清水擂茶，基本上采用茶叶、芝麻、花生等生料，以及青草药擂制。即擂即用，讲究鲜美。擂茶配方种类繁多，有养颜美容型、清凉解毒型、去滞消食型、补中益气型等。将乐擂茶在制作过程中加入了天然中草药，有强身健体、延年益寿之功效。擂茶元素属于五谷杂粮系列，是当今社会最

盛行的一种饮食文化，因此擂茶具有良好的市场发展潜力和较高的经济价值。

将乐擂茶 周志鸿 摄

将乐擂茶具有千年历史，被誉为“客家饮食文化奇葩”“中国古代茶文化孑遗”，是中原汉人南迁带入并流传至今的饮食习俗，是客家擂茶文化的缩影。考古人员在将乐县城所在地发现了隋唐时期烧制陶钵、陶壶的古窑址，并出土了大量内壁有辐射波纹的擂钵碎片。元代古墓中还出土了完整的擂钵。这说明古时将乐就十分盛行擂茶。现今将乐的一些乡镇仍然保留着具有隋末唐初风貌的擂钵作坊。这一传统习俗已渗透将乐人日常生活的方方面面，造屋乔迁、婚姻喜事、生日寿诞、开业庆典、欢庆佳节等，将乐人都要擂茶款待宾朋。无论身处乡野，还是居住闹市，擂茶在将乐无处不在。

2008 年，将乐擂茶被福建省人民政府列入第二批省级非物质文化遗产名录。

将乐擂茶 周志鸿 摄

◆永泰芙蓉李干

永泰芙蓉李干

永泰芙蓉李干选择成熟的芙蓉李鲜果，采用传统工艺精工制作而成。芙蓉李平均单果重50克，果皮淡绿色，果肉深红，甜酸适口，品质上乘，具有颗粒大、肉厚核小、甜酸适中、不粘核等特点，不仅可以鲜食，更是加工供出口的上乘蜜饯原料。永泰芙蓉李干色泽丰润，味甜鲜美，是非常受欢迎的都市消闲食品，在国内及东南亚一带久负盛名，深受海内外顾客青睐。

2006年，永泰“芙蓉李”地理标志证明商标获得国家工商总局认定，实现福州市证明商标零的突破。

◆晋安后屿线面

福州线面生产始于南宋，距今已有800多年历史。正宗后屿手工线面以“丝细如发、柔软而韧、入汤不糊”而家喻户晓。从面粉到形成粉条，后屿线面需要很多道工序，每道工序都很耗时：将面粉、水、盐搅拌，揉成圆团，然后在案板上划成长条，用手沾油，将面团揉成直径2厘米左右的面条（油条），随后边搓油条边撒薯粉，揉成有弹性的粉条。在这个过程中，和面的配料比例很要紧，要根据制作当日的气温、湿度来灵活调节。经过十几道手工工序，后屿线面很有韧性，口感比机器做的要好很多。

晋安后屿线面

福州粉干

福州粉干

福州粉干制作历史悠久，具有代表性的主要有茶口粉干、桐口粉干等。

茶口粉干是闽清县塔庄镇茶口村的传统特产。茶口村为梅溪源头的一个村落，因村之井水清香可口，好像溶进了香茶，故得名茶口。茶口粉干生产始于13世纪时的南宋，已有800多年的历史。茶口村因水质好、做工细、选料精良，所产粉干洁白匀长、细润柔韧，且久煮不烂、翻炒不黏不碎，闻名遐迩。随着制作工艺和制作规程的改进，茶口粉干的品质、口感日益完美。

桐口粉干为福州闽侯特产，创始于清道光年间，几百年来，桐口村人不断延续祖传粉干的制作方式，将其经典的制作工艺保留至今。其采用上等大米和优质水，无添加剂，并采用独特的微发酵工艺。其色泽洁白，粉条松韧，爽滑可口，烹饪简便，不伤胃，专业的工艺将其多余淀粉去除，使其更适合糖尿病患者和减肥人群食用。

闽清糟菜

闽清糟菜

闽清糟菜是一道传统的汉族名菜，经常跟闽清其他两宝橄榄和茶口粉干一起被当作上门做客伴手礼。它风味独特，甘酸香醇，有去腥腻、增食欲、开胃清津之功效。明朝郑和下西洋时，曾将闽清糟菜随船带往海外，随后闽清糟菜源源不断地出口东南亚各国。

福清光饼

福清光饼是在福州麻饼的基础上改良的烤饼，是福清传统的风味小吃之一。其色、香、味俱备，在福清所有小吃中，声名最响，影响范围最广，文化内涵也最为丰富。

福清光饼

福建好多地方都有各具特色的光饼。光饼传到福清后，福清人对其加以改造，在面粉中添加食用碱、食盐、芝麻等佐料，使之更加香脆可口、润肠滑胃，成为福清版的光饼。福清人对光饼情有独钟，爱不释口。数百年来，福清人在品尝光饼之余，还“吃出”一批与光饼有关的福清方言熟语，丰富了福清地方文化。光饼已经融入福清人的日常生活之中，融入福清地方文化之中，形成独具特色的光饼文化。

建瓯光饼

建瓯光饼是南平建瓯的传统名点，以房村光饼最受欢迎。经历 500 多年的演变，传统品种如今有光饼、乌糖饼、光肉饼、芝麻肉饼、姜葱饼、虾肉饼、老爹饼、经魁饼等近 10 种，市场上常见的有光饼、光肉饼、芝麻肉饼等 3 种。

福州锅边糊

锅边糊又称鼎边糊，是福州著名汉族风味小吃，与肉饼等配食，为当地早点佳品，流传到海南、台湾等地。锅边糊是用大米加清水磨成浓浆，摊在锅边，半熟后铲入正在熬煎的汤中，煮制而成。主要食材有蚬子、香菇、虾皮、葱、大米浆、虾酱（海南）等。

福州锅边糊

◆连江黄岐鱼丸

连江黄岐鱼丸是用鳗鱼、鲨鱼或其他鱼的肉在臼中捣成茸，加淀粉搅拌均匀，再包上瘦肉或虾肉等馅制成的。其选料精细，制作考究，皮薄均匀，色泽洁白晶亮，食之滑润清脆，汤汁鲜香，入口既感觉有满嘴的鱼香和肉香，却一点也不腥。

连江黄岐鱼丸

◆上杭乌梅

上杭乌梅以外观乌黑有亮光，油分足而润，肉质厚，手感柔韧，个大核小，酸香味浓烈醇正为佳。上杭乌梅味酸性温，具收敛生津、安蛔驱虫之功

上杭乌梅

能，有治久咳、久泻、便血、反胃、虚热烦渴、蛔厥腹痛等功效。乌梅加糖煮成的乌梅汤，早在明代就是宫廷御用饮品。乌梅口感极酸，却是生理碱性食品，可以调整体液的酸碱性。梅子中的梅酸还可软化血管，推迟血管硬化，具有防老抗衰作用。乌梅还可以加工成乌梅汁，汤色近赤黑，其功效与乌梅相同。

◆上杭萝卜干

上杭萝卜干为福建名特产“闽西八大干”之一，据《上杭县志》及有关资料记载，早在明初就颇负盛名，迄今已有500多年的历史。上杭萝卜干一直以其香脆可口、开胃除腻、清凉解毒等特点而为客家地区的群众所钟爱，也以其独特的品质和风味而著称于海外。

上杭萝卜干

◆福建米粉

福建米粉历史悠久，具有典型的中原与南方文化交融特征，其中具有代表性的是安溪湖头米粉和莆田兴化米粉。

湖头米粉是湖头的传统特产。湖头是个山清水秀的小盆地，群山环抱，溪流纵横，气候宜人，具有制作米粉得天独厚的地理条件。据历史记载，从明嘉靖二十九年(1550)前后，虎岫乡(今汤头村三乡角落)杨双鲤开始制作米粉，湖头米粉至今已有450多年的历史。现依山傍水的福寿、汤头、前山、溪美等村的大部分农民世代以制作米粉为生。

湖头米粉

湖头米粉的主要原料是优质大米。加工工艺主要包括淘米、浸米、磨浆、压干、挤条、焯粉、漂水、披粉、晒干、包装10道工序。其产品白如雪，细如线，韧如簧。制作精细的湖头米粉，500克竟达30多片，闻名遐迩，饮誉中外，被誉为“米粉王”。2009年，湖头米粉成为国家地理标志保护产品。

兴化米粉自宋代以来一直为莆田的著名特产，系用特等大米精制而成，产地以莆田市黄石镇西洪和清江两村为主。正宗兴化米粉色泽微黄、条细如丝、质佳味美，且耐储藏，便于携带，富有韧性，煮、炒、炸皆可，具有浓郁的莆田地方风味。2009年1月，荔城区兴化米粉被列入莆田市第二批非物质文化遗产名录。

◆永春香料

永春香是一种选用上等芳香植物和中药材配制后供人点燃的名贵香料，是唐宋时移居福建省泉州市的阿拉伯人蒲氏家族后裔，于明末清初引进发展起来的。永春香料历史悠久，驰名闽南和东

多彩永春香 陈志鹏 摄

南亚各地，成为永春县外贸出口的主要产品之一。

2006年，“永春香”获得国家地理标志产品保护。

◆白水贡糖

白水贡糖是龙海市白水镇的传统名产糖果，生产年代久远，闻名遐迩。白水贡糖始创于清乾隆年间，距今已有200余年历史，因漳州府曾长期将其作为贡品进献朝廷而得名。

白水贡糖以当地花生、麦芽糖和白糖为基本原料，通过传统的工艺、特殊配方，现又结合现代科技精制而成。其特点是香、酥、醇、美，入口自化，不留渣屑，香甜可口，自然醇正等。200多年来，白水贡糖是本地人赠送亲朋好友的最佳礼品和婚礼纳彩的喜糖，节日期间到白水镇的外地人不带点白水贡糖回家可谓一大憾事。

2013年1月，“白水贡糖”地理标志证明商标成功获得注册。

◆南靖正冬蜜

南靖正冬蜜是饲养在南靖境内的中华蜜蜂（简称中蜂）在冬季采自野生的八叶五加树（鹅掌柴）花蜜酿制而成。南靖正冬蜜呈浅琥珀色，易结晶，结晶乳白，细腻如乳状，气味芳香，浓度高，水分少（水分含量在23%以下），耐储藏，不易变质，

南靖正冬蜜

具有甜润味道，余味略苦。南靖正冬蜜营养丰富，富含葡萄糖、果糖（占 65% 以上），含有与人体血清浓度相近的多种无机盐、有机酸以及有益人体健康的微量元素、活性酶等。因此，南靖正冬蜜有清凉解毒、补中益气、消炎止痛、润燥宁嗽、祛风除湿、舒筋活络、湿润皮肤等功效，具有极高的药用价值。从营养和保健价值来看，南靖正冬蜜不仅是滋补、益寿延年之佳品，又是治病之良药。

明溪肉脯干

明溪肉脯干是客家风味食品，制作历史悠久，居“闽西八大干”之首，驰名海内外。它是用精瘦牛肉浸腌于面制的酱油中，加以丁香、茴香、桂皮、糖等配料，经 1 周左右，再挂在通风处晾干，然后放入烤房熏烤而成。其色、香、味俱佳，既有韧性又易嚼松，入口香甜，回味无穷。

明溪肉脯干

明溪肉脯干风味独特、工艺古老，讲究色、香、味、形。色，它具有特有的金黄色，油润均匀有光泽；香，它散发出的是猪肉烘烤的自然香气；味，它具有特有的红曲醇味，咸中微甜带植物香辛，耐咀嚼有韧性，回甘留香；形，它厚薄均匀，纤维完整。

2008 年，明溪肉脯干获国家地理标志产品保护。

清源茶饼

清源茶饼源于福建泉州。茶饼用名茶搭配中草药按特定工艺精制而成，配方独特，工艺考究，已有一百多年历史。清源茶饼具有开胃健脾、帮助消化、提神醒脑的效用，既可当茶饮，又可作药用，气味芳香醇厚，老少皆宜，被闽南一带民众所喜爱。

清源茶饼

明溪客秋包

客秋包，即蕨须包，是一种客家小吃。将煮熟的菜芋去皮后捣烂，与蕨粉（地瓜粉、木薯粉）混合，以水粘手即可捏成薄坯。馅则因料而异，多用香菇、红菇、冬笋、虾肉、干贝、精肉、豆芽、韭菜、葱、蒜、豆腐干等，包成菱状，蒸、煮皆宜。明溪客秋包具有皮薄馅香、滑嫩易嚼、鲜美不腻、四季皆宜的特点，是明溪人逢年过节和款待宾客的必备佳肴。

明溪客秋包馅 江月兰 摄

第九章

福建农业文化遗产·景观类

景观类农业文化遗产，即农业景观，是由自然条件与人类活动共同创造的一种景观，由区域内的自然生命景观、农业生产、生活场景等多种元素综合构成。农业景观反映的是相关元素组成的复合效应，包括与农业生产相关的植物、动物、水体、道路、建筑物、工具、劳动者等，是一个具有生产价值和审美价值的系统。

福建省以“八山一水一分田”而知名，其山海地质地貌复杂多样，自有农业以来，孕育了绚丽多彩的农业景观，为福建省农业发展模式的多元化提供许多鲜活的例子。例如20世纪80年代中期，联合国粮农组织收录了福建省南平地区的“芝麻观”农业景观和发展模式，其中的“观”指的是位于延平区西芹镇一个叫“观音坑”的狭长山垄，垄内的特殊地形结构形成特殊的小气候，被当地智慧勤劳的农民加以充分利用，形成与垄外迥异的农业生产模式。遗憾的是，由于快速的城市化，当地农民大多涌向城市谋生，这个特殊的农业生产模式目前已经消失。笔者将本章收集的福建景观类农业文化遗产分田野、山地和水域三类加以叙述。

表 9-1 列出了福建省景观类农业文化遗产名单，下文一一叙述。

表 9-1　福建省景观类农业文化遗产名单

序号	名称	来源	序号	名称	来源
1	洛江马甲梯田	泉州	10	建瓯东峰百年矮脚乌龙茶园	南平
2	尤溪联合梯田	三明	11	福清大姆山草场	福州
3	武夷山吴屯后源梯田	南平	12	柘荣鸳鸯头草场	宁德
4	宁化大洋梯田	三明	13	福安溪塔葡萄沟	宁德
5	政和念山梯田	南平	14	将乐木构廊桥	三明
6	长汀马罗梯田	龙岩	15	屏南木拱廊桥	宁德
7	岵山百年荔枝林	泉州	16	寿宁木拱廊桥	宁德
8	龙海凤凰山荔枝林	漳州	17	霞浦滩涂	宁德
9	云霄古茶园与茶文化系统	漳州			

第一节　田野类农业景观

◆ 洛江马甲梯田

洛江马甲梯田主要分布于泉州市洛江区马甲镇祈山村。

洛江马甲梯田面积约为 200 多亩，沿着山脊蜿蜒迂回，并与树林交织，气势恢宏。自古以来，梯田承载着最传统的农耕

洛江马甲梯田 吴充分 摄

文化，见证着农民的辛劳与幸福。那层层而上的错落之美是人类农耕劳作的精华之地，其绝佳的视觉效果让人为之叹服。

从高空俯瞰，马甲梯田田埂宛如蛛丝，一旁的南山水库又似镶嵌着的宝玉，令人赏心悦目。每当春雨降临，梯田就成为千百面镜子，倒映着蓝天青山。尤其是到了清晨，披着霞光的晨耕农夫唱着山歌，吆喝着水牛，在金光灿灿的梯田中耙耕，是最为原始的农耕美景。

◆尤溪联合梯田

尤溪联合梯田位于三明市尤溪县联合镇，梯田涉及联合、联东、联南、联西、东边、云山、下云、连云等 8 个行政村，面积达万亩。

尤溪联合梯田在唐宋时期开凿出来，迄今已有 1300 多年的历史，是中国历史上开凿时间最早的大型古梯田群之一。该梯田规模宏大，气势磅礴，联合高山片区全是崇山峻岭，所有的梯田都修筑在山坡上，梯田大者有数亩，小者仅有簸箕大，梯田坡度在 15 度至 75 度之间，以一座山坡而论，梯田最高级数达上千级。

尤溪联合梯田具有独特的自然和人文特征。其中，联合梯

尤溪联合梯田 张宗铝 摄

田保留了觅食性超强的山麻鸭、番鸭、半番鸭等稻田鸭品种，以及为感谢耕牛而举行的“拜神牛仪式”和为保护耕牛而举行的“伏虎岩庙会”，这是其他农耕地区所没有的。

2013 年 5 月，尤溪联合梯田被农业部确定为首批中国重要农业文化遗产。2017 年 11 月，尤溪联合梯田参与的中国南方稻作梯田系统在联合国粮农组织全球重要农业文化遗产专家组会议上获得原则通过，将成为全球重要农业文化遗产。

武夷山吴屯后源梯田

武夷山吴屯后源梯田位于龙岩武夷山市北面的吴屯乡后源村，离武夷山市区约 38 千米。

吴屯后源梯田分布在海拔约 300 米至 700 米之间，坡度有陡有缓，大多在 25 度至 45 度之间，总面积约 1000 亩。这里四面环山，呈东北高、西南低走势。山顶部大多为原始森林，山腰处以竹林为主，山腰以下梯田层层叠叠，随着山势弯弯曲曲，其间有下村、上村、厝垅、大罗等 4 个自然村，民宅泥墙褐瓦，古朴自然，如画师随意点缀，错落有致。

吴屯后源梯田就像武夷山的美，山清水秀，小家碧玉，集

吴屯后源梯田　余泽岚 摄

中而起伏多变，一片片，一窝窝，形散而神不散，田随山势，条条转转，移步换景，美不胜收。同时，吴屯乡后源村物产丰富，最出名的是养在梯田里的“稻花鱼”，稻花鱼是最近几年才开始在武夷山流传的新名词，原来叫稻田鲤鱼，本地人叫“田鲤”。这里的稻田水质好，养出的鱼肉质特别鲜美。

2016 年 6 月，吴屯后源梯田被列入武夷山市第三批非物质文化遗产代表性名录。

◆宁化大洋梯田

宁化大洋梯田主要分布于三明市宁化县河龙乡大洋村，水茜乡下付村、沿溪村。

宁化大洋梯田是各个历史时期乔迁至此地的客家先民为了维持生计，充分利用当地自然地理条件，发挥自身聪明才智，逐步形成的一个极具典型意义的人与自然和谐共存的传统梯田稻作农业文化系统。

宁化大洋梯田平均海拔 800 米左右，山岭高度超过 1200 米，其单片面积数千亩，加上山垄连片的下付村梯田及沿途梯田，共计面积超过万亩。

宁化大洋梯田依托地理、气候等自然环境因素，在山顶海

宁化河龙大洋梯田 李祖平 摄

拔较高处种植竹林，山腰以下改造梯田，村庄则点缀在山腰及山间盆地。山顶为竹林，有利于水源涵养，使山泉、溪涧常年有水，保障了山下人畜用水和梯田灌溉；山腰及山腰下开垦梯田，梯田的建造完全顺应等高线，充分利用了山区土地资源，既减少动用土方，又防止了水土流失；村庄则处在山腰（竹林与梯田分界处）或山间盆地，气候适宜，水源清洁便利，有利于群众生产生活。天然的山涧、泉水和人工开凿的沟渠把竹林、村庄、梯田有机地串联在一起，这种“竹林－村庄－梯田－水流”山地农业体系创造了人与自然的高度融合，是生态农业和低碳农业的典型代表。

政和念山梯田

政和念山梯田位于南平市政和县星溪乡念山村。

政和念山梯田历史悠久，距今超过一千年。传说，唐乾符五年（878），黄巢率起义军曾据此为根据地，修筑防御工事，扎营练兵。为了纪念黄巢，后人将陈屯、厝角、后山仔、上园仔、北新、余屯、后门厂等 7 个村庄统称为黄念山。居住在这里的先民们充分利用“山有多高，水有多高”的自然条件，利用黄巢的防御工事开沟引水，围筑造田，经过一代又一代的耕耘，

政和念山梯田春色 李隆智 摄

最终开垦出这连绵千丘的念山梯田。

念山梯田如练似带，从山脚海拔300米的星溪河盘绕而上，层层叠叠，高低错落，梯田最高处海拔1100米，垂直高差800米，绵延5千米，共1600多亩。当地村民这样形容念山梯田："青蛙一跃过三丘，一牛一躺占一丘。"可见这里的田有多"小"，因而也被当地人称为"袖珍田"。

20世纪90年代后，念山梯田这一人间美景才开始显山露水，吸引来自全国各地的摄影爱好者汇聚此地。其山高水长，环境优美，梯田密集，线条流畅，充分展示出念山梯田的自然美、文化美。

长汀马罗梯田

长汀马罗梯田位于龙岩市长汀县童坊镇。

长汀马罗梯田开垦于唐末，完工于清初，距今已有千年历史。这里的梯田分布在海拔300米至1100米的大山之间，坡度大多在26度至35度之间，最大坡度达50度。从山脚盘绕到山顶，层层叠叠，高低错落。从流水湍急的河谷，到白云缭绕的山巅，从万木葱茏的林边到石壁崖前，凡有泥土的地方，都开辟了梯田。在这浩瀚如海的梯田世界里，最大的一块田不过一亩，大多数是只能种两三行禾的碎田块，最小的仅斗笠大

长汀马罗梯田

小，因此当地有“田比斗笠小”的说法。

长汀马罗梯田是客家先民在高山陡坡、乱石丛生之处以血汗和生命开山而造，居住于此的客家先民在这块热土上世代耕耘着，凭聪明智慧创造出许多适合当地梯田耕作的独特农耕用具；并在劳动之余创作了许多客家山歌，丰富了农耕时代多姿多彩的文化。

第二节　山地类农业景观

岵山百年荔枝林

岵山百年荔枝林位于泉州市永春县岵山镇。

岵山荔枝种植历史悠久，宋朝起便有村民种植，距今已有1000多年。北宋名臣蔡襄因岵山荔枝皮薄核小、肉厚汁多、味道清甜、爽滑可口，把它载入《荔枝谱》。当地村民习惯在房

峠山百年荔枝林

前屋后的空地上种植荔枝树。目前，该镇约有荔枝 5 万株，树龄 100 年以上的近 2000 株，年产荔枝可达 600 吨。

近几年，永春峠山镇着力将“峠山晚荔”与自然美景、历史元素、文化底蕴相融合，通过举办荔枝文化旅游节，擦亮峠山荔枝历史名片、人文名片和地域特色名片，让游客零距离感受峠山荔枝的独特魅力，从而掀起荔枝采摘游热潮。

龙海凤凰山古荔枝林

龙海凤凰山古荔枝林位于龙海市九湖镇中心的凤凰山，是亚洲最大的连片荔枝园。

龙海凤凰山种植荔枝历史悠久，始于唐，盛于宋，延至今。凤凰山下九湖村至今还伫立着一株 500 多年树龄的“荔枝王”，年产荔枝可达 2100 斤。凤凰山属红壤丘陵山地，气候温和湿润，雨量充沛，无霜期长达 330 天，优越的地理环境和自然条件，有利于荔枝树的种植和生长。目前，龙海凤凰山荔枝品种达 100 多种，其中优良品种有乌叶、兰竹、桂林、绿荷包等。

凤凰山古荔枝林不仅佳果飘香，流金溢彩，而且翠色连绵，

龙海凤凰山古荔枝林

万亩荔枝海题字

景色秀丽，素为到漳游客必到之地。步入通往凤凰山的石板路，一排排浓荫如盖的荔枝树迎面而立，曲曲折折的枝干撑起一个个硕大的绿伞，给游人带来花的清香。登上凤凰山极目远眺，20 多万株荔枝树郁郁葱葱，汇成波澜壮阔的绿色海洋。山风过处，阵阵林涛不绝于耳，凤凰山则像是万顷碧波中的小岛。每年七八月间，适逢荔枝收获季节，一串串火红的荔枝果随风摇曳，红绿相间，就像彩霞映照在碧波之上，色彩斑斓，绚烂夺目。

2017 年 1 月，龙海凤凰山古荔枝林正式入选全国农业文化遗产名录。随着入选名录及漳州对农业遗产的进一步挖掘与保护，凤凰山古荔枝林将以其得天独厚的荔枝云海和多姿多彩的自然景色吸引越来越多的游人。

云霄古茶园与茶文化系统

云霄古茶园位于漳州市云霄县北部火田镇白石村和云霄园岭国有林场的大帽山、小帽山及周边山地，并且连绵到马铺乡坪水村，总面积 7028 亩，与附近的水源林、排灌系统和其他自然、人文等景观构成了文化景观区域。

云霄古茶园地处海拔 745 米至 852 米处的山顶，是云霄迄今为止最大面积的野生茶树群落。该树群树体较大，数量众多，树高最高超过 7 米，面积约 3000 亩。据判断，这是抛荒的古茶园。据记载，白石村在清朝嘉庆年间就开始种茶，这些野生茶树距今超过 200 年。这些野生茶树属于栽培型古茶树，当地人称之为“大帽茶”，用这些野生茶树试制的茶叶滋味较甜，不带苦味，属于非苦型野生茶。

2016 年 12 月，“福建云霄古茶园与茶文化系统”被农业部列入全国农业文化遗产保护名录。

云霄古茶园

建瓯东峰百年矮脚乌龙茶园

百年矮脚乌龙茶园位于建瓯市东峰镇桂林村，面积约 10 亩，共有 6090 株矮脚乌龙。矮脚乌龙又名软枝乌龙，建瓯茶农多称小叶乌龙。福建省茶叶研究所编著的《茶树品种志》记载有“矮脚乌龙原产建瓯，分布于

东峰百年矮脚乌龙茶园

东峰桐林一带（包括桂林）和崇安武夷等地。无性系品种，栽培历史较长”。据推算，该茶园历史至少在127年以上。

20世纪90年代，桂林村的这片矮脚乌龙老茶园开始受到广泛重视，知名度越来越大，每年都有大批茶界人士前来参观考察，矮脚乌龙老茶园也成了文物地、科教地、旅游地。矮脚乌龙在东峰和建瓯各地广为种植，并获国家工商总局批准为地理标志保护产品。

福清大姆山草场

福清大姆山草场主要分布于福清市南岭镇。

福清大姆山草场主峰海拔633米，绵延八百亩的天然高山草场，为福州辖区最大、最美的草原。山顶满是大片的草原，连绵几个山头，由于临近海滨，山上水汽较多，沿途建有多处水库，站在山顶能看到长乐一带的海岸线。

福清市南近北回归线，属南亚热带气候带，年雨量充沛，雨季、旱季分明，各季气候均有明显特征，有利于大姆山草场的种植和生长。目前，福清大姆山草场成为福清少有的滑草、爬山、露营和攀岩等野外活动绝佳好去处，成为福清市民引以

福清南岭大姆山草场 郭成辉 摄

为豪的“家门口的呼伦贝尔大草原”。

柘荣鸳鸯头草场

柘荣鸳鸯头草场位于宁德柘荣县东源乡鸳鸯头村。

柘荣鸳鸯头草场平均海拔1000多米，面积达到了1万多亩。它曾“养在深闺人未识”，却是我国南方少有的生态宝地，为福

柘荣鸳鸯头草场春色 刘寿福 摄

建省最大的天然草场。

登上鸳鸯头草场山顶，放眼望去，连绵起伏的群山，仿佛披上一层翠绿的绒被，温馨而飘逸。在这片辽阔的草山，蓝天、白云、草场、田园相映成趣，山、草、花、石相互融合，构成了一幅美轮美奂的画卷。

在不同季节，柘荣鸳鸯头草场有着不同风貌：春季，绿草如茵、山花烂漫；夏季，翠峦如波、一望无际；秋季，绒草连天、满目金黄；冬季，白雪皑皑、银光璀璨。

◆福安溪塔葡萄沟

福安溪塔葡萄沟位于宁德福安市穆云畲族乡溪塔村，是畲民们利用溪流边种植野生刺葡萄而形成的。

作为刺葡萄原产地的溪塔村，其种植葡萄历史悠久。自20世纪80年代以来，当地畲民便抓住刺葡萄易栽培的特性，利用秀溪、詹溪两条溪流，沿溪面用铁丝拉线搭架栽培，让刺葡萄藤蔓交叉穿插，形成绵延近5公里的葡萄沟。沟上绿荫蔽日，沟下流水潺潺，形成一道南国独有、美不胜收的风景线，与新疆吐鲁番葡萄沟、河北昌黎葡萄沟并列为“中国三大葡萄沟”，享誉全国。

溪塔村民皆姓蓝，热情纯朴，先祖自明万历年间迁入，是闽东蓝姓畲族的主要发源地，称为“溪塔蓝”。溪塔村中遗存的民居、古亭、廊桥、奇石以及至今保护完美的风情习俗，与葡萄沟景致相得益彰，令人流连。尤其每逢“三月三”等畲族传统节日，这里人如潮歌如海，乌饭飘香，畲歌嘹亮，金舞银饰，蔚为壮观。

2016年8月，中国农学会葡萄分会和中国果品流通协会葡萄分会联合授予福安溪塔葡萄沟“中国最美葡萄沟”称号。

福安溪塔葡萄沟 黄俊 摄

第三节 其他农业景观

将乐木构廊桥

将乐木构廊桥主要分布于三明市将乐县各个乡镇。

木拱廊桥，俗称“厝桥”，形似彩虹，是中国传统木构桥梁中技术含量最高的一个品类，显示了我国古代桥梁技术领先世界的卓越成就。将乐县至今留存着龙栖山厝桥、廖家地观音桥、余坊乡儒道桥、白莲镇御岭村水尾桥和大源崇善灵济桥等颇具古韵特色的木构廊桥。

将乐县境内现存的木构廊桥基本为清代所建，大多横跨于山涧、小溪之上。高山流水，古木苍藤，鸟鸣蝉噪，曲径通幽，如诗如画。这些廊桥大多是连接河流两岸的交通要道，对交通出行、农事耕作和商业往来等都起到了重要的作用。

将乐良地村木拱廊桥 廖秋英 摄

屏南万安桥 刘佳 摄

屏南木拱廊桥

屏南木拱廊桥主要分布于宁德市屏南县各个乡镇。

屏南县地处福建东北，境内山高林密、溪涧纵横，古时交通甚为不便。当地的造桥工匠根据屏南特殊的地理环境和林木资源丰富的特点，同时顾及为桥身和途中旅客遮风挡雨，选择建造木拱廊桥，从而连接起了众多的深山古道，改善了当时山区的交通状况。

如今，屏南境内还保存着木拱廊桥 13 座，在闽浙两省七县联合申报并已列入《中国世界文化遗产预备名单》的 22 座木拱廊桥中，屏南一地入选 5 座，在中国木拱廊桥家族中占有重要一席。其中，屏南县最著名的两座木拱廊桥是千乘桥和万安桥，分别位于棠口乡棠口村和长桥镇长桥村。

万安桥是我国现存最长的木拱廊桥，被公认为多拱木拱廊桥的经典之作，2005 年荣获国家文物保护单位称号。该桥始建于宋元祐五年（1090），在之后的漫长岁月里，因天灾人祸屡毁屡建。目前所见桥梁为1932年重建、1954年再次修复；桥长98.2米，宽4.7米，桥面距离水面高度8.5米，五墩六孔，桥屋37扇152柱。

千乘桥是屏南境内第二长木拱廊桥，造型端庄，风姿典雅，于2005年被公布为国家文物保护单位。千乘桥始建于宋代，1820年重建，桥长62.7米，宽4.9米，桥面距水面高度9.7米，一墩两跨，单孔跨径27米，桥屋建24开间99柱。在千乘桥的北端有一座祥峰寺，在桥的南端则有一座节孝坊；此外桥南空地上还建有“新四军六团北上抗日纪念碑”。

寿宁木拱廊桥

寿宁木拱廊桥主要分布于宁德市寿宁县各个乡镇。

寿宁廊桥俗称厝桥，是以梁木穿插别压形成拱桥，形似彩

寿宁鸾峰桥与文昌阁 龚健 摄

虹，是中国传统木构桥梁中技术含量最高的一个品类。北宋名画《清明上河图》中那座横跨汴水的虹桥就是木拱廊桥的典型代表。

寿宁木拱廊桥从数量上讲，是现已发掘的以县为单位的区域内全国数量最多的，拥有全国单拱跨度最长的下党鸾峰桥、全国最袖珍的犀溪翁坑桥。千百年来，经过风雨侵蚀、战争毁坏和意外火灾，目前还“健在”19座。历史上曾记载寿宁是“中国贯木拱廊桥之乡”。从年代序列上讲，寿宁木拱廊桥最齐，从清乾隆、嘉庆、道光、同治、光绪至民国时期，一直延续至今，这在全国极为罕见。据有关专家考证，寿宁的木拱桥，其悠久的历史、精湛的技艺，在中国桥梁史上占据着重要的地位。

霞浦滩涂

霞浦依山临海，风光旖旎，享有“中国最美的半岛”“中国最美的滩涂”等美誉，有着长达480公里的海岸线，位居福建省之首。

霞浦浅海滩涂面积104万亩，是中国滩涂面积最大、滩涂风光最典型最集中的地方，其独特景观让海内外摄影家趋之若鹜，每年吸引着近30万国内外摄影爱好者到此拍摄。尤其是这些年迅速发展起来的近海滩涂养殖，那些渔排木屋、小舟渔网、浮标竹竿，随着潮水的涨退，变幻着无穷的组合，更是吸引来无数摄影者的目光。

霞浦滩涂 卢范经 摄

第十章

福建农业文化遗产·聚落类

传统聚落是农业文化遗产赖以传承之物质和精神载体。在福建“八山一水一分田”和广袤海域组成的特定时空里，先民们一代又一代生息劳作，几经升华，造就出一处处颇具区域特色的传统聚落。这些聚落或以农耕传家，或以林业见长，或赖渔捞谋生，或靠商贸繁荣，或在交叉互补中渐进，不尽相同，各展风采。如今，福建省拥有中国历史文化名镇名村 42 个、中国传统村落 229 个、省级历史文化名镇名村 121 个、省级传统村落 503 个。福建土楼聚落更是以其特有的唯一性、真实性和完整性被列入了《世界遗产名录》。

本章共整理出具有代表性的 18 个传统聚落，分为农业类聚落、林业类聚落、渔业类聚落、农业贸易类聚落 4 节加以论述。

第一节 农业聚落

邵武和平镇

邵武市和平镇位于福建省西北部、邵武市西南部，地处闽赣两省三县交通要冲，历史上是集粮食种植业、渔业、林业及农业贸易于一体的综合性农业聚落。

和平别称禾坪，自古是闽北粮仓邵武的主要产粮区之一。其地属丘陵地带，地形以低山丘陵为主，间有小块河谷盆地，禾田溪、罗前溪及其支流等穿行其间，耕地大部分为梯田、山垄田，土壤类型繁多，土质肥沃且水源充足，气候立体多样，“高原宜麦，水田宜稻”，具有天然的粮食种植优良条件。历史上，和平主要种植水稻，稻谷品种类型较多，但多为一年一熟的单季稻，田埂兼种大豆，民国邵武农业调查称“谷为最主要的农家收支，占农家总收入之 77.20%；其他大豆、油菜籽等次要农产收入为 7.91%”[1]，是和平农业种植业的鲜明写照。宋元以降，和平“有余之米”就沿闽江而下，弥补福州、兴化、泉州等沿海地区粮食之不足。

明清时期，随着耕作技术进步和农业经济发展，和平的农业生产形态出现渔业、林业、工商业等新发展因素。渔业方面，

[1] 傅家麟：福建省农村经济参考资料汇编 . 福建省银行经济研究室，1941：82.

邵武和平镇全景 韩承伟 摄

至少在明弘治十三年（1500）以前，邵武南乡就开始出现稻田养鱼的特色渔耕。稻田养鱼在节约山区渔业用地的同时兼收渔业之利，为闽北山区提供鱼类蛋白质等营养来源，同时鱼群游动而松土增氧、减少稻田杂草，以稻田虫卵为食而减少水稻虫害，利于提高稻作收成。旧志所谓“饭稻羹鱼，不贾而足”，就是这种稻鱼共生带来的物质丰足。目前，稻田养鲤作为邵南传统特色农渔业已逐步恢复生产。

林业方面主要有林木、毛竹等种植生产及相关林副产品。林木有杉、松、樟等，杉木业约于明代发展起来，且随着自然林砍伐面积扩大而出现杉木种植业，明万历年间即“种杉弥满岗阜”，“郡人所谓货，此其最重在也”。以毛竹为原料的竹纸手工业同样在明代就得到长足发展，成为当地重要的外销产品。直至今天，和平仍是邵武南部重要的丘陵林区，现有和平国营林场。

商业方面，明清时期和平农业商品经济发展迅速，最迟在明嘉靖年间就形成“和平市”（今和平镇），当时一月一圩，农历每月十六日为圩日。明万历中期，

和平古镇东门谯楼 楼建龙 摄

为了保障集市安全，和平乡民自发修建城堡，周匝 360 丈。清代，和平市发展为延续至今的一旬两圩，农历逢四、九为圩日，城堡内形成南北向的和平街（俗称旧市街）和东西向的东门街，街市空前繁荣，这是在乾隆年间和平分县建置的经济背景下的商业繁荣。到清光绪十三年（1887），出现为农耕服务的专业性市场“牛会”，每年农历十月十四日为会期，当地粮食种植与农业商品经济之盛可见一斑。“和平市”为当地乡村农林渔产品、手工业品及日常生活必需品集散地，对外贸易主要以米、木等初级农林产品及纸、笋等林业副产品输出为主，这种情况至今仍在延续。

总的看来，明清至民国时期，和平由农业种植聚落发展成为地区性二级市场，成为连接乡村聚落与地域中心城市乃至沿海大都会的重要节点。在这个历史过程中形成的和平镇区，城堡街巷格局至今完整清晰，城楼宝塔、衙署书院、坛庙祠堂、宅第民居等古建筑数量众多且至今保存较好，宗教文化、民俗文化等特征鲜明且延绵不绝，是闽北丘陵地带的山间盆地大型综合性传统农业聚落的典型案例。

邵武和平镇文化遗产保护得到各级人民政府及相关部门密切关注。早在 2003 年就被公布为福建省历史文化名镇，2005 年又被公布为中国历史文化名镇，2014 年和平镇和平村、坎头村被列入第四批中国传统村落名录。据全国第三次不可移动文物普查数据，和平镇共登记和平石拱桥等 123 处不可移动文物点，其中有黄峭墓、聚奎塔等 2 处省级文物保护单位，和平分县县丞署等 21 处市级文物保护单位。

◆尤溪县台溪乡书京村

尤溪县台溪乡书京村位于尤溪县中南部，是典型的闽中山地农业聚落。该村地处交通路线的末梢，山路环绕，西北距尤溪县城约 20 千米，东距台溪乡约 3 千米。

书京村地属丘陵地带，山体南北夹峙，村落背靠北侧海拔

700 多米的琵琶山，南侧的对山海拔 400–600 米不等，整体地形陡峭，土地、水等自然资源匮乏。明嘉靖《尤溪县志》云："尤开田山中，下有楞栗桑苧林木之饶，火耕山伐足衣食，故民呰窳不生，业亡积聚。"书京即是如此，明清时期开始开垦梯田耕作，但至今耕地不足 600 亩，人均不足八分，为全县之末流。书京除种植水稻外，可能大面积种植薯莨等。书京一直维持自给自足的山地自然经济，经济水平低下且发展缓慢，直到清代中后期即 19 世纪，才凭借竹业（造纸、竹编）等山林特产发展而有所起色，而周边地区至清末民国才形成台溪墟。如今，书京村土地面积八千余亩，林地面积占七成，耕地不足一成，基本延续以粮食、竹林为基础，以农林副产品为特色的闽中传统山地经济业态。

书京村聚落人文景观主要形成于聚落经济勃兴的清中后期至民国时期，其中包括闽中地区特色防御性乡土建筑土堡 2 座，

尤溪县台溪乡书京村　黄在锦 摄

祠堂、书院、民居等传统建筑50余座，均系以杉木为主构架的土木结构建筑。姓氏祠堂为聚落重心，坐落在聚落“风水”最好的位置，如邱氏祖祠时思堂坐落在海拔450米的坡顶坪地，祖山巍峨，前堂视野开阔，遥看笔架形前山，周边有支祠、书院等系列公共建筑。普通民居则或往下或往上分布，光裕堡、瑞庆堡、聚庆堂等大型民居建筑都建在时思堂下方。整体来看，书京的传统建筑呈散点状沿等高线分布在琵琶山海拔320–550米的阳面山坡上，百年古树与风水林等点缀其间，山路蜿蜒于建筑及田地之间，形成与山谷盆地、平原地区的大聚居的传统农业聚落形态截然不同的山地散居型农业聚落景观。

2012年，书京村被列入第一批中国传统村落名录。据全国第三次不可移动文物普查数据，书京村共登记书京大楼等7处不可移动文物点。2013年，由光裕堡、瑞庆堡组成的书京土堡群被福建省人民政府公布为第八批省级文物保护单位。2015年，书京村被列为第二批省级特色景观旅游名村。

◆永定区抚市镇社前村

永定区抚市镇社前村位于永定区东北部，历史上是以烟业发达的闽西河谷盆地农业聚落，今为抚市镇政府所在地。

清代福建烟业极其发达，清代至民国时期，永定县经济以烟业为中心，抚市烟业又以社前为中心，号称“烟魁”。社前烟业在清康熙年间已经初具规模，清乾隆、嘉庆年间进入鼎盛时期。据调查资料显示，当时全村开设烟棚有百余家，从业人员多达2000人，日产烟丝2000–8000千克，所产条丝烟遍销长江流域及其以南的整个中国南方地区。

烟业发展兴旺的同时，社前掀起了竞相营建土楼之风，如庚兴楼、善庆楼、和恩楼、永昌楼、怡兴楼、兴茂楼等。[1]社前烟商所营造的土楼，以方形为主，密集分布在抚市溪河畔，

[1] 钟毅峰. 烟草的流动——永定烟草历史及其文化. 厦门大学博士论文，2008:131.

既是具有强大防御功能的居住场所，又是条丝烟的生产作坊，成为清代、民国地方烟业发展繁荣的实物见证。

社前烟业经济还在民间习俗上留下深刻的印记。元宵节白天“走古事”，为清乾隆二十三年（1758）元宵节，由烟商赖存觉发起组织的庆贺御赐“烟魁”的盛大“魁星”巡游活动，又名“出魁”，这项活动延续至今。社前烟商又带回海神妈祖信仰，由烟商出资营建天后宫，嗣后每年元宵节出魁活动从天后宫始发，每年妈祖诞辰日、忌日都要举办节庆活动，其盛仅次于元宵节。此外，元宵节独特的五色锣鼓，相传是烟商引进苏杭鼓形成的。

据全国第三次不可移动文物普查数据，社前村共登记社前天后宫等 14 处不可移动文物点。社前村于 2015 年被列入福建省第一批省级传统村落名录。

◆霞浦县崇儒畲族乡上水村

霞浦县崇儒畲族乡上水村位于霞浦县西北部，畲族人口占全村总人口近九成，是典型的闽东北山地畲族农业聚落。

上水村坐落在海拔 350 米的山坳中，四周山岭起伏，植被繁茂，溪流纵横，为典型的山地丘陵地貌。其西面、东面为主要的种植生产区，北面为坡田地区，东面为林区。现有土地总面积 8785 亩，耕地面积 933 亩，林地面积 6413 亩。明清时期，村民在承租山场开荒种粮的同时，也租赁经营天然林，并在农闲营造一些人工林。民国初期，上水等畲村林业生产已初具规模，成为霞浦县林副产品主要产地。村民从事的家庭作业包括织麻布、编斗笠、制扫帚，以及制作家庭木质生产生活用具，均以户为单位单独经营，且多为半工半农，从事手工制作时间约占全年四分之一。村东南的清代油坊是霞浦县最早应用水力榨油的作坊之一，目前保存有油坊遗址、水车和整木油榁等。

上水村保留着丰富的传统畲族文化，讲畲语、唱畲歌、祭祀祖先等习俗代代流传。村民还保留着制作乌米饭、菅时粽、畲族糍粑、畲家米酒等丰富的传统饮食文化。尤为重要的是，上水村还具有几种典型的畲族特色文化：畲族服饰，畲族花斗笠和二月二、三月三传统畲歌会。畲族男子一般穿着色麻布圆领、大襟短衣、长裤，冬天套没有裤腰的棉套裤。畲族妇女服饰大多是以自织的苎麻布制作，黑蓝色居多，衣领、袖口、右襟多镶有彩色花边。上水村畲族服饰第七代传承人雷加回传承并改进畲族服饰工艺，花纹细巧，色彩分明，更富有民族风情，如今颇有名气，尤以象征万事如意的“凤凰装”最具特色。

以上水村为代表的畲族斗笠制作技艺已被列入省级非物质文化遗产代表性项目名录。上水花畲族服饰斗笠以村内桧岩下种植的袅竹为主要原材料，辅助材料为油纸、水藤、白箬等，边沿扣花边三圈，少数扣大边四圈，重量只有普通斗笠的一半，美观轻巧，精细结实。2012 年霞浦上水畲族传统工艺制作专业合作社成立，旨在传承该传统技艺。

上水村历近四百年仍基本保持原有格局风貌，全村建筑八成以上为传统民居，同时还保留有明代古村道、油坊、宗祠等，是闽东保存最完整的大型畲族传统村落之一。2013 年，上水村被列入第二批中国传统村落名录。

平和县秀峰乡福塘村

平和县秀峰乡福塘村位于平和县西部，是地处闽粤交界的边远山村，却自清至今以繁庶著称，是一处因烟而兴的闽南传统山地农业聚落。

福塘村坐落于博平岭南段余脉之山间河谷，整体呈南北相对、东西延伸态势。五凤山、秀峰山南北夹峙，谷底福塘溪川流，谷地狭窄，山多地少历来是福塘社会发展的难题。明末清初迁入福塘的族姓向地主租佃田地，主要种植粮食作物以维持

福塘南山十字巷 楼建龙 摄

平和县秀峰乡福塘村　朱伟锦 摄

生计。至清早中期，随着康乾盛世的来临，如清康熙《平和县志》所云“休养生聚，村落渐满”，福塘各姓都逐渐发展起来，士农工商各有所为，其中最为显著的是福塘人通过种植、贩卖烟叶取得巨额财富，以朱氏、杨氏为典型。

殷富累世的福塘乡族热衷建屋置产。如朱氏宜伯公在县治九峰置睦顺堂为家庙，在乡则“建村居、筑祖坟、立祠堂、择佳城、置蒸田、开财源”，杨国重则归建豪宅聚华楼。通过延绵400余年的乡族文化与持续不断的营建活动，福塘形成独特的太极阴阳鱼图的聚落格局：改直溪为S形曲水，先是在水曲腹心各掘圆井，后各建圆形土楼，作为阴阳两极之鱼眼；阳极区域是朱氏聚居地，阴极区域是杨氏聚居地，建筑沿溪分布于海拔332-350米之谷坡，呈现围绕自家祠堂或祖屋据地聚居的分布态势。福塘村现存各类历史传统建筑百余处，清中后期营造的占至六成，清代以来平和民间流传的“有大峰厝，没有大峰富；有大峰富，没有大峰厝”，其背景正是地方烟业的勃兴。

据全国第三次不可移动文物普查数据，福塘村共登记福塘笃庆堂等13处不可移动文物点，其中6处于2013年被平和县人民政府公布为第八批县级文物保护单位。2014年福塘村被列入第三批中国传统村落名录，2016 年被福建省人民政府公布为第五批省级历史文化名村。

涵江区白塘镇洋尾村

涵江区白塘镇洋尾村位于莆田市东南部沿海，坐落在莆田平原木兰溪入海口北岸，东临兴化湾，区位优越。洋尾村是唐宋时期开发的平原水乡农业聚落。

洋尾村坐落在莆田平原北洋、白水塘畔。北洋地域在隋唐时期还是蒲草丛生的海湾沼泽地。[1] 据光绪《兴化府莆田县志》载，唐建中年间（780–783）吴兴塍海为田，筑延寿陂，“引延寿陂水，为大沟三、小沟五十九，分为三脉”，建成北洋灌溉体系，围垦初具规模。宋代外筑长围、内疏塘建坝，完善水利工程，北洋基本完成围垦。期间，兴建陈坝斗门益泽洋尾，又围海为水面 300 多亩的白水塘，造就洋尾西临大湖、沟渠交

涵江区白塘镇洋尾村祠堂　郑育俊 摄

[1] 林汀水 . 从地学观点看莆田平原的围垦 . 中国社会经济史研究， 1983:(1)，49.

错的平原水乡地貌。北洋围垦良畴万顷而东濒海湾，形成粮副渔盐商等多种产业共同经营的沿海平原经济形态。洋尾田地以种植水稻为主，明清时期已发展双季连作稻，冬种大小麦，散种糖蔗、花生、油菜、蚕豆、豌豆等，沟渠捕捞淡水鱼虾也是古代洋尾村民重要食物来源和经济收入之一。

洋尾塔桥桥头塔 楼建龙 摄

洋尾村民不止农耕，代有坐贾行商而成就一族巨业者，有业儒仕进而累世缵缨之士。据光绪《莆田县志》载，白水塘周边区域“有李、余、吴三姓，为一方巨族”。而据族谱记载，宋明清三代白塘李氏进士多至 29 人、职官 120 余人，成为莆田历史上著名的科举世家。

如今，洋尾村依然为城郊农业聚落，保有耕地 800 多亩，以白水塘为中心的沟河港汊自流灌溉，古桥仍可飞渡，宋元明清古迹犹存，白塘秋月胜景依然，平原水乡之风采历久不减。

洋尾村于 2003 年被公布为福建省历史文化名村，于 2015 年被列入福建省第一批省级传统村落名录。据全国第三次不可移动文物普查数据，洋尾村共登记佥判坊等 7 处不可移动文物点，其中李制干祠为莆田市级文物保护单位。

第二节 林业聚落

福安市社口镇坦洋村

福安市社口镇坦洋村位于福安市西北部，坐落在福安市西北隅、白云山东麓。作为坦洋工夫红茶的发源地，坦洋村是一处以茶叶种植贩卖为经济支柱的闽东高山传统农林业聚落。

“坦洋”村名最早见于清乾隆《福宁府志》，朱、施、胡、黄氏先后落户坦洋。早期坦洋人以产绿茶为主，乾隆年间开发新茶并做起茶行生意，至咸丰年间经建宁茶客传入红茶制作工艺，其中胡福四的万兴隆茶庄茶标“坦洋工夫”，而后主要茶行都标“坦洋工夫”，共同树立起坦洋工夫的口碑。由于坦洋工夫畅销海外，大批茶行争相进入，周边两省七县茶青、毛茶多运销坦洋改制。最为兴盛时期，坦洋街市多达 36 家茶行，雇工 3000 多人，年产茶 375 万多斤，以致现在千人村落有 60 多个姓氏。由于国内外形势变化，20 世纪上半叶坦洋村茶业一度衰落，1970 年代濒于停产，至 20 世纪 80 年代才得以迅速复兴。现拥有茶园 3200 多亩，茶农人均年收入稳居福安市前列，逐渐找回传统“村兴茶、茶兴村”的聚落繁荣之道。

坦洋村聚落历史风貌主要是在清后期坦洋工夫勃兴时形成的，现在仍保存各类乡土建筑遗存 80 多处，以传统民居、沿街商铺与坛庙祠堂为主，传统民居以合院式多层建筑为主，沿街商铺则居住合一、前店后宅。无论是民居建筑还是沿街商铺，都跟传统茶叶生产紧密结合：传统民居及

坦洋茶叶窗花　楼建龙 摄

坦洋古民居晾青 楼建龙 摄

沿街商铺一楼厅堂高敞明亮，主要用于择茶，二楼大都用来晾青、揉青，三楼原来用作仓库，现主要用于晾青。现在坦洋茶业虽然已经引入现代化品牌经营模式，但村民仍然延续传统以茶为中心的生活方式和礼仪文化，日常生活内容仍然主要是种茶、采茶、制茶、择茶、品茶，很多茶农、茶行还保持在传统民居、沿街商铺里制茶的传统家庭作坊生产方式。在经济发展的基础上，坦洋村的乡土建筑遗存包括村口风水景观建筑、村落核心区的传统民居、祠堂等历史建筑得到有效维护，村落环境也得以整治提升。

坦洋村于 2007 年被公布为第三批福建省历史文化名村，于 2013 年被列入第三批中国传统村落名录。据全国第三次不可移动文物普查数据，坦洋村共登记坦洋真武桥等 6 处不可移动文物点；坦洋施光凌墓为福安市级文物保护单位。

新罗区万安镇竹贯村

新罗区万安镇竹贯村位于龙岩市新罗区北部，历史上，竹贯村是以粮食生产及竹纸业并重的传统农业聚落。

竹贯仰元纸厂

竹贯村有着丰富的毛竹资源，为土纸生产提供了重要的原料基础。竹贯村民在长期实践中，承袭了独特的土纸生产工艺。据调查，从清代乾隆中期至道光初期，竹贯村每年外销的各类土纸约6000多担，最高时达8000担，给竹贯村带来丰厚的收入，也为著名的连城四堡雕版印刷提供了优质的纸张。每年外销的繁忙季节，来自漳州、泉州、厦门等地的商贾和当地的挑夫云集在竹贯，将土纸和其他土特产由陆路挑往万安集镇，再从水路沿九龙江运到漳州、石码，然后从海路由石码运往厦门、泉州等地。

竹贯村现存清代至20世纪80年代的纸寮、纸厂及商号等共十余处，纸槽、焙炉及寮屋等保存较好。计有清后期的溪南纸寮、溪头纸寮、溪边纸寮，以及清末民国的仰元纸厂、邓氏福源厂、溪东纸寮、林边纸寮和陟鳌厂等，其中最完整的为村东的福源厂作坊和村西南的温万盛作坊。福源厂作坊创建于清嘉庆年间（1796–1820），现存面积约150平方米。作坊大门上方书“福源厂”，内有烘烤壁、锅炉房、漂染处、筛浆处、木质压纸杠和打浆磨等，沤纸坑设在北面小院。温万盛作坊创建于清康熙年间（1662-1722），温万盛兄弟为竹贯村世代相传的纸农。该作坊占地300平方米，分内外两部分：外部设4个大坑，是专门用来沤竹麻的石灰坑，每个灰坑约12平方米，深2米，一次可沤纸浆约2000斤，可出纸20担。该作坊一直到20世纪50年代初才停止生产。这两个作坊稍加整理和修缮即可恢复土纸生产。

竹贯村于2007年被公布为第三批福建省历史文化名村，2013年被列入第二批中国传统村落名录，2014年被公布为第六批中国历史文化名村。据全国第三次不可移动文物普查数据，竹贯村共登记竹贯温兆凤故居等14处不可移动文物点；竹贯温氏家庙于2009年被公布为福建省第七批省级文物保护单位，观音庵为县级文物保护单位。

永春县岵山镇茂霞村

永春县岵山镇茂霞村位于永春县东南部，为岵山镇政府驻地。茂霞村是闽南地区以种植荔枝闻名的传统农业聚落。

据乾隆《永春州志》载，永春“山无顽石，地尽沃壤，多山林、陂池、苑园之利”。茂霞所在的岵山，地处四面峰峦环抱的山间盆地，是永春县东南部主要农业耕作区之一，是芦柑、荔枝、龙眼等传统水果栽培区，特别是始于清前期的岵山荔枝（乌叶）、岵山晚荔（焦核）誉满闽南。据调查统计，茂霞村现有荔枝4000多株，树龄超过100年的有600多株。历史上茂霞乡人习惯在房前屋后植荔枝树，宅藏荔枝丛中，当地人称为“荔枝宅”。小姑溪沿岸也遍植荔枝树，形成独特的荔枝水岸景观；村境东北部保留连片的荔枝园，面积超过6公顷，现已开辟为荔枝公园。茂霞村荔枝林间还保存着明清古民居及民国华侨民居70多处，整体风貌较好。

茂霞村于2012年被列入第一批中国传统村落名录。据全国第三次不可移动文物普查数据，茂霞村共登记茂霞集福堂等7处不可移动文物点；福茂寨、敦福堂等为永春县级文物保护单位。

第三节 渔业聚落

霞浦县沙江镇竹江村

霞浦县沙江镇竹江村位于霞浦县东南部，南临东吾洋，以岛上旧产竹、四周临水而得名，为闽东沿海岛屿渔业聚落。

竹江岛呈不规则长方形，东西长、南北窄，面积约 10.6 公顷。花岗岩地质，地势东高西低，东南地表多岩石，西北为沙质土壤，“独竹屿孤岛，无田可耕，无山可垦”（郑鸿图《蛎蜅志》），因此，竹江岛向来没有陆地传统农业，只有渔业。竹江渔业包括沿海近海捕捞和滩涂水产养殖，历史上都有开创性贡献。沿海近海捕捞方面，竹江渔民独创海捕马鲛鱼技术，乡人著有《官井捕鱼说》。滩涂水产养殖方面，竹江渔民于明成化年间（1465–1487）开发出竹插海蛎技术，“乡人郑姓者，随砍竹三尺许，植之泥中，其年丛生蛎，比前更蕃，因名曰竺，

拾蛏图

以竹三尺故名也。乡人转相慕效，竺蛎逐传，沙蛤亦然”（郑鸿图《蛎蜅志》)，清乾嘉年间（1711-1822）继续改良插法和育苗技术。可以说，竹江竹插海蛎技术成就了闽东近 500 年海蛎养殖业。渔业发达为儒业兴起打下基础，民国《霞浦县志》称“代有文人”，著录名士诗文不少。近代以来，海瓜子、海带种植相继兴起，丰富了竹江滩涂水产养殖业态。时至今日，竹江传统渔殖技术和业态仍在延续。

竹江渔业生产景象，清代张光璧《竹江纪实》云：“乡人胡所愿？蛎肥当丰年。收成数万竹，胜种数亩田。严冬霜雪重，江水等冰坚。村村乐元旦，吾乡无息肩。耐寒甘涉历，嗤此争腰缠。牙牙杂客语，岸际集商船。商船多省客，水上成市厘。”竹江讨海四季循环，至今几乎没有改变，而明清时期的“渔村神会”“蛎市估船”“石桥晚归”“坑尾橹声”“夏夜渔灯”“秋江蟹舍”等至今依然是乡间津津乐道的“竹江十景”。

竹江村于 2017 年被列入第二批福建省传统村落名录。据全国第三次不可移动文物普查数据，该村共登记竹江锣鼓井等 5 处不可移动文物点，省级文物保护单位有竹江天后宫、竹江汐路桥等 2 处。

◆仓山区螺洲镇

仓山区螺洲镇位于福州市城区南部、南台岛东南端。历史上，螺洲以科举名震省垣，一度为县级政府驻地，同时也是具有鲜明特色的闽江渔村。

螺洲坐落在乌龙江北畔，背靠鼓山，面朝五虎山，“周回一江环洲”，南宽北窄，以外形似螺而得名。洲内河流纵横，将螺洲分成洲头顶、洲尾、莲宅及大埕至程厝街等 4 片，“各架桥以渡”，清同治年间（1862-1874）记录的桥梁就有 16 座。最早进入螺洲的人群及时间已不可考，据载“唐宋间祖居螺洲者族浩繁”，多姓杂居。南宋期间吴、林两姓陆续迁入，婚娶螺洲本地女裔，明洪武年间陈姓（今螺江陈氏）迁入，到明万历

螺洲镇天后宫 池志海 摄

初“居者数千家”，形成延续至今的三姓分地聚居的聚落形态：吴姓集中于今吴厝村，林姓集中于今洲尾村，陈姓集中于今店前村。明清螺洲科举崛起，元代仅吴姓进士 1 人，而明代有进士 2 人、举人 14 人，清代截至同治年间有进士 15 人、举人 87 人，以陈氏为著，与比邻的濂浦林氏并称于世。但就经济形态而言，宋至民国螺洲都是一个农渔并重的传统江滨聚落。

螺洲及周边土地有洋田、洲田和蚬埕等之分。洋田为陆上土地，以种植水稻、果树等农林作物为主。洲田和蚬埕是“闽江下游特种土地”，由江滨沙泥堆积而成，露出水面而培垦成稻田的为洲田，没在水下而用于养蚬的为蚬埕。螺洲除拥有本洲土地外还占有周边大片土地，如《螺洲志》记载的外港蚬埕、帝君湖蚬埕、里港蚬埕等三块蚬埕，都在本洲之外；又如，据新中国成立初期调查，螺洲占有原石步乡（今属城门镇）前的三和兴洲部分土地。

除上述蚬埕淡水养殖以外，螺洲渔业以淡水捕鱼为主，“滨江诸村，多以取鱼为业”，特产有梅鱼、辣螺等。原有渔课之输，“输课无花名……所派皆舟人之子、南亩之夫，而烟户受其累”，被视为“百年驮累”，可见数额颇大。螺洲街设有鲜鱼牙，“由五虎门贩来者如鲜鱼、辣螺、虎蟳之属”。

在螺洲江滨经济生活中，时被称为“科题”“疍户”“水上操舟为业”的水上人家发挥着重要作用。螺洲江面上从事摆渡、捕鱼的全是“疍民”，蚬埕生产也全部雇用“疍民”，可见水上人家是螺洲传统聚落不可或缺的水上交通服务者和渔业劳动者。民国时期水上人家开始上岸，新中国成立后水上人家全部上岸定居，现螺洲莲宅等地为其聚居点。

新中国成立后，螺洲作为闽侯县政府驻地发展达 20 年，形成以螺洲路十字路口为中心的新中国成立初期建筑群，充实了螺洲镇的历史文化内涵，但传统宅第、宗祠、孔庙、天后宫、螺女庙、渡口、石刻等文物古迹仍保存较好，以妈祖及螺女为中心的民俗信仰文化至今传续，较完整反映了螺洲独具特色的江滨聚落文化内涵。螺洲镇于 2007 年被公布为福建省第三批历史文化名镇。据全国第三次不可移动文物普查数据，螺洲镇共登记螺洲石桥等 25 处不可移动文物点，省级文物保护单位有螺洲陈氏五楼及宗祠、螺洲天后宫等 2 处。

◆惠安县崇武镇

惠安县崇武镇位于惠安县东部崇武半岛，东临台湾海峡，介于湄洲湾与泉州湾之间。崇武向以东南海防要塞“崇武千户所”著于史、闻于世，同时，崇武是福建著名的传统渔场、渔港。

崇武半岛土地贫瘠，只能种植番薯、大小麦、花生等农作物，不足以果腹，但其周边海域“鱼鲜特盛”，居民向来以海为田、以渔为业。明清崇武渔业分两类：一类是沿岸渔业，一类是海洋捕捞。海洋捕捞早期主要在崇武近海，明中后期发展往北至浙南渔场，往南至厦门澎湖一带渔场。清代复界至民国时期，崇武海捕渔业愈加兴旺。

惠安崇武古镇滩涂景观

崇武渔货从明代就开始运销外地，清代开禁复界后，“商人皆贩鱼营生，渡船亦载鱼糊口”，崇武迅速发展成为福建省著名渔港。初期渔货大多由鱼贩在码头收购走，到清后期崇武中街出现大片寮行、铺户、鱼牙行，民国时期多达 30 余家。据统计，19 世纪初崇武大小渔船约 100 艘，到 19 世纪 30 年代大小渔船增至 600 余艘，年产量 15-20 万担。抗日战争爆发后，崇武渔船大多转为商船，鱼牙行及渔业迅速衰落。新中国成立后，崇武渔业逐渐国营化、集体化，崇武区大团结高级渔业生产合作社生产规模居全省第一。改革开放以来，以延绳钓业、海钓带鱼为特色的传统渔业生产重新焕发活力，1980 年代渔业产值一度占崇武镇国民经济收入六成，至今崇武仍为福建重要渔港。

崇武作为明清海防所城与渔业聚落，保持着丰富多样的海洋文化遗产，包括文物古迹、生产习俗、饮食文化、民间信仰、民间传说等，无不特色鲜明，源远流长。崇武镇于 2012 年被公布为福建省第三批历史文化名镇。据全国第三次不可移动文物普查数据，崇武共登记崇武码头遗址等 44 处不可移动文物点，全国重点文物保护单位有崇武城墙 1 处。

清流县赖坊古民居 红菇 摄

第四节 农业贸易聚落

清流县赖坊镇

清流县赖坊镇位于清流县南端，是闽西山间盆地农业聚落，同时是极具代表性且形态完整的闽西山区初级市场。

赖坊镇坐落于大丰山余脉中山山系环伺的椭圆盆地，村落散布在从南往北贯穿赖坊盆地的九龙溪支流文昌溪的两侧台地，盆地内地势平坦，利于农作物生长，自古是清流粮食重要产区。赖坊聚落处于一个粮食自足的封闭地理单元环境，而盆地内各姓互相通婚，从而又形成一个多姓联姻、共存共荣的聚落共同体，从地理环境到人文历史都具有不可分割的整体性。

在这种情况之下，赖坊农业商品经济发展极为缓慢，直至民国才初步形成墟市，逢四九赶圩。赖坊墟地处盆地中部、文昌溪东岸，四周环村路，环内房屋密集，巷弄贯穿东西，间有里弄南北相接，窄小幽深，形成所谓“仙人撒网”之街巷格局。与文昌溪平行的村西环主街即为民国时期赖坊墟市，两侧店铺犹存，岸边码头犹在，分为镇安门街、楼房下街、真武街等3段，但总长度不足300米。而距离赖坊墟北约2千米的南山村有百米的“主街”，距离赖坊墟南约4千米的官坊村有不足百米的“鲤鱼街”。由此可见，赖坊墟作为盆地聚落中心，其集市活力严重不足，辐射力极其有限，这与其地理环境及耕作农业条件密切相关。

赖坊镇于2007年被公布为第三批福建省历史文化名镇（乡）；赖坊村于2008年被公布为第四批中国历史文化名村，于2012年被列入第一批中国传统村落名录。据全国第三次不可移动文物普查数据，赖坊村共登记镇安门等20处不可移动文物点，省级文物保护单位有赖坊建筑群1处。

武夷山市下梅村

下梅村位于武夷山市中部，是清代武夷山茶区三大茶市之一，是“万里茶道”的起点。

下梅村在两宋时期名曰“当坑坊”，后演变为“下梅里”。虽然伴随着行政建制历史变迁，下梅村的名称、隶属、辖区有

下梅古村全景 邹全荣 摄

变化，但基本上是一个以当坑坊或下梅村为中心，管辖周边自然村落的基层行政单位，目前系武夷山市武夷街道管辖下的一个行政村。村庄田园坐落在河谷盆地之中，四周山峰的海拔平均高度在600米以上，从古至今，除水稻外，茶叶、香菇、烟叶、柑橘、笋干等都是下梅村民重要的生计资源。梅溪由北向南流经岭山、上梅、下屯，贯穿下梅村，在角亭汇入崇阳溪。地处梅溪下游水网交汇处的下梅村，也就成为了梅溪流域重要的交通孔道。明清以来，梅溪上游的上梅里、五夫里等崇安县东南部的重镇与县城的商贸交通，都以下梅村为中转站。

清初由于厉行海禁，阻碍了茶叶直接从闽海出口，只能通过走崇安至江西铅山再转运到通商口岸，崇安因此成为了福建全省茶叶中转站，这刺激了崇安及周边建阳县、瓯宁县等县茶叶种植迅速崛起。下梅出现以邹氏为代表的以茶叶种植、加工和贸易发家的大家族。同时缘于水运孔道的地理优势，下梅成为与星村、赤石并列的崇安三大茶叶集散地。

下梅茶商与常氏为主的山西商帮结成密切的商业伙伴关系，下梅村因此成为闽晋茶叶交易结合点。每年茶期，活跃于下梅村的茶商及工人可达上千人。在下梅收购茶叶后，茶商通过梅溪水路汇运至崇安县城，再一路辗转运至库伦、恰克图，再由俄国商人转运欧洲各地。

作为“万里茶道”的起点，下梅村见证了中外茶叶交流的历史，也因此富甲一方，文化底蕴深厚，现仍保留具有清代建筑特色的古民居30多栋。这些集砖雕、石雕、木雕艺术于一体的古民居建筑群，已成为武夷山文化遗产的一部分。下梅村于2005年被公布为第二批中国历史文化名村，于2012年被列入第一批中国传统村落名录。

新罗区适中镇

新罗区适中镇位于龙岩市新罗区南端，地处龙岩新罗区、漳平市、永定区与漳州市的南靖县四区县的结合部，是闽西的南大门，自古至今都是闽西赣南到闽南沿海地区主要通道。适中坐落于山间盆地，历史上是以粮食种植为基础、以烟叶繁荣、以圩场闻名的闽西客家聚落。

适中地处博平岭东南，东西两侧山峦环抱，中部为南北走向的椭圆形盆地。适中盆地内地势平坦，适中溪南北川流，良田万顷，以种植水稻为主，其次种植甘薯、花生、黄豆、烟叶等；池塘淡水养殖业、猪牛羊鸡鸭等饲养业、水果林木等林业也由来已久。明清至民国时期，龙岩民间流传"上坪银，永福谷"，指适中钱多、漳平粮多，但让适中富裕起来的并非粮食生产，而是明末清代兴起的烟业及与当地农业生产相适应的商业。

明中叶以后，由于生齿日繁，适中人稠地少的矛盾凸显出来，生计艰难，迫使乡人四出营生，以贩卖本地及周边地区生产的条丝烟为主，足迹遍及江、浙、赣、湘、皖、鄂、豫、鲁等地。据调查，明清至民国时期，适中在省内外商号多达120家，以烟、棉布、纸为主，其中适中谢氏烟号多达25家。烟叶贩运反过来又促进适中及周边地区烟叶种植与加工进一步发展，并在外地发展出烟叶种植加工的棚民经济，如谢氏家族就控制了江西瑞金的烟叶生产。烟叶这种经济性作物种植与贩卖，促使

适中典常楼 楼建龙 摄

适中农业商品经济走向全盛，繁华了地方市场，始于明代的上坪圩成为龙岩县东南境最繁盛的圩场，农历逢三、八为圩日，交易以粮食、土纸、土特产及地方居民日用品为主，逐渐形成店铺达80多户的街市，成为龙岩东南地区性二级市场。直至20世纪80年代，适中圩仍为龙岩五大圩场之一。

适中成为富甲一方重镇的同时，发展出极其繁盛的土楼建筑文化。明代适中就开始建筑土楼，时人诗咏“人家半好楼”。清代雍正、乾隆、嘉庆年间（1723–1820）也就是适中烟业、农业商品经济最兴盛时期，适中土楼营建进入高峰期，最多时达300多座，现适中盆地内仍保存有土楼228座。近七成为适中谢氏所营建，数量之多、分布之密集冠绝全省，保存较好且集中分布的有北、中、南三大片区：北片，以红土楼、典常楼、古丰楼为核心的中心村土楼群；中片，以三成楼为核心的中溪村土楼群；南片，以松坑楼为核心的保丰村土楼群。片区间相距不过1千米。因此，适中镇又是名副其实的大型土楼聚落。

适中镇于2003年被公布为福建省第二批历史文化名镇；适中镇中心村于2010年被列入第五批中国历史文化名村，2012年被列入第一批中国传统村落。据全国第三次不可移动文物普查数据，适中镇共登记中心红土楼等136处不可移动文物点，其中典常楼于2006年被公布为第六批全国重点文物保护单位，文明塔于2009年被公布为福建省第七批文物保护单位，古风楼、庆云楼、丞相垒、仁和天成寨等被列为新罗区文物保护单位。非物质文化遗产方面，适中盂兰盆节俗于2005年被列为福建省第一批非物质文化遗产代表作。

◆安溪县湖头镇

安溪县湖头镇位于安溪县东北部、晋江西溪流域上游。湖头素以清代理学名相李光地故里闻名于世，同时也是明清闽南区域山海交通物流中心和商贸重镇，是泉州海上丝绸之路重要内陆集散地。

安溪湖头镇旧街全景

安溪按地形地貌，分为外安溪、内安溪。湖头属外安溪，与内安溪相交界。湖头为河谷盆地，四面环山，全镇 17 座山峰，最高峰以五代拓殖湖头的陈五阆命名而号五阆山，为镇域西方巨屏。盆地内地势平坦开阔，清溪又名湖头溪，自西向东南将之隔成两大片。旧有湖头十景，风光旖旎，令不少文人骚客登临题咏，流芳千古。

据载，湖头五代时便已成圩。明正统年间（1436–1449），湖头李氏第六世祖李森捐资率众凿通湖头到今安溪金谷源口的河道，把西溪在安溪境的上下游航道连接起来，遂成内安溪及周边永春、德化、漳平等山区通往泉州的繁忙船运河道。湖头也就成了这条航道的最主要中转站，“上达汀、漳，下连兴、泉，商旅所至，舟车所通，诚为辐辏”。山区墟场商贾把竹木、土纸、红糖、茶叶等土特产运到湖头，顺流转销闽南。泉州港之稻米、盐、布、手工艺品等商品则逆溪而上抵达湖头，再流转到各处墟场，乃至汀、漳等内陆腹地。

经济之发展，促成湖头三里长街的形式，俗称“湖市”。明清时期湖头市位于清溪西岸，以湖头码头、溪后渡为依托，以贯穿东西的湖头街为轴线，以南北向的巷道为经络，形成长

湖头新街 楼建龙 摄

街窄巷的街巷平面布局。湖头街形成较早，繁荣于明清，明末即号称“三里长街”，民国十九年（1930）火毁重建，拓宽道路，称“中山街”。重建后中山街两侧传统“手巾寮”“一条龙”和骑楼街面互见，店铺种类繁多，有茶叶坊、米粉坊、客栈、布行、米行、木器行、酒坊、土烟铺、京果店、药铺、银店、肉铺、染坊、豆腐店等，至今仍热闹非凡。与中山街垂直交错的窄巷往纵深方向自然发展，纵横交错，回环往复，曲折有致，犹如蜘蛛网一样错综复杂。

湖头镇体现了闽南传统山海交通商贸重镇的气象与特色，于 1999 年被公布为福建省第一批历史文化名镇，于 2014 年被公布为第六批中国历史文化名镇。据全国第三次不可移动文物普查数据，湖头镇共登记仁福大厝等 50 处不可移动文物点，李光地祠、宅于 2013 年被公布第七批全国重点文物保护单位，湖头景新堂等 11 处文物古迹被列为安溪县文物保护单位。

泉港区后龙镇土坑村

土坑村地处泉州市泉港区后龙镇中部、湄洲湾南岸，东邻碧霞湾、南毗福炼生活区、北与南埔镇接壤，面积约 1.6 平方

泉港后龙镇土坑村

公里。土坑村是泉州市目前保存最完好的港市遗址之一，是千年“海丝”聚落型遗存的典型代表，其传承千年的家族式海洋贸易传统，在国内颇具特色。

土坑村先民自古以海为生，特别是明清时期，刘氏家族或合纵连横，筑商厦于故园；或乘槎浮海，播鸿业于他邦。其商船北至浙江、山东等，南达广东和东南亚等地，从事海洋贸易传统历经千年而不衰，现在仍有上百人从事海上贸易和海运事业。

海洋贸易促进了土坑海商聚落的形成与发展，大量源自海上贸易的财富，使得土坑海商们有了广置宅地、兴业办学的实力。现存明清、民国时期的建筑，主要包括民居、商铺、书院、祠堂、宫庙。这些建筑保留闽南传统建筑风格，多为两进三开间或三进五开间传统大厝，空间布局精巧，沿祠堂口、施布口、来铺口三条石板铺设的主街道排列，井然有序。现存的海港、码头、宫庙、民居、商铺等设施和形态，具有鲜明的海上贸易烙印，而具有金融功能的 8 家当铺为海洋商贸活动提供了重要支撑。商行、当铺交错相接，生动展现了中国传统乡绅文化与海洋贸易活动相互影响产生的特殊聚落形态。

2014 年，土坑村被列为第六批中国历史文化名村、第三批中国传统村落。2016 年 12 月，土坑村古建筑群增补为第八批省级文物保护单位。

◆荔城区西天尾镇后黄村

莆田市荔城区西天尾后黄村地处三山南麓，地势西高东低。西北为丘陵山坡地，东南为平畴农田。萩芦溪（太平陂）、枫溪（石盘水库）双溪流经村境西、北沟渠灌溉农田。村东沟河则与木兰溪北洋支流交汇，常年水源充沛，河道宽阔。

后黄村世代以农为本，全村拥有耕地541亩，其中水田318亩，可种植水稻、麦类、蚕豆、甘蔗等农作物；旱地223亩，可种植甘薯、花生、大豆等作物及果树。村后的烽火山、馒头山上原有山林面积约180亩，山坡旱地广植龙眼、枇杷、荔枝等果树，尤其是龙眼产量高、品质好，成为村民的重要收入。20世纪初，家庭禽苗业（孵小鸡雏鸭）在后黄村蓬勃发展，取得上佳经济效益。与禽苗业兴起同时，后黄一些能人率先在本村开设染布作坊，至20世纪20年代，境内私人染布业的兴盛带动了家庭纺织业蓬勃发展，于是经营纺织印染业务的华兴公司应运而生。该公司的创办，对后黄纺织业和印染业的发展起了重要的促进和推动作用。从20世纪20年代至50年代初期，后黄村纺织印染业达到鼎盛时期，成为莆田最早的专业纺织村，全村从前至到后牌，家家男女当户织，户户闻机杼声。

长期以来，因后黄村耕地少，资源匮乏，民生凋敝，经济萧条，部分村民被迫陆续移居南洋谋生。他们在海外筚路蓝缕，艰苦打拼，在当地取得了骄人的业绩。他们发家致富后不忘根本，满怀爱国爱乡的热忱，尽心竭力接济故里亲属，还在家乡

后黄村

捐建学校、医院、村部，整修村道等，为家乡留下了许多当时流行的“五间厢 ”——建构恢宏、庭院清幽、中西合璧的红砖厝以及造型独特的碉楼。古朴的窗花加上基督教风格的立体元素，红砖房加上圆屋顶装饰，既洋溢着浓浓的莆仙风味，又充满南洋特色，成为后黄侨乡文化的历史标志。

如今，后黄村被誉为“荔城区第一华侨村”“南洋风情，梦里老家”，获得中国最美乡村、全国文明村镇、国家3A级景区、国家级重点提升改善传统古村落、福建最美休闲乡村等荣誉称号，2015年被列入第一批福建省级传统村落名录。

第十一章

福建农业文化遗产·民俗类

福建的地形骨架由西、中两列大山带构成，两列大山均呈东北-西南走向。闽西北内陆地区地貌以山地丘陵为主，该地区以种植单季稻为主。闽东南沿海地区地貌以低山丘陵和平原为主，全省四大平原均在该区域内。该区水资源状况良好，双季稻及稻麦复种技术得到推广，农作物可一年三熟。地貌、气候、土壤、水分等农业生产条件的不同，使得福建的农业生产习俗呈现出丰富多彩的一面；而稻作耕种的普遍规律，又使得福建农业民俗多样性之中有同质性的特点。

除了汉族之外，福建还分布有其他族群。畲族作为福建省人口最多的少数民族，在闽西、闽东和闽南沿海地区都有分布。“上山为畲，下海为疍。”福建海岸与两大山带的走向基本平行，在漫长的海岸线上，水上居民（疍民）历来就以水域采捕为主要生产方式，“以船为家、捕鱼为业”的生活造就了其独具海洋文化特色的生产生活民俗。

第一节 生产类民俗

（一）农业

犁春牛

犁春牛民俗活动主要分布于龙岩市连城县璧洲、新泉、芷溪一带。

立春在传统农耕社会中具有重要作用。每年立春，民间都要进行农耕气息浓厚的迎春游行，俗称“犁春牛”活动。主要由4个扮演者组成，第一个是牵牛者，牵着耕牛上街，牵牛者披蓑衣，戴烂斗笠，嘴角画两撇胡子，眉毛画得粗粗的，打着赤脚，打扮成戏剧中的丑角，一深一浅吆喝开道；第二个是扶犁者，装扮得邋遢丑怪，衣服反穿，斗笠破烂；第三个是送饭者，多为女性充任，也可以男扮女装，穿大红大花衣衫，围着一条蓝花围裙，挑着一副担，一头是饭甑，一头是青草；第四个看田水的人，肩上荷一把锄头，裤管卷得高高的，紧跟在后头。后面还跟有锣鼓队和幡乐队。这些活动表演者展现农田劳动的情景，反映一年一度春耕繁忙的劳动景象。

现代“犁春牛”活动比较简单。立春时，扮演成牧童的儿童提着贴有吉利语的灯笼走在前面，牵牛者牵着头戴大红花、脖系书有“风调雨顺”“五谷丰登”牌匾的耕牛跟在后面，后跟着犁田人、樵夫、钓鱼翁等各色人物，边走边舞。牵牛者和

犁春牛

犁田者伴以“嘿、嘿”的喝牛声，模拟出一幅春耕劳作的热闹春耕图。群众则在自家门前用鞭炮迎接犁春牛队伍。在龙岩市连城县新泉镇，每年都举行“犁春牛”活动。

盛行于台湾高雄一带的“牛犁阵”民俗是由闽南人移居台湾时从大陆带入的，迄今已有五六百年历史。保存和发扬“犁春牛”传统民俗，对于加强闽台文化交流，传承两岸同根同源的农耕文化具有重要的现实意义。

◆迎游菩萨保禾苗

迎游菩萨保禾苗民俗主要分布于闽西北地区的宁化、连城、上杭一带。

端午节前后，福建天气开始炎热，各种危害植物的虫害、疾病易发生；及入夏后，持续高温、旱灾经常发生，因此“保禾苗”的祭祀活动在端午前后开始举行，并成为农业生产习俗中的重要内容。其特征以迎游菩萨和“打醮”方式进行，祈求菩萨保佑禾苗丰收。迎神方式多种多样，各地形式不同。

宁化县城郊乡都寮村完整地保有“保禾苗”的习俗。村民择芒种日，迎游菩萨，吹鼓手和乐队紧跟菩萨坐辇缓缓而行。当菩萨坐辇抬进村时，全村家家户户都要在门前摆设香案点烛、烧香，同时燃放鞭炮迎接。

连城县庙前农户在农历四月先从福寿庵抬出一尊菩萨，绕村游行，到指定的田头停下，一人采一株稻禾放在菩萨头上。参加抬游的男人都要在背上涂抹泥巴，并也涂泥在菩萨身上，叫“封泥”。当地人称这尊菩萨为“五谷真仙”，是神话传说中农业的发明者神农氏。

上杭县一带迎游菩萨时各村先到先抢，一个村供奉一天，第二天大家就到前一天供奉的那个村去抢，以祈保佑禾苗丰收。菩萨到村时，村里人都要出来迎接，有鼓手、铳队、凉伞队等；各村还要演戏，然后择日请道士和鼓手在祠堂“打醮”。

喊山祭茶　赵勇 摄

（二）林业

武夷山祭茶

祭茶民俗主要分布于武夷山一带，有喊山和开山仪式。

祭茶仪式是每年开采茶叶前的祭茶活动，源于武夷山的民间祭茶神、山神活动，同时也与贡茶制度相关。贡茶制度形成于唐代中期，每年贡茶采制前，当地官员都要选择吉日良辰，请得道高僧主持贡茶园开采仪式，举办祭拜神灵等一系列活动。元末，喊山祭茶被作为一个官方仪式固定下来。

喊山祭茶通常是在茶叶开采前的惊蛰日举行，祭祀和喊山并行，祭祀完成后，齐声高喊“茶发芽、茶发芽”，并逐渐成为了一种催茶发芽的习俗。

民国时期，武夷茶采制之日盛行开山仪式。开山仪式一般在立夏前两三天（五月初）举行，由厂主带领茶工们到制茶祖师的塑像前祭拜，然后才上山采茶。在采茶制茶过程中还要传唱民歌民谣，最先采下的茶叶，要马上冲泡出来，敬奉给茶神，并焚香礼拜。

祭茶仪式是武夷山重要的民俗文化，有丰富的民俗文化内涵，极具旅游开发价值。如今，武夷山一带的祭茶仪式将喊山和开山相结合，仪式和过去相比有所简化。

安溪茶歌

茶歌主要分布于安溪一带。

古代的茶农劳作时间长，由于缺乏先进的种茶技术和生产工具，工作效率较低，很多人都要夜以继日地在茶园劳作，为了消除疲劳、排解烦闷，他们以创作、传唱茶歌来抒发情绪。安溪茶歌历史悠久，宋代理学家朱熹曾在安溪清水岩寺留下“茶乡三月茶歌满，不辨红装与绿装”的诗句。

安溪茶歌由茶农创作，以口头相传的形式，在采茶活动中被广泛传唱，流传至今，形成了安溪独特的茶歌文化。古老的茶歌是以闽南的方言配上安溪当地的歌调来演唱的，具有语言通俗易懂、曲调优美柔和、内容丰富、个性鲜明等特征。

安溪茶歌历史悠久，生动反映了茶乡人民日常劳作中的文化习俗、情感交流，有丰富的史料研究价值，是人类重要的非物质文化遗产。由于安溪茶歌是口耳相传的形式，如今会唱茶歌的只剩下一些年事已高的茶农，这种传统艺术面临消失的困境。

安溪茶歌

（三）渔业

◆造船、下水民俗

造船、下水民俗主要分布于闽东南沿海地区。

福建历史上素以造船与航海技术高超而享誉四方，造船的相关习俗也随之延续。造船、下水的礼仪，在清末民国时还广为流传，1949年后大多被废除。近几年，私人船运发展迅速，有关祭礼又有所恢复。

造船动工前，先要请星相师确定好日辰。动工之日清晨，在造船作坊旁，设案点香，摆上若干果品、茶酒，由主人敬拜天神，祈求造船顺利。祭告礼毕，才动工兴造。长乐地区造船开始以后，每天都得点香祈祷，一直到造船完工。各地造船期间，每月初二、十六两日，都要略备酒菜，祭祀“天公”“海龙王”等神。祭罢，主人宴请造船师傅、徒弟和帮工，与神同乐。霞浦县等地滨海渔民，择日造船时，要请师傅们到家做客，煮6个蛋，再浇上红酒，热情款待。

新船建造完工，要举行下水试航仪式。下水要问卜择时，选定黄道吉日。下水前，主人要在新船边设祭，摆上三碗肉菜，点香焚箔，祭告天公、地公和水神，祭告的内容不外是保平安、抓大鱼之类的话。祭拜后敲锣打鼓，燃放炮仗，渔民们把船徐徐推入水中。南安县等地在祭水神时，也祭船神。主人喜庆新船下水，做米糕、糯饼等馈送左邻右舍，分享喜悦。平潭新船第一次下水称为“杀水”，下水时主人要向围观看热闹的人发糖、烟，据说是为讨好旁观者，免得他们出言不慎。霞浦县新船下水只是象征性的，在阵阵鞭炮声中，新船入水后在近海处转一圈就返回，当地称之为“试水”。

◆出海、回港民俗

出海、回港民俗主要分布于闽东南沿海地区。

由于渔业生产作业本身所具有的风险性较大，所以渔民出海、回港的祭祀、禁忌等习俗至今仍在闽东南沿海一带流传着。

每年春节过后，第一次出海要占卜择日，一般是到妈祖庙进香，求问时机良辰， 由神意定夺出海佳期。时间确定后，渔民要从神庙中将香火带到船上，每艘渔船都设有神龛，有奉祀妈祖神，也有的同祀关帝牌位。渔家要备三牲，带香烛、金箔、鞭炮等到海滩上设位祭神，由船主点香跪拜，祷告神灵恩泽广被、顺风顺水、满载而归。接着焚烧纸钱，鸣炮喧天，以壮声威。祭祀礼毕，带些香烛、纸钱上船，以备途中祭日使用。

晋江市的祭典完毕，还要驾驶船只到土地庙或妈祖庙前的海面上绕道一圈，才正式扬帆出海。霞浦县的船只新年第一次出海是象征性的，把船摇到近海处转一周就回航，所以当地第一回出海不兴放鞭炮。宁德市的船只择日出海，要在船头"龙目"上或桅杆上，钉挂道士法师画在红布上的符，用以镇邪驱魔，并买一斤酒喷洒在船板上，也是为避邪靖妖。平潭的船只下海前把米、盐混合在盘子里，一把一把从船头撒向船尾，预祝出海顺风、鱼盐丰收。

渔船平安而归，家属要燃放长串的喜炮，庆贺渔船平安满载归港。船上货物卸完，船主要备三牲、香烛、纸钱、鞭炮等供品，去妈祖庙或关帝庙酬谢神灵，俗称"送福礼"，感谢航海过程中得到天神的庇护。

第二节 生活类民俗

（一）农业

福州"做半段"

"做半段"主要分布于福州晋安、马尾、仓山及闽侯全境。

"做半段"的习俗源自于福州人庆祝丰收和祭祖，是由古代的"郊社"演变而来的。其时段多为每年中元节之后，这正好是在每年夏收夏种或者秋收秋种结束后的农闲期间。农村也会在此时庆祝各村祖先的神诞，以祭田仪式来酬谢司土地的神明，以祭祖仪式来纪念开基辟土的祖先，以示庆祝五谷丰收、六畜兴旺、家人平安。

“做半段”在福州民间被视为不亚于春节、中秋节、端午节等其他传统节日的重要节庆。每值“做半段”之时，东家就会自办酒席，用自家种植的蔬菜、饲养的鸡鸭、酿好的米酒招待来宾。餐桌则安排在农家祖屋前一块大广坪（埕）上，东家十分热情好客，客人不分亲疏皆可莅临欢宴。

“做半段”这一村庆活动，作为一种社交活动的载体和形式，有利于村际和人际关系的正常交往，密切了村与村之间的联系，增进了亲朋好友之间的情谊。几百年来，福州“做半段”乡俗从未中断，沿袭至今。

山重赛大猪祈丰年

赛大猪祈丰年民俗主要分布于漳州长泰县山重村。

赛大猪在山重村已延续了1300多年。传说669年，“开漳圣王”陈元光的行军总管使薛武惠奉命率军进驻山重村，并在此定居繁衍。因其功名显赫，薛氏建祖祠时便设了五宪门，依民俗摆生猪生羊祭祀。山重薛氏人认为，只有家运昌盛的人家才能够养大猪，因此每年正月初八，长泰山重村都要举行养猪大赛。

每年农历正月初八，“山重赛大猪祈丰年”都会在薛氏家庙会上举行隆重的仪式。这是因为次日初九为“天公生日”，村民们要提前敬祭、感谢“天公”恩德。“赛大猪”当天，主祭的每家每户都将自家的猪盛装打扮，然后依次摆放在瞻依堂前的大埕上，供奉祖先和“三公”。到了中午，“参赛猪”被抬到较为宽敞的埕院宰杀。屠宰好的猪“趴”在竹架上，由几名壮汉抬着，在鼓乐声中绕村游行，然后送进薛氏祖祠。第二天即正月初九，村民们将进行“分猪”。

一千多年来，山重赛大猪祈丰年民俗逐渐演化为养猪比赛，展示了人们“养大猪、传技艺、保平安、庆丰收”的美好愿望。2011年，“山重赛大猪祈丰年”入选福建省第四批非物质文化遗产名录。

❖尝新节

尝新节主要分布于闽西北地区广大农村。

“尝新”又称“食新”，即尝新米。农民将新割的稻谷碾成米后，做好饭供祀五谷大神和祖先。祭祀结束后，会邀请亲朋好友、左邻右舍前来聚餐。因祭祀神灵是尝新的重要内容，故民间又称之为“秋祭”活动。

尝新活动具体内容，闽西北各地略为不同。据《福建省志》记载，永定区秋祭的对象，主要是神农皇帝（俗称五谷大神，或五谷真仙），祭祀的供品中有两大碗新米饭，上面插一串新剪的稻穗，还有茄子（当地人说能保护稻禾）、苦瓜（寓意保护全家）、丝瓜（能保老护幼）、豆（能保护箩、绳等劳动用具）等。连城县的尝新祭典，除了用新稻谷外，还需备三牲，即猪、鸡、鸭或鱼，献上供案，祭祀神农与祖宗。三明一些地方用三个小杯盛上蒸熟的新米饭，放在灶头，祭供灶神与土地公。周宁县农民是把煮好的新米饭装两碗放在天井中祭天地，装一碗放在灶头祭灶神，再舀两碗祭奠祖先。上杭县农民是用新米制作米糕用于尝新与祭祀。周宁、宁化等地农民，常将刚收割的新米赠送亲朋好友。

尝新民俗是中华民族民间文化的优秀遗产，具有历史民俗文化、岁时节令、传统农耕形式的研究价值，体现了中华民族崇尚天地、和睦邻里的传统美德。

（二）渔业

❖渔女服饰

1. 惠安女服饰

惠安女服饰主要分布于惠安崇武、小岞、山霞、涂寨一带，

惠安女服饰

是古代百越遗俗与中原文化及海洋文化等多种文化在互相碰撞交融的过程中不断演绎而形成的服饰民俗文化。

家中的男子出外谋生或出海打鱼，惠安女成了家中当仁不让的主力军，所以服装以便于海边生产作业为首要诉求。惠安女佩戴花色头巾和橙黄色的斗笠，花巾上还有编织的小花和五颜六色的小巧饰物；上身穿着紧窄短小的衣服，露出肚脐；下身穿着特别宽松肥大的裤子，腰带是扎在肚脐下面。惠安女头戴的斗笠涂有黄漆，具有防日晒雨淋作用。花头巾为四方形，一般是白底上缀绿或蓝色小花，或是绿蓝底上缀小白花，折成三角形包系头上，有挡风防沙、御寒保暖和保护发型等作用。

“惠安女服饰”于2006年被列入首批国家级非物质文化遗产保护名录。

蟳浦女服饰

2. 蟳埔女服饰

蟳埔女服饰主要分布于泉州丰泽区蟳埔村。据说蟳浦女“戴簪花圈、插象牙筷”头饰的风俗是宋朝时从中亚流传过来的，当时蟳浦村一带是阿拉伯人聚居区，他们的后裔世世代代将这习俗流传了下来。

蟳埔女的服装简朴宽松，俗称“大裾衫、宽筒裤”。上衣为布纽扣的斜襟掩胸右衽衣，其肩、臂、胸、腰的尺度力求与身体相协调，既显示出柔和的曲线，又不失女性苗条。宽筒裤便于在海滩上劳作，可挑担行走又轻松自如，适合于渔民劳动需要。蟳埔女头饰俗称“簪花围”，将秀发盘于脑后，系上红头绳，梳成圆髻，然后再穿上一支“骨髻”，另用鲜花的花苞或花蕾串成花环，少则一二环，多则四五环，再以发髻为圆心，圈戴在

蟳浦女头饰

脑后，头上打扮得犹如一座春意盎然的小花坛。蟳埔女的骨笄头饰乃古代“骨针安发”之遗风，系全国独有的“活化石”。其耳饰也别具一格，用于区分不同年龄与辈分。

3. 湄洲女服饰

湄洲女服饰主要分布于莆田湄洲，相传为妈祖亲自设计。

湄洲女传统服装材质均以纯天然棉麻面料为主，无装饰，或以少量粗细不均的条纹在袖口或裤口饰边，这种传统的服饰在老年湄洲女中常见。而婚礼上的新娘服装为红衣红裤，蓝黑黄色条纹装饰裤脚和袖口，只有结婚这天，女子才可以与妈祖一样着全红服装。

莆田渔女服饰 高亚成 摄

值得一提的是湄洲女的“妈祖髻”，蕴含丰富寓意，制作繁复，是汉族妇女保留至今最为奇特的发式之一。“妈祖髻”外形分成三个部分，头顶称“螺髻”，以一根双叉簪子固定发髻，再插入勺状发簪做装饰，完成后的螺髻呈盘蛇吐信之状，这也与古时蛇崇拜有关；盘完螺髻，再制作两鬓的呈翼状发型，要左右对称。后部的“帆髻”也称“后松”，呈帆船状，既预示水上捕捞、运输一帆风顺，又可反映生活在水边的女性对父辈、兄弟、丈夫在海上作业的祈福与思念。

中秋曳石

中秋曳石活动主要流行于宁德霞浦。

霞浦沙江村的中秋曳石活动由村天后宫牵头组织开展，并且从未间断。《霞浦县志·礼俗志》对曳石活动进行了细致的记述：所谓曳石，“系选一平面石，方二三尺许，石旁夹以硬木，复以麻绳纠之使紧固，前方系以大麻绳，长数十丈，后方系麻绳只丈余”。届时，挑选强健机敏的青壮年男子数十至近百人，在前面“牵之快跑”，而选一两人在后面“扶绳扶之”，“石上坐一健儿”，作为指挥“号令进止”。

中秋曳石

拖曳的石头，早期是条块石头和圆形石磨盘。由于条块石头不易掌控和拖曳的缘故，现在已经不再使用。在沙江村所拖曳的石头，有圆形的、方形的，还有“心”字形的。一块历史最久远的是八卦形石磨盘，直径 64 厘米，由于被长期拖曳的缘故，现在厚度仅存 18 厘米，被磨蚀的底盘，真切地记录下了历史遗留的痕迹。

◆东山歌册

东山歌册主要分布于漳州东山。歌册是用歌谣的方式传承的民间文学通俗唱本，是海洋族群的知识体系传承方式之一。

东山歌册也被称作“东山女书”，是闽南地区妇女劳动生活中的“百科全书”。东山歌册中韵白占绝大部分，其“诗化”的语言精美凝练，基本唱腔以羽调式为主，音乐简洁平直、利于传播，曲调与唱词腔格的结合尤为紧密。闽南话与普通话相比在音调、语调、声调上都有诸多的不同，使得东山歌册具有浓郁的地方特色。

歌册是闽南妇女了解社会、增长见识和接受道德伦理教化的重要途径，也是中国东南沿海海洋族群独特的知识体系的传递方式，是东山妇女日常生活中一道独特的民间音乐风景。目前已知的东山歌册唱本有 100 多部、2000 多万字。2007 年，东山歌册被列为国家级非物质文化遗产。

◆深沪褒歌

褒歌主要流行于晋江深沪。

深沪褒歌是闽南民间小曲的一种，在清代就十分盛行，是渔民们在生产劳动中以大自然和人的情感为内容创造的。

晋江深沪是著名渔乡，在出航或归航的水程上，渔民们为驱散航程的寂寞和孤单，同航而相邻的船只便会互邀褒歌，以此来营造一些轻松气氛，消除劳累。褒歌主要包括劳动歌(如出船号子、拉网捕鱼号子)、生活歌(如渔民生活苦歌、游戏歌)、情歌(如恋歌、别歌)和“相亵歌”(即渔民们互相说笑逗趣的歌)。歌词大多是七言四句或是五言四句式，一、二、四句押韵，内容较朴实，表现出渔民们的率真直白。在结构上，有上下句构成对应式的、一板二眼的“褒歌调”，也有起承转合式的、一板一眼的“十二生肖调”。随着经济的发展和渔业的进步，唱褒歌的渔民越来越少，如今，只有少许的老人还会不时哼唱几首。

第三节　信仰类民俗

(一)农业

◆拜牛神

拜牛神民俗主要分布于尤溪县一带。

尤溪联合梯田的农耕文化距今已有1300多年的历史，耕牛在农业生产中具有重要作用。先民们为感恩收成、答谢神灵，发展出祭拜牛神的仪式，仪式也为来年风调雨顺、五谷丰登进行祈福。

祭拜牛神仪式一般在春节期间举行，选择一开阔地，将头戴大红花的牛神像抬到开阔地，在牛神像前摆上水果、花生等供品，由年长者念祭文，并带领族人上香敬拜牛神。

拜牛神活动是独具地域特色的农耕民俗活动，对丰富民俗文化内涵，具有重要的价值。尤溪县联合镇云山村至今保存拜牛神的传统习俗。

龙神祭祀

龙神祭祀主要分布于三明尤溪县、大田县一带。

农耕时代，农业生产受自然条件影响大，传说中神龙具有呼风唤雨能力，农民通过造龙、游龙等方式祭祀神龙，祈求来年风调雨顺、五谷丰登。

尤溪县是举行稻草龙活动。稻草龙是条大草绳，由当年收成的稻草扎成，每节 5 米，挂上灯笼或者插满燃香，长数十米。天色暗下来后，三声铳响，稻草龙在锣鼓队的伴奏下，绕着村

大田板凳龙 林建伟 摄

头村尾游走。

大田县是举行板凳龙活动。先在板凳上用竹篾扎出龙身支架，再把画着五颜六色鳞片的油纸裱上。灯外插桃枝、燃香或绢花。龙身长逾百米。灯板底下套上齐肩高的木棍，舞龙时，家家户户都派人参与，大家在长者的指挥下，从祖房出发，绕着村道和街巷进退，最后回到出发地进行团龙仪式。

龙神祭祀活动不仅体现了劳动人民善用器物和高超的制造技艺，也已成为当下和农业生产有关的重要传统民俗活动。2008 年，大田县玉田村板凳龙被列入国家级非物质文化遗产名录。

◆江虎婆信仰

江虎婆信仰主要分布于古田、屏南、福州一带。

狩猎是闽东西部山区重要的生产、生活方式之一。明嘉靖十四年至二十二年（1533-1543），闽东各地均遭受不同程度的虎害，据明代《古田县志》记载，“古田民间‘贵巫尚鬼’”，乡硕、里民等人立庙奉祀江虎婆，因其能除虎患。后至晚于明万历中，原本流传于古田县二十二都一带的江姑信仰传布至省城福州，与福州当地的信俗相结合，江虎婆成为临水夫人婆神系统中保护儿童的痘神。

江虎婆庙

古田、屏南一带的江虎婆信仰的主要特征表现为：村民在每月的初一、十五带着香、鞭炮、供品等到江虎婆所在的庙宇完成点香、叩香、插香、叩拜、许愿、求签、烧元宝、放鞭炮等仪式。这种信仰展现了闽东北内陆地区人们的生产活动和宗教活动紧密结合的关系，二者都是追求“福”的手段：宗教活动是对神和祖先等超自然力量的祭祀，以及对各种传统信仰习俗的遵守，祈求生产的正常进行；生产活动是村民获得实现“福”所必需的财、寿、子等条件，进而以劳动成果“还愿”于神灵。如今，古田县玉库村村民还保留着农历每月初一、十五给江虎婆敬香的传统。

（二）渔业

阿婆走水与抢水

阿婆走水与抢水习俗主要分布于宁德霞浦。传说妈祖水性很好，能在水上飞，在妈祖的诞辰日农历三月廿三，霞浦便会举行“阿婆走水”和“阿婆抢水”的活动。

在海水刚涨潮时，霞浦竹江的民众就将妈祖娘娘神像扶到轿中，沿街巡行，及至沙嘴头时，但听三声铳响，16 名抬轿汉子甩开众人，奔向海边浅水，高喊号子，将轿子抬高、放下，反复蘸水十二下，谓之波澜汹涌，借神力以安之。十二下寓意一年 12 个月，月月风平浪静。

妈祖走水 张凤平 摄

妈祖出巡 张凤平 摄

“走水”象征妈祖亲临海滨巡视，保佑渔业、行船安全。“抢水”则因妈祖所经之地，不但物产丰盈，而且人畜平安，所以，各村均选派精壮青年，候在妈祖回宫路道，拦路抢轿，让轿子途经自家村子回宫，所以谓之“抢水”。在“走水”“抢水”过程中，最引人注目的是肩扛妈祖神像在海水中奔跑的男丁。海洋族群正是借由这样的活动培养了一代又一代男丁熟悉水性的能力和与海洋相亲的心理素养。

厦门“送王船”

“送王船”仪式主要分布于闽南沿海地区。

“送王船”又称“烧王船”，是送“代天巡狩”的王爷。“送王船”是闽南沿海渔港、渔村古已有之的汉族传统民俗，通过祭海神、悼海上遇难的英灵，祈求海上靖安和渔发利市，寄托了汉族劳动人民祛邪、避灾、祈福的美好愿望。厦港渔家的“送王船”习俗，还糅合了王爷（郑成功）信仰。据传此俗源于台湾，清初渔家为缅怀郑成功的丰功伟绩，以王爷作为代天巡狩的神而奉祀，并造“王船”送之入海。

送王船仪式包括“迎王”“造船”和“送王”3个程序，传统上有两种主要形式：一种是将王船放下水出海，随风漂流，称为“游地河”；另一种是将王船在海边放火焚烧，称为“游天河”，又称为“烧王船”。在闽台其他地区，送王船往往并非真船，多为以绫、纸制成的模型，船中诸器物亦多以绫、纸制成，“唯厦门人别造真船，其中诸物，无一赝者”。

厦门送王船信仰已有400多年的历史，于1995年重新恢复后，每四年举行一次，一般每逢鼠年、龙年和猴年举办。目前，以同安区西柯镇吕厝村、海沧区钟山村和湖里区钟宅村3个地方的规模较大。

南安英都拔拔灯

拔拔灯主要流行于南安市英都镇。

英都境内英溪水急滩险，来往航运只能用驳船，至逆水行舟时则需船夫拉纤，俗称“拔船”。后来，这种劳动被融合到了“游灯闹春”民俗活动之中，以祈盼河运平安、年丰丁旺。这项民俗活动定型于明万历年间，至今已有500多年历史。

农历正月初九日，当地群众挑着供品到昭惠庙供“仁福王”诸神，然后开始“拔拔灯”。一条近百米长的粗大缆绳上悬挂数十乃至上百盏红灯笼，一条称为“一阵”。傍晚，27灯阵到昭惠庙前会合，称为“会灯”。每阵领头由一名青壮年胸前缚扁担，肩负大绳，作船夫拉纤状弓身前行，拉动灯阵向前行进，

南安拔拔灯 洪宗洲 摄

状如“拔船”，“拔拔灯”一词由此而来。灯阵穿梭于村落之间，所到之处，家家户户在门口燃放焰火，俗称“迎灯”。男女老少笑逐颜开，现场充满节日喜庆的气氛。

随着社会的发展和人们生活水平的提高，“拔拔灯”民俗成为群众闹春庆丰年、游乐歌盛世的文化娱乐活动，深受群众欢迎。每年的农历正月初九，英都镇都会举办“拔拔灯”游春闹灯活动。

福清大澳海族舞

海族舞主要流行于福清新厝镇大澳村。

“海族舞”俗名“弄九鲤”，始于南宋时期，当地渔民利用休渔期用竹篾、麻布等材料扎成鱼样，内部点上蜡烛。逢年过节，大澳村就搞“海族舞”表演，游村道，闹大埕，入渔户，目的是祈求出海平安、丰收。

“海族舞”一般由50人至60人组成，场面较大，活动时选村落中最空旷的场地进行。表演时没有其他仪式，由领队一二人手执火把，口含火油，不时地喷吐火龙，带领领舞灯联

福清大澳镇海族舞　郭成辉　摄

入场。“二十四海族舞”以龙为首，鱼类随后，按照规定的路线，以“S”形鱼贯入场，犹如蜈蚣蜿蜒穿梭。到一定位置时，根据当地习俗，舞蹈队分“三才”“四将”“五行”三个方阵排列，不停地变换穿梭。同时锣鼓喧天，焰火鞭炮齐放。远望过去，鱼儿摇头摆尾，弯弯曲曲，人欢鱼跃，热闹非凡。

福清海族舞于2015年被列入福州市第四批非物质文化遗产名录。

第四节 其他民俗

（一）畲族习俗

畲族在福建有着上千年的历史，是福建人口最多的少数民族，全省19个民族乡中有18个是畲族乡，并形成了相对独立的村庄聚落，分布广泛。福建畲族虽与当地汉人交往密切，不同程度地受到汉族文化的影响，但至今仍然保留着自身的农业习俗与传统。

女耕男织

与汉族“男耕地，女织布”的传统生产习俗相比较，畲族具有“女耕男织”的独特生产习俗。畲族女性更多地参与农业耕种，如民国《长汀县志》记载：“畲客种山为业，夫妇皆作。”同时，畲族从事刺绣者以男性居多，精美的刺绣几乎都出自男性

采油茶的畲族姑娘　丁立凡 摄

之手。福建霞浦白露坑畲村被誉为“畲族发展史活化石”，至今保留着“男绣女不绣”的传统。

◆五谷神崇拜

畲族地区对五谷神的崇拜颇为普遍，一般祭祀用香纸，插田时大祭加猪肉、酒、蛋。择吉日尝新米时，祭品用鸡、猪肉、酒、饭，饭上插三枝煮熟的稻穗。除平时祭祀外，每年四五月间，要将“五谷真仙”迎到祠堂，请道士和鼓手“打醮”一天，各家各户还要在田头插上香纸，祈求保佑稻谷丰收。

闽西清流畲灵岗保留有五谷仙的祖庙，其他地方的五谷神须到祖庙去刈火。

◆猎神崇拜

狩猎是畲民的副业，在畲民生活中占有突出地位，信奉猎神向来是畲族人民的主要信仰之一。畲族猎人上山狩猎前，都要焚香上供、叩拜许愿，祈求猎神保佑、狩猎顺利。猎人打到猎物后，也要先拿到猎神前供祭。捕到特大猎物时，不但要点香秉烛烧纸钱，还要鸣铳一声，表示谢意。供祭后，才开始分配猎物。

畲族的猎神，闽东与闽西有所差异。闽东屏南、罗源一带的畲民将车山公（即陈六公）尊为猎神。畲民在出发猎狩前于车山公神像前供香火并祷告；取得猎物后将猎物头颅、内脏供奉，供后再煮熟让众人品尝，称“赶汤”。在闽西畲族，猎神有若干象征形式，或以村口一块较大岩石或垒石成堆为标志，或在香炉插三根山鸡尾毛，或塑成人格化神像，将猎神称为“射猎先师”“护猎娘娘”“射猎师爷”。

猎神信仰是畲民狩猎生产过程中的重要仪式，是畲族生产的真实写照，对研究南方少数民族史、民族学、人类学有重要意义。

畲村“美食节” 罗少玲 摄

三月三乌饭节

农历三月三的乌饭节是畲族祀祖和劝耕的传统节日。每年三月三，用乌稔树叶做“乌饭”，其色泽乌里发蓝，带有油光，色佳味香，且能开胃、防馊。以乌饭祭祖，具有缅怀先人，准备春耕，祝福平安、丰收之象征。闽东、闽西一带的畲族都保存和继承着乌饭节的传统。

四月八牛歇节

每年四月八的牛歇节源于畲民爱惜和保护耕牛及民间关于牛王下凡的传说，畲族人民在这天给耕牛解除缰绳、休息洗浴，修有“牛王庙”的畲村当日须上香礼拜。

每年这天，牛不下地耕田，人们也不准鞭打牛，还要备好“牛酒”供牛食用，并传唱牛歌，畲族有“牛歇四月八，人歇五月节”之俗。畲民在迁入福鼎后，沿袭先祖遗俗和语言，在长期的生活过程中，畲族“四月八牛歇节”又衍进了新的内容，逐渐形成独特的每年农历四月八牛歇节歌墟。

四月八牛歇节是畲族传统文化的重要组成部分，它对于研究畲族本民族的历史，传承民族特有的生产、生活习俗有重要的现实意义和历史价值。2009年，福鼎瑞云畲族村“四月八牛歇节”被列入第三批福建省非物质文化遗产名录；2010年，福鼎硖门畲族乡“四月八牛歇节”歌会被列入第三批国家级非物质文化遗产名录。

（二）疍民习俗

疍民是生活在中国东南沿海一带的原住民，也称连家船民，至今已有两千多年历史，在福建主要分布在闽江下游、晋江、九龙江出海口附近。历史上疍民以船为家，泛水而居，形成独特的生产、生活习俗和信仰，是一个相对独立的族群。

以舟为居

疍民终生以船为家，且世代相传，偶尔上岸只是为了添置生活必需品或出售捕捞所获。疍民“以舟为居”的“舟”即“疍家船”，它不仅是生产工具，同时也是栖身生息之所。船头甲板用来工作，船舱作为卧室和仓库，船尾则是排泄场所。“疍家船”十分狭窄，一般船长5-6米，宽约2-3米，头部尖翘，尾部略窄，中间平阔。以舟为居是疍民所特有的生产、生活方式，是一种独特且古老的习俗，具有重要的文化与研究价值。

生产禁忌

疍民终年于水上生存劳作，由于水中作业极具危险性，久而久之就形成一些生产上的禁忌。一是以船老大的指挥为行动准则，一般疍民是以船（家）为单位进行渔业生产的，父亲多

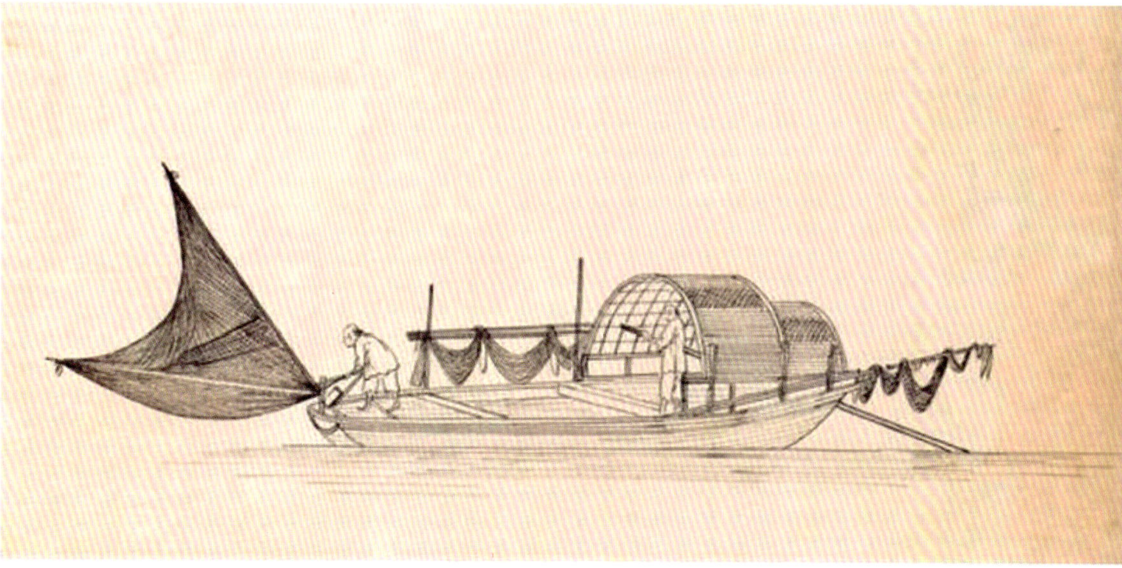

讨海船

为船老大，因此父亲是全家（船）的总指挥，一切行为以其命令为准。二是忌讳不吉之语，由于行船的缘故，忌说“退”“横”等字。三是忌见一切反覆之物，日常禁说“翻”字，锅盆不能翻覆，吃鱼不能翻面等。四是忌食鱼眼，并在船头刻画鱼目以保佑避免触礁。五是不能趴着睡觉，认为趴着像人落水淹死。此外，福州疍民忌人从船前经过，认为这可能是溺水而亡的浮尸，但一旦遇上浮尸则必须打捞上来，以免鬼魂作祟。对于溺水者，疍民禁忌直接施救，常有三沉三浮之后再救的习惯。

◆疍家婚俗

疍民婚俗种类丰富，包含“雅贼”“哭嫁骂嫁”“讨新妇尿”“游月殿”之俗，是闽越文化传承中的重要一环。

疍民家中有待嫁之女，一般会在端午节前夕，在自家船头置一盆月季花，以示“有花待人采”，未婚男性在这期间可自由出入此舱。当“雅贼”偷盗未婚女性随身用品如发簪、手帕时，若女子对这“雅贼”有意，双方家长即可议定终身。若无意则必须归还所“盗”之物。女子收回后，贵重之物将通过“过火祭”(在农历初二或十六晚上在岔路口焚火堆，并将被“盗”之物在火上转二圈)以去除非心上人的气息。

婚礼当日，男女双方的船舱披红结彩喜庆万分，双方亲好也会撑船前来赴宴，将船靠到岸边。待嫁新娘一身红装，躲在船舱里哭嫁，低声吟唱着祖上流传的《婚船哭》，表达对娘家的留恋。疍家还有“骂嫁”习俗，在哭嫁过程中，新娘与其母恶语咒骂男方亲家，疍民认为骂得越凶就越“吉利”，以示新娘身价高。

疍家婚礼中还有“讨新妇尿”之俗。所谓“新妇尿”乃是新娘家先期送给男方的陪嫁米酒。婚礼当天，过往船只不分亲疏远近，都可以到喜船向新郎讨“新妇尿”(喜酒)喝，喝完酒说几句祝福语(喝彩头)便可上轿船痛饮，且讨酒的人越多，男方越高兴，这表明新娘人缘好，过门后人丁必旺。

闽江流域疍民在婚后第一个中秋节要在船舱拜“月殿”。在皓月下新婚夫妇重新穿上礼服拜月殿，接受亲友长辈赐福，俗称“游月殿”，这也是疍民联络感情的盛会。

疍家婚俗明显保留着闽越先民“抢婚”的痕迹，这对研究闽地原始文化留存、传播与融合具有重要的价值。

◆贺年习俗

疍民中一年最主要的民俗活动是贺年,俗称“讨”或“走”(指徒步行走，意“走时运”)。春节期间(正月初三至十五)，疍家妇女三五结伴到陆居人家“行时”(讨斋)，求施一些衣物食品以博吉利。在“贺年”中，他们往往先唱“一饭千金，二龙争珠，三星高照，四季平安，五子登科，七步成诗，八仙庆寿，九转金丹，十年树人”之类的颂词，博得施主的随缘乐助，尔后再唱一段近代女作家李桂玉著的弹词名著《榴花梦》以表答谢。

贺年是疍家节庆中十分重要的一项民俗活动，体现着疍民独特的文化风格，对于研究福建疍民历史具有重要的参考价值。

◆疍民信仰

早期，福州疍民信仰丰富多样，有的信奉融合了道教的福建本土宗教，有的信奉妈祖，至今，妈祖信仰在闽江流域仍占据重要地位。闽江口的疍民还非常信仰水部尚书陈文龙，在福州盖山镇下岐村的许多疍民家族，至今还保留着信仰水部尚书的风俗。此外闽越王无诸、蛇神、蛙神、龙神等神祇，以及拿公、白马王、螺女、五灵公、临水夫人、戚奶和各种地头神等本地神祇或历史人物也都是疍民信仰崇祀和膜拜的对象。随着闽江流域疍民汉化日深，其所崇拜的神灵也逐渐多元化，部分疍民开始信仰道教、佛教、天主教、基督教等。福建疍民多种多样的信仰体现了自我满足的精神需求，也体现了福建人民在文化信仰领域包容的气度。

◆厦门疍民习俗

厦门疍民是一个典型的多元复合移民社会群体。厦门疍民与其他地方来厦的渔民通过长期的磨合交融，创造了许多独特的风俗习惯。如婚俗，海上结婚疍船相靠，女到男船，增添一艘夫妻船；疍家姑娘头饰，头上用红纱线盘成“烟筒箍”；疍民尊崇中华白海豚为“妈祖鱼”和“镇港鱼”等。

厦门疍民习俗是福建疍民文化中极其精彩的一部分，对于把握了解福建疍民文化的历史具有十分重要的作用。2007 年 6 月，厦港疍民习俗被确定为厦门市非物质文化遗产；当年 9 月，又被列入福建省非物质文化遗产名录。

◆福州疍民渔歌

福州疍民在长期的水上生活中创造出了疍民渔歌这种独特的民歌形式，曲调既有自编的传统疍民曲调，也有采纳闽剧的曲调。在明清时期，疍民接受汉语后就开始采用福州话演唱。

福州疍民唱的歌被称为闽江水上渔歌，是疍民节庆、婚丧礼俗中不可或缺的部分。内容独具特色，形式丰富多样，包括水上渔歌、贺年歌、端午采莲歌等。疍歌中很大部分是盘诗风格，通过多人对唱，唱人、唱事、唱史、唱情，达到娱乐、赛歌斗智、抒发感情的目的。“贺年歌”是农历新年时疍民妇女向陆地上居民讨粿时所唱的歌曲，反映了福州地区疍民特别的风俗。

疍民把现实生活中诸多问题和自己的喜怒哀乐通过音乐的形式保留下来，代代相传，这是生活化的历史，凝聚了自身特有的历史文化、世代风俗、生活方式和审美趣味，具有很高的艺术价值。2009 年，福州疍民渔歌被列入福建省非物质文化遗产名录。

闽侯疍民 林岳铿 摄

主要参考文献

徐旺生．农业文化遗产与“三农”．北京：中国环境科学出版社，2008.

李明．农业文化遗产学．南京：南京大学出版社，2015.

王思明．中国农业文化遗产保护研究．北京：中国农业科学技术出版社，2012.

唐珂．土地之魂——中华农业文化揽胜．北京：中国时代经济出版社，2011.

李文华．中国重要农业文化遗产保护与发展战略研究．北京：科学出版社，2016.

王思明．中国农业文化遗产研究．北京：中国农业科技出版社，2015.

赵佩霞．中国农业文化精粹．北京：中国农业科学技术出版社，2015.

陈璋．福建花文化．北京：中国林业出版社，2014.

兰灿堂．福建树木文化．北京：中国林业出版社，2016.

王毓瑚．中国农学书录．北京：中华书局，2006.

石声汉．中国农学遗产要略．北京：农业出版社，1981.

（日）天野元之助；彭世奖，林广信译．中国古农书考．北京：农业出版社，1992.

郑宝谦．福建省旧方志综录．福州：福建人民出版社，2010.

刘以臧修，（清）赵廷玑修，（清）张景祁修．民国霞浦县志．上海：上海书店出版社，2000.

朱自振，沈冬梅．中国古代茶书集成．上海：上海文化出版社，2010.

黄序和．闽产的·世界的——福建省国家地理标志产品图文丛书．福州：福建人民出版社，2008.

郑玲．福建地方特色农产品概览．海潮摄影艺术出版社，2004.

傅衣凌．明清农村社会经济．北京：三联书店，1961.

傅衣凌、杨国桢主编，厦门大学明清经济史研究组编．明清福建社会与乡村经济．厦门：厦门大学出版社，1987.

傅衣凌．明清社会经济史论文集．北京：中华书局，2008.

厦门大学历史研究所编著．福建经济发展简史．厦门：厦门大学出版社，

1989.
唐文基 . 福建古代经济史 . 福州：福建教育出版社，1995.
林庆元 . 福建近代经济史 . 福州：福建教育出版社，2001.
朱维幹 . 福建史稿 . 福州：福建教育出版社，1995.
福建省水产学会本书编委会编 . 福建渔业史 . 福州：福建科学技术出版社，1988.
杨瑞堂 . 福建海洋渔业简史 . 北京：海洋出版社，1996.
曾玲 . 福建手工业发展史 . 厦门：厦门大学出版社，1995.
陈国强 . 崇武研究 . 北京：中国社会科学院出版社，1990.
福建博物院编著 . 福建北部古村落调查报告 . 北京：科学出版社，2006.
福建博物院编著 .《历史文化名镇（乡）名村的保护现状与发展对策——以福建历史文化名镇（乡）名村研究为例》结题报告，2013.
（宋）蔡襄撰，陈定玉点校 . 荔枝谱（外十四种）. 福州：福建人民出版社，2004.
（宋）梁克家纂，福州市地方志编纂委员会整理 . 三山志 . 福州：海风出版社，2000.
（明）王应山纂，福州市地方志编纂委员会整理 . 闽都记 . 福州：海风出版社，2001.
（清）朱景星修，郑祖庚纂 . 闽县乡土志；福州市地方志编纂委员会整理 . 闽县乡土志 侯官乡土志 . 福州：海风出版社，2001.
福州市地方志编纂委员会整理 . 榕城考古略 竹间十日话 竹间续话 . 福州：海风出版社，2001.
叶及春 . 惠安政书 . 福州：福建人民出版社，1987.
傅家麟 . 福建省农村经济参考资料汇编 . 福建省银行经济研究室，1941.
翁绍耳，江福堂 . 邵武纸之产销调查报告 . 私立协和大学农学院农业经济学系印行，1943.
华东军政委员会土地改革委员会编 . 福建省农村调查 .1952.
李文海 . 民国时期社会调查丛编 . 福州：福建教育出版社，2004.
张研，孙燕京 . 民国史料丛刊 . 郑州：大象出版社，2009.
仓山区志编纂委员会编 . 仓山区志 . 福州：福建教育出版社，1994.
连江县地方志编纂委员会编 . 连江县志 . 北京：方志出版社，2001.

莆田县地方志编纂委员会编 . 莆田县志 . 北京：中华书局，1994.
涵江区地方志编纂委员会 . 涵江区志 . 北京：方志出版社，1997.
安溪县地方志编纂委员会编 . 安溪县志 . 北京：新华出版社，1994.
永春县志编纂委员会编 . 永春县志 . 北京：语文出版社，1990.
平和县地方志编纂委员会编 . 平和县志 . 北京：群众出版社，1994.
龙岩市地方志编纂委员会编 . 龙岩市志 . 北京：中国科学技术出版社，1993.
永定县地方志编纂委员会编 . 永定县志 . 北京：中国科学技术出版社，1994.
清流县地方志编纂委员会编 . 清流县志 . 北京：中华书局，1994.
尤溪县志编纂委员会编 . 尤溪县志 . 福州：福建省地图出版社，1989.
邵武市地方志编纂委员会编 . 邵武市志 . 北京：群众出版社，1993.
武夷山市市志编委会编 . 武夷山市志 . 北京：中国统计出版社，1994.
福安市地方志编纂委员会编 . 福安市志 . 北京：方志出版社，1999.
霞浦县地方志编纂委员会编 . 霞浦县志 . 北京：方志出版社，1999.

何露，闵庆文 . 基于农业多功能性的中国全球重要农业文化遗产地旅游可持续发展研究 . 资源与生态学报（英文版）. 2013 (3).
Yoon W K， Choi S I. Establishment of the Agriculture and Fisheries He-ritage System in Korea. Journal of Agricultural Extension & Community Development，2012(2).
张永勋，刘某承，闵庆文等 . 农业文化遗产地有机生产转换期农产品价格补偿测算——以云南省红河县哈尼梯田稻作系统为例 . 自然资源学报，2015（3）.
李文华，刘某承，闵庆文 . 农业文化遗产保护：生态农业发展的新契机汇总 . 中国生态农业学报，2012（6）.
李文华 . 自然与文化遗产保护研究中几个问题的探讨 . 地理研究，2006（25）.
Nahuelhual L， Carmona A， Laterra P， et al. A Mapping Approach to Assess Intangible Cultural Ecosystem Services: The Case of Agriculture Heritage in Southern Chile. Ecological Indicators， 2014(5).

李明，王思明 . 江苏农业文化遗产保护调查与实践探索 . 中国农史，2011（01）.

李振民，邹宏霞，易倩倩，周琴 . 梯田农业文化遗产旅游资源潜力评估研究 . 经济地理，2015（06）.

王思明，卢勇 . 中国的农业遗产研究：进展与变 . 中国农史，2010（1）.

王德刚 . 旅游化生存与产业化发展——农业文化遗产保护与利用模式研究 . 山东大学学报（哲学社会科学版），2013（2）.

王衍亮，安来顺 . 国际化背景下农业文化遗产的认识和保护问题 . 中国博物馆，2006（3）.

苑利 . 农业文化遗产保护与我们所需注意的几个问题 . 农业考古，2006（6）.

崔峰 . 农业文化遗产保护性旅游开发刍议 . 南京农业大学学报（社会科学版），2008（4）.

张维亚，汤澍 . 农业文化遗产的概念及价值判断 . 安徽农业科学，2008（25）.

闵庆文，孙业红 . 农业文化遗产的概念、特点与保护要求 . 资源科学，2009（6）.

王思明 . 农业文化遗产的内涵及保护中应注意把握的八组关系 . 中国农业大学学报（社会科学版），2016（2）.

后 记

中华民族从农耕社会走来，在绵延上万年的历史长河里，形成了朴实而厚重的农耕文化，它是我国农业的宝贵财富，也是中华文化的重要组成部分。作为先民农耕勤劳与智慧的结晶，我们的农业文化遗产和殷墟的甲骨文、商周的青铜器、秦兵马俑、万里长城、汉唐诗赋等，共同勾勒出博大精深的中华文明的精神符号，共筑了我们这个东方文明古国绚丽多彩的文明景观。保护与传承我们的农业文化遗产，不仅是留住中华农业文明的根与魂，让传统农耕文化持续释放出其独特的社会与文化价值，也是在全球化背景下维护和传承世界文化多元性和生物多样性，让全世界人民分享中国农耕智慧，携手并进，一起构建人类命运共同体，共同建设美好世界。

党的十九大报告提出实施乡村振兴战略，指出要坚持农业农村优先发展，按照“产业兴旺、生态宜居、乡风文明、治理有效、生活富裕”的总要求，加快推进农业农村现代化。其中乡风文明是加强文化建设的重要举措，实现乡风文明关键要传承中华优秀传统文化，发掘继承、创新发展优秀乡土文化，挖掘具有农耕特色、民族特色、区域特色的物质和非物质文化遗产。十九大报告精神，为我们新时期加强农业文化遗产的保护与传承，弘扬中华农耕文化，增强文化自信，提供了新的思想武器与力量源泉。

福建依山傍海，拥有众多丰富的农业文化遗产，农业文化遗产的保护、传承和利用，也是福建省各级政协义不容辞的责任与使命。2017年，福建省政协常委会把“加强农业文化遗产保护，助推城乡旅游业发展”作为教科文卫体委员会年度重点调研课题。随着调研的不断深入，我们深深地感到，福建的农业文化遗产资源极为丰富，但在发掘、保护和利用方面还处在起步阶段，面临人们观念意识淡薄、环境污染、城市化侵蚀、僵化“冷冻”与过度开发等诸多问题，福建农业文化遗产保护与传承任重而道远。有鉴于此，福建省政协教科文卫体委员会联合福建省新闻出版广电局、福建农林大学提出编写一本兼具学术性、资料性、可读性为一体的综览福建农业文化遗产的图书的倡议，以期加大宣传普及力度，推动全社会都来关心关注农业文化遗产的保护和利用工作。这一倡议得到了福建省直有关部门、全省各级政协、高校和出版界的专家学者的大力支持。在编写团队召开多次研讨会和编撰论证会，不断征求并听取各方面的意见与建议，并精心编写、几易其稿之后，《天有丰年——福建农业文化遗产综览》历时半年多时间的编写，终于和广大读者见面。

本书共分为十一章，各章编写具体分工如下：第一章和第五章由朱朝枝教授团队负责，撰写人员有朱朝枝、曾芳芳等；第二章和第四章由王松良教授团队负责，撰写人员有王松良、康智明等；第三章和第六章由林峰教授团队负责，撰写人员有林峰、黄丽霞、刘学奎等；第七章和第十章由屈峰博士团队负责，撰写人员有屈峰、黄元豪、白灵、曹桂梅等；第九章和第十一章由苏文菁教授团队负责，撰写人员有苏文菁、王佳宁、吴秀美、陈华敏等；第八章由郑国珍教授团队负责，撰写人员有郑国珍、楼建龙、张金德等；陈绍军任本书名誉主编，李福生、朱朝枝任执行主编；孙红英审校。

本书的出版是集体智慧的结晶，除编写团队付出辛劳之外，还要特别感谢福建省各级领导，福建省、市、县（区）各级农业、文化、林业、海洋渔业、旅游、水利、新闻出版、文物等部门及有关同志，福建省各级政协教科文卫体委员会及办公室，以及戎章榕、廖建江等许多默默无闻为本书提供资料、照片和文字修改的有关同志，他们的努力与付出为本书添色不少。书中部分内容参考借鉴其他著作或引用公开发表的图片，未能全部注明作者，在此一并表示感谢并致歉意。

特别感谢全国政协常委、中国书法家协会主席苏士澍为本书题写书名。感谢福州市美术馆馆长、西泠印社社员傅永强为本书篆刻书名。

“为什么我的眼里常含泪水？因为我对这土地爱得深沉……”正是怀着对农业文化遗产这样一种深沉的爱，我们才在时间、能力、水平有限的情况下，用心用爱编写了这样一本面向广大读者的福建农业文化遗产普及读物。我们希冀通过这样一本“综览”，让更多的人在掩卷之后不禁惊叹于我们福建农业文化遗产竟是如此的博大精深、五彩斑斓，从而将农业文化遗产保护与传承的理念播撒向八闽大地。本书虽有志于“综览”，却难免挂一漏万，甚至遗漏重要农业文化遗产，恳请广大读者提出批评与意见，让我们再版时可更臻完善。

编　者

2017 年 12 月

图书在版编目（CIP）数据

天有丰年：福建农业文化遗产综览 / 福建省政协教科文卫体委员会，福建省新闻出版广电局，福建农林大学编著．—福州：福建人民出版社，2018.1

ISBN 978-7-211-07876-9

Ⅰ.①天… Ⅱ.①福… ②福… ③福… Ⅲ.①农业—文化遗产—研究—福建 Ⅳ.①S

中国版本图书馆 CIP 数据核字（2017）第 314798 号

天有丰年：福建农业文化遗产综览

TIANYOU FENGNIAN：FUJIAN NONGYE WENHUA YICHAN ZONGLAN

编　　著：福建省政协教科文卫体委员会　福建省新闻出版广电局　福建农林大学

责任编辑：余祥草

出版发行：海峡出版发行集团

　　　　　福建人民出版社　　　　　电　　话：0591-87533169(发行部)

网　　址：http://www.fjpph.com　电子邮箱：fjpph7211@126.com

地　　址：福州市东水路 76 号　　邮政编码：350001

经　　销：福建新华发行（集团）有限责任公司

印　　刷：福建建本文化产业股份有限公司

地　　址：福建省福州市仓山区则徐大道368号仓山工业小区2号楼一层

开　　本：700 毫米×1000 毫米　1/16

印　　张：24

字　　数：321 千字

版　　次：2018 年 1 月第 1 版　　印　　次：2018 年 1 月第 1 次印刷

书　　号：ISBN 978-7-211-07876-9

定　　价：128.00 元